Vivibear

著

苏丹的禁宫

上
ONE

北方联合出版传媒(集团)股份有限公司

万卷出版公司

图书在版编目（CIP）数据

苏丹的禁宫. 上/Vivibear 著. —沈阳：万卷出
版公司，2012.10
ISBN 978 - 7 - 5470 - 1941 - 2

Ⅰ. ①苏… Ⅱ. ①V… Ⅲ. ①言情小说—中国—当代

Ⅳ. ①I247.5

中国版本图书馆 CIP 数据核字（2012）第 173898 号

出版发行：北方联合出版传媒（集团）股份有限公司
　　　　　万卷出版公司
　　　　　（地址：沈阳市和平区十一纬路 29 号　邮编：110003）
印　刷　者：三河市华润印刷有限公司
经　销　者：全国新华书店
幅面尺寸：165mm×235mm
字　　数：220 千字
印　　张：15
出版时间：2012 年 10 月第 1 版
印刷时间：2012 年 10 月第 1 次印刷
责任编辑：张　旭
策划编辑：吕晶晶
装帧设计：姚姚工作室
ISBN 978 - 7 - 5470 - 1941 - 2
定　　价：26.80 元

联系电话：024 - 23284090
传　　真：024 - 23284521
E - mail：vpc_tougao@163.com
网　　址：www.chinavpc.com

常年法律顾问：李福
版权专有　侵权必究　举报电话：024 - 23284090
如有质量问题，请与印务部联系。联系电话：0316 - 3656029

CONTENTS
目录

CONTENTS
目录

Chapter 01 奴隶市场

从恢复神志的这一刻开始，我就感到了有些不对劲。

空气里弥漫着一股食物腐败般的腥臭，隐隐还夹杂着某种令人作呕的奇怪味道。长时间的空腹感再加上身体的颠簸晃动，让我感到自己的整个胃就像个发酵的面粉口袋，不停翻涌出泛着酸味的物质。四周沉淀着一种令人窒息的安静，唯有车辂辘摩擦着地面响起的沉闷声音，仿佛某种痛苦的呻吟声挤压着我的耳膜，形成了一阵钝痛的耳鸣。

我伸出手摸索到了铺垫在身下的干草，迟疑着睁开了眼睛。

映入眼帘的除了一片黑暗，还是一片黑暗。浓重的黑色调铺天盖地压迫着我的全部感知神经，让我几乎无法正常呼吸，更加不能从容判断目前的状况。

这是哪里？

我怎么会在这里？

之前又发生了什么事？

就在我一头雾水摸不着北的情形下，这辆车子也终于停止了痛苦的呻吟声，缓缓地停了下来。马儿亢奋的嘶鸣声证明了一个无可争议的事实——我所乘坐的应该是一辆货真价实的马车。当马车门被打开的一瞬间，我借着漏进来的光线依稀看清了这里的状况。

原来这个狭小的空间里除了我之外还拥挤着其他几个少女。这些少女所穿的衣服早已破烂不堪，或者说那只是几条布片还比较合适。残损的布料遮挡不住她们姣好的身材，污秽的泥泞也掩饰不了她们美丽的容貌。从少女们的发色和肤色来看，她们多半是来自欧洲一带的国家。只不过，无论是发型也好，衣着也好，从她们的身上似乎散发着一种不知该怎么形容的……奇怪的违和感。

"请问，这里……是什么地方？"我试探着小声用英文问道。刚开口说了这几个字，我就被自己的声音吓了一跳。不知是不是喉咙里火烧火燎般疼痛的关系，这个声音听起来是如此突兀，完全就好像是个陌生人的声音。

那几个少女像是受惊的小鹿瑟瑟发抖缩成一团，没人敢发出声音，只有其中一个金发少女怯生生地抬起红肿的眼睛看了看我，又迅速地低下头去。

奇怪了……现在全世界英文这么普及，这些欧洲少女怎么会听不懂呢？难道是太过害怕的关系？尽管对眼下的情况心里完全没谱，但结合种种迹象看来，我也明白自己正处于相当不利的处境之中。我的心里蓦地一个激灵，该不会是遇到什么人贩子了吧？

可是……之前我到底在做什么？又怎么会被带到这里？而且还用上了马车这么原始的交通工具？当发现自己无论如何也想不起昏迷前的一段记忆，甚至也记不起自己的确切身份时，我不禁惊出了一身冷汗。

这是何等诡异而狗血的情况，这段相当重要的记忆……就像是被故意抽去了似的……

就在这时，马车外突然传来了一个略带尖锐的男子声音。就在我琢磨着这是哪国语言时，声音的主人已然出现在了我们的面前。这是一个身材瘦小干瘪的男人，他那双深深凹陷的棕色眼睛中闪动着商人独有的精明。不笑时显得阴郁，笑的时候更显阴险。但这些都不及他的穿着打扮让我感到吃惊——这个家伙穿的是什么玩意？看那长袍子倒是有点阿拉伯风格，可又不像电视上常见的那种白袍子。莫非是来自阿拉伯半岛哪个不出名的小国家？还有那包裹着大半个脑袋的缠头，倒让此人看起来更像是《一千零一夜》里阿里巴巴身边的跟班了。

男人又重复了一遍刚才的话，粗鲁地将那个最靠近自己的金发少女拽了下来，一边还骂骂咧咧地指着我，意思应该是让我们也都赶紧下车。

我的脑袋里飞快思索着下一步该怎么做。既然现在都不知道自己到底落在什么人手里，那么眼下最好还是按这个男人的意思照做，然后再找机会逃走或是报警。想到这里，我也只好跟着少女们小心翼翼地从马车里爬了出来。

就在双脚落在地面上的一刹那，我的目光不由自主地被眼前那座恢弘大气的建筑所吸引了。暗红色的墙壁和曲线饱满的圆顶带着令人惊叹的艺术感染力，高耸入云的宣礼塔气势惊人，灰色的鸽子咕咕欢叫着盘旋在塔尖，和碧蓝如洗的天空相映成了一幅如油画般的画卷。那种无法形容的美丽庄严仿佛让时间都能为之停滞不前。

这一刻，我的思维仿佛也停止了转动，只感到了身为人类的渺小和无力。这座建筑我在电视和杂志上看到过无数次，就算是闭上眼睛我也能回想得起里面的每一个细节。高不可攀的穹顶仿佛浩瀚苍穹笼罩着世间万物，明媚的阳光透过彩色玻璃直射进来，神圣无比地落在教堂内殿上方的金色阿拉伯文上——万物非主，唯有真主。

这是始建于东罗马皇帝君士坦丁统治时期的圣索菲亚大教堂，在拜占庭帝国灭亡之后又被改建成了清真寺。

如果我没记错，这座教堂就是位于土耳其的第二大城市伊斯坦布尔。

直到这时，我才蓦地反应过来，不觉倒抽了一大口冷气。没有搞错吧，这里是土耳其?! 我居然千里迢迢被拐卖到了土耳其的伊斯坦布尔！这怎么可能呢？

　　我茫然地朝四周望去，却发现了更加匪夷所思的事情。

　　原本在电视里看到的绿树成荫的广场此刻却变成了一个喧闹无比的交易市场，没有汽车没有露天咖啡座没有餐馆没有丝毫和现代沾边的东西，只有来来往往的人和络绎不绝满载货物的车马。而那些人的服装更是古怪，大部分人都包裹着和那瘦小男人相似的缠头，穿着宽大的长袍，市场旁居然还来回走动着不少手握长矛的士兵。我不敢相信地揉了揉自己的眼睛，没错！是穿着古装的士兵！

　　空气中浮动着浓烈的汗臭味，熏人的香料味，潮湿发闷的霉味……以及不易为人察觉出的淡淡血腥味。从市场里不时传来男人们兴奋的哄笑声，高亢的吆喝声，还隐约夹杂着女人的低低饮啜声。

　　左边用木头搭成的简易台子上，几个衣不蔽体的白种女人在一群男人的虎视眈眈下浑身战栗着，她们所能做的也只有用手臂无力地抵挡着那些赤裸裸的目光。一个看起来像是卖家的胖男人将其中那个最美貌的金发女人拉了起来，粗暴地一把扯去了她身上仅有的遮羞布，将她光洁美好的身体毫无遮拦地暴露在了一位身材修长的年轻华服男子面前。华服男子上下打量了一番那女人之后，上前熟练地掰开了她的嘴，像挑选马匹一样仔细查看着她的牙齿，最后还是摇了摇头。胖男人点头哈腰地媚笑着，急忙又拉过了剩下的那几个女人，以供华服男子慢慢挑选。

　　而在右边的台子上，则有十多个黑皮肤的青年男子站立一旁，表情麻木地等待着买家的挑选，他们有些人的身上明显带着遭受鞭打的痕迹，其中一个看上去最为强壮的黑人男子额头上还流着鲜血。卖方在那里大声地用土耳其语吆喝着，手里的皮鞭在阳光下闪动着阴森诡异的光泽。放眼望去，整个市场里全搭建着这样的台子，每个台子周围都有不少买家兴致勃勃地看货，而充当"货物"的除了白种人黑种人，还有来自亚洲的黄种人。

　　见到这样的情景，我的脑袋轰的一下炸开了，首先想到的是误入了哪个剧组，但这个可能性立刻被我自己否定了。因为这里四周围根本没有摄影机，也没有工作人员。就算是好莱坞，恐怕也无法复制出这么真实到令人心惊胆战的场景。而且，那些被当做货物挑选的男人女人眼中，空洞得甚至连一丝绝望都没有。

这绝对不是在演戏。

那么……是自己……在做梦？这听起来似乎是唯一靠谱的解释。我立即狠狠掐了一下脸颊，但清晰传来的疼痛感明明白白告诉我这并不是梦。

那么……到底是怎么回事？我知道自己刚才的猜测没有错，这次真的是遇上了人贩子。之前我也听说过现代的某些国家还存在着非法的人口买卖，但那都是在黑道的控制下秘密进行的，怎么可能允许像现在这样在光天化日下堂而皇之地进行人口交易？

这也太肆无忌惮了吧？

除非……除非……这里不是……现代的土耳其……

陌生的地方，陌生的语言，陌生的人……甚至……陌生的时代。

我简直不敢再想下去，从心底爆发出的惊厥和恐慌一点点攫住呼吸，让我快要喘不过气来，就连身体也不受控制地痉挛起来……

一声尖锐的喊声突然将我从混沌的状态中拉了回来，我还没来得及做出任何反应，就被两个壮汉强行拖到了其中一个台子上。和我同马车的少女们已经都站在了上面，她们似乎清楚了自己的命运，谁也没有哭泣，只是紧紧地靠在一起，试图用彼此的身体维持着最后的一点点尊严。

我的心里突然莫名涌起了一丝兔死狐悲的伤感。不管这里是什么地方，不管这是什么时代，不管自己到底遇到了怎样不可思议的事情……我只知道，自己恐怕也难逃和她们一样的命运了。

可是，我不是那些女孩，我无法坦然接受这样荒诞的命运。

那么，除了屈从，摆在我面前的只有一条路——逃跑。

逃跑……该怎么逃跑呢？我迅速打量了一下四周，寻思着逃跑的路线。眼下只有先逃离这个鬼地方，才能去寻找自己想要的答案。至少，要知道自己是不是真的……若是以前，我对某些事情总是抱着怀疑甚至嗤之以鼻的态度，可目前这种无法用科学解释的情形却令我不得不想到了一个非常俗套的词——穿越。

我不愿承认，也不敢承认。

这时，似乎有什么突发的异况引起了人群的骚动，从不远处高声传来的土耳其语更是明显带着咒骂的意味。我抬头一看，只见刚才那额头流着血的黑人青年居然挣脱了绳索，跌跌撞撞地冲着出口的方向跑去！他跑得飞快，离出口越来越近，越来越近，眼看着只差几步就能逃脱成功——可就是在这惊心动魄的瞬间，一把从天而降的阿拉伯弯刀准确无误地扎进了他的后背！在青年骤然响起的惨叫声中，鲜红色的血液就像从破裂的水管里喷出来的水柱般，短短几秒内就将地面染成了一片触目惊心的红色，他的身体只剧烈抽搐了几下就完全不动了。巡逻的士兵面无表情地过来拖走了尸体，其他围观的人也嬉笑着渐渐散了开去。

一切，就好像从来不曾发生过。

看着地面上残留的鲜血，我只觉得双腿发软，也不得不暂时打消了从这里逃跑的念头。我可不想像那个黑人青年一样死于非命。只有活下去，才能有机会找到自己想要的答案和真相。

究竟谁能告诉我，这到底是个什么样的世界？

又有谁能告诉我，自己究竟是怎么来到这里的？

那个将我们带来的瘦小男人此刻也站到了台子前，用流利的土耳其语向那些围观者介绍着什么，立即引来了众人的一番交头接耳。我朝着离自己最近的少女挨了过去，缩了缩身子躲藏在她身后，低垂着头，尽量不让别人留意到自己。

很快，就有人对我们表示出了兴趣。我极快地瞥了一眼，发现这次的买主正是刚才看到的华服男子。瘦小男人殷勤地先将那个金发少女带到他的面前，用一条手杖挑去了她仅存的衣衫，向台下众人展示着那具曲线优美的女性躯体。人群中顿时传来了一阵赞叹声，显然金发白肤的妙龄女性是奴隶市场里的抢手货。少女这个时候终于忍不住捂住脸低声抽泣起来，边摇着头边用类似拉丁文的语言哀求着。但身为"货物"的她，却是连哭泣的资格也被剥夺了。

说实话，我也很想哭，可是我也明白哭根本解决不了问题，再多的眼泪也打动不了这些男人们冷酷无情的心。

华服男子似乎对这个金发少女也不满意。正当他打算要离开时，瘦小男人又赶紧拦住了他，朝手下的两个壮汉使了个眼色。看到那两个壮汉径直朝着我这个方向走来，我就心知不妙。果然，两人不由分说就将我架到了那位华服男子的面前。在挣扎的一刹那，我无比震惊地发现自己垂落下来的发丝竟然变成了亚麻色！

不对啊，自己明明是黑发的，什么时候染成那个颜色了？

还没等我弄明白这是怎么回事，瘦小男人突然用力地抓住了我的头发直往后拽，迫使我不得不仰起头，接受那位华服男子的"检验"。

在彼此视线相交的一瞬间，我也看清了对方的面容。

他有着一双细长锐利的灰蓝色眼睛，就像是秋日夕阳下平静无澜的湖面，清澈地荡漾着闪闪的水纹，却始终让人无法看清里面的风景。也许只有在某个不为人察觉的时刻，才能看到湖底一闪而过轻柔却冰冷的流光。他那轻薄纤巧的嘴角微微提起，露出的淡淡笑容宛如盛开在尼罗河畔的埃及白莲。

优雅高贵的气质，无可挑剔的魅力，以及不染尘埃的美丽。

而此时，那平静无澜的湖面明显有了一丝轻微的波动。

瘦小男人一看这笔生意可能有戏，立刻满面笑容地伸出手杖想要挑去我身上的衣服，以便令这位卖家看得更加清楚。还没等手杖碰到身体，我就下意识地往后一躲，顺手抓住了那根手杖，用力朝瘦小男人的方向一撞！

瘦小男人显然没有料到我竟然还敢反抗，冷不防被推了一个趔趄，险些摔倒在地上。听到围观的人爆发出了一阵哄笑，他不禁恼羞成怒，拿起了手杖就往我的肩上狠狠敲了下去——就在我以为躲不过这一下时，只听那位华服男子不知说了句什么。瘦小男人微微一愣，硬生生地将手杖收了回来，很快又堆起了讨好的笑容。

华服男子眯起了眼睛，伸出修长的手指捏住了我的下巴，饶有兴趣地审视着我的容貌，又侧过头朝着瘦小男人低声询问着什么。在听了对方的回答后，他的脸上终于露出了满意的笑容，示意随从拿出了一袋银币。

一丝恐惧感尖锐地划过了我的心脏。直到这个时候，我还是不能正视这个事实——不可思议地来到这个陌生的时代，不可思议地被陌生人拐卖，不可思议地被当做货物卖给了别人。

一切，似乎都只能用"不可思议"四个字来形容。

深深吸气再吸气，我努力抚平了纷乱的情绪，尽量让自己冷静下来。事已至此，逃避是行不通的，唯有面对事实，接受事实才是唯一的办法。既然在市场里跑不掉，那么说不定跟着这个华服男子倒会另有转机。

我不知道为什么会有这种感觉，可能是因为这个华服男子看上去最为面善吧。

随从将一袋银币交给了瘦小男人之后，华服男人就示意我跟他们走。我刚走了两步，就听到从台下的人群里传来了一个年轻男子的声音，"等一下！"

Chapter 02 西西弗斯的诅咒

这位年轻男子的声音低沉而富有质感，仿佛一缕缭绕在暗夜里的冷雾。

我抬起头朝那个方向望了过去，只见这开口说话的男子穿着宽大的黑色长袍，半张脸几乎都被同色的头巾遮掩得严严实实，仅仅露出了一双烟灰色的眼睛。那种罕见的烟灰色就像是隆冬季节布满乌云的阴沉天空，而从他眼底闪过的光芒仿佛一道刺破云层的闪电，锐利又冷酷入骨。

男子以一个简单利落的动作跃上搭好的高台，径直走到了我面前。仔细打量了我几眼后，男子从怀里掏出两袋银币扔在了地上。瘦小男人顿时眼睛一亮，但飞快看了看之前的那位华服男子，又露出了有些为难的神色。在短暂的迟疑后，他的脸上飞快堆起了生意人独有的殷勤笑容，好声好气地向这位举止嚣张的年轻男子低低解释了几句。

年轻男子的眼中掠过一丝不屑，轻哼一声，打断了对方的话，毫不犹豫地摘下了自己的戒指，随手扔到了那瘦小男人的面前。这枚戒指上镶嵌着硕大的克什米尔星光蓝宝，那无与伦比的颜色比孔雀颈项的羽毛更加美艳，显然是价值不菲，远远超过十几袋银币的价值。围观的人们也发出了低低的惊叹声和议论声。

瘦小男人更是被刺激得剧烈抽动着脸颊肌肉，半张着嘴一时说不出话来。

虽然听不懂他们的语言，但从刚才的情况看来，我也猜到了大致的意思。心里不知是好笑还是悲哀，原来自己在这个时代还是挺有市场的。这枚星光蓝宝若是放到现代拍卖，应该也值不少钱。

可是在这么大的诱惑前，那个瘦小男人还是无限遗憾地摇了摇头。

我倒是有点想不明白了，这个家伙一看就是个唯利是图的奸商，放弃唾手可得的利益根本不像他的作风。那么，他为什么宁可放弃这些也不愿意改变主意？

这一定和职业操守无关。

当我留意到瘦小男人望向那个华服男子的目光时，似乎找到了一部分答案。因为那目光里不仅仅有讨好的意味，更多的是畏惧。

年轻男子显然也留意到了这些，他的眉宇间飞快掠过一丝戾气，将手按在了自己的腰间，转向那个华服男子又沉声问了一句话。华服男子忽然微微笑了起来，他不笑的时候就像是凝结在透明冰层下的莲花，透着不染尘埃的风华，而笑起来的时候又像是莲花破冰绽放，高贵美丽不可方物。

他什么话也没有说，只是优雅地摇了摇头，似乎是拒绝了对方的提议。

年轻男子的脸上还是面无表情，但那双烟灰色的眼眸深处仿佛有什么闪动着，就像是隐藏在海上的暗礁一样，模模糊糊透出几分危险。

就在我刚要收回目光的时候，忽然看到那个年轻男子按着腰部的手轻轻一动，以迅雷不及掩耳之势拔出了一把新月形的弯刀！弯刀在空中划过一个优美的银色弧度，如劈开天空的闪电般直插了过来！

我只觉得眼前闪过一道雪亮的光芒，耳边也同时响起了周围那些人的惊叫声。当我低下头时，才发现那把弯刀竟然不偏不倚正好插在我的心脏部位！我的大脑里顿时一片空白，连个闪念都没有。奇怪的是，我居然感觉不到一点疼痛，整个人就好像瞬间麻木了。

自己……就要死了吗？

想不到像中彩票一样难得撞到的一次穿越，就要以这样的方式告别了。

不知我算不算有史以来最为倒霉的穿越女主了。

血，还在不停地流着……我捂住了自己的胸口，殷红的鲜血不断从我的指缝里漏出来，而我的意识仿佛也随着鲜血的流失而逐渐变得模糊起来。在心脏停止跳动之前，我居然听懂了他们的语言。

"这女孩已经没救了，大人，您还是再换一个吧。"

我很想说些什么，但无论怎么努力都说不出一个字来。我甚至开始感觉到自己的灵魂渐渐开始抽离身体……好不甘心……难道自己就这么没命了？可是，就算死也要让我死个明白吧？

不知过了多久。

再次重新恢复意识的时候，我恍然间又感到了一种似曾相识的不对劲——空气里弥漫着一股像是食物腐败的腥臭，隐隐还夹杂着某种说不出的奇怪味道。长时间的空腹感再加上身体的颠簸晃动，让我感到自己的胃就像个发酵的面粉口袋，不停翻涌出泛着酸味的物质。

摸到铺垫在身下的干草那一刻，我有点惊恐地睁开了眼睛。

果然，映入眼帘的除了黑暗，还是黑暗。这种熟悉的感觉几乎让我开始感到有些崩溃。那种崩溃不是刹那间的突然爆发，而是如同窒息的感觉般缓缓蔓延上来，无法呼吸，无从逃避。

这是怎么回事？我到底身在何方？

究竟是在不断重复的奇诡梦境里，或是已经坠入了轮回之界？

在无边的黑暗中，我张开轻颤的嘴唇，却发不出任何声音，只能感觉到自己的身体在微微颤抖着。

没过多久，马车停下，车门被打开——和之前一模一样的情节正在诡异地上演着。我借着透进来的光线看到了那几个拥挤在一起的欧洲少女。同样美丽的金发，同样破烂不堪的衣服。几乎是同时，我忽然听到从心里传来了一个奇怪的声音，仿佛是自己的心跳和涌自心底的凉意而衍生冻结的声音。

就那样，很轻很轻的，咔嚓一声。

双脚落在地面上的一刹那，我几乎不敢抬起头，因为不想再见到任何太熟悉的场景，只希望自己不过是做了一个荒诞的梦而已。但当看到圣索菲亚大教堂那恢弘大气的圆顶时，我顿时感到了一种眼前发黑的眩晕感。最后的一丝侥幸也被茫然不知所措所代替，无法形容的恐惧更是如潮水般铺天盖将我彻底淹没。

这到底是怎么了？一切又开始莫名其妙地重复循环了？迎着浅金色的阳光，我的目光蓦地停留在了自己的手上。这双手纤长苍白，骨架分明，淡粉色的指甲泛着珍珠般的光泽，怎么看都是一双美人的手，和我原本那双胖乎乎的手完全不同。我心里一惊，忽然想起之前看到的一幕，忙将自己的头发拽过来一看，更是大惊，果然，我原来的黑色头发竟然变成了亚麻色！

这一下可是吓得不轻，我惊恐地捂住了自己的脸，又慌乱地低头审视着自己的身体，我能看到我自己，我的手，我的脚，我的双臂、我的双腿——天啊！那不是我，那绝对不是我自己的身体！

"过来！"那个瘦小的男人突然朝我高喝了一声。和上次一样，我还没来得及做出任何反应，就被两个壮汉强行拖到了其中一个台子上。尽管满脑子都是"自己的身体现在到底在哪里"的念头，但我还是留意到了另外一件奇妙的事情。当意识到自己的这个发现时，我有点不敢相信地使劲用手揉了揉耳朵，怎么可能？这次，我居然听懂了他所说的话！

但我很快就发现，能听懂这里的语言并不是一件好事。

"这个红发小妞可是货真价实的处女，您只要花买一匹母马的三分之一价钱就能把她带回家！我亲爱的朋友，这可比一匹母马更能讨您的欢心！"瘦小男人眉飞色舞地推销着一位红发少女，说得是唾沫星子四溅。

"比起这个红发小妞，我更喜欢那个金发的。"不过那个客人似乎并不买他的账。

瘦小男人早见惯了这种场面，继续发挥着舌灿莲花的本事，"金发的价格当然要更贵一些，不过您看看这比黄金还要灿烂的纯金色，您再想象一下每天抚摸着这如猫咪般温顺的金发姑娘的感觉，那简直是美妙极了！再贵一点也值对不对？"

　　原来这里一个女奴的价格只是母马价格的三分之一吗？我有些愕然的同时，也明白之前为什么那些人会发出惊叹声了。一颗那么昂贵的克什米尔星光蓝宝，应该可以换取无数个女奴了吧。

　　"这个蜜色皮肤的男孩看起来不错，我愿意出一匹马的价格，嘿！这可已经是高价了！

　　"等等，我愿意出一匹半马的价格！"

　　"你这狐狸崽子，怎么总是和我抢！之前那两个漂亮的高加索男孩已经被你买走了，这个我是绝对不会让给你！"

　　"你管得着吗？我就是喜欢和你抢，这个男孩我要定了！"

　　"你这毒蛇，愿真主让你一切都完蛋！"

　　"你这该死的臭牛屎！"

　　听到这抑扬顿挫的极品对骂声，我也不禁侧过头看了看那个方向。不远处有一排赤裸着上半身的少年正跪在台子上供人挑选，看他们的面貌特征像是来自北非的人种。跪在最左边的那个少年拥有一身漂亮的蜜色肌肤，似乎正是那两个对骂者争夺的对象。

　　接下来，之前发生过的一切还在重复上演着，故事里的人物角色按顺序轮番登场，瘦小的人贩子，白莲般高贵优雅的华服男人，台子下形形色色看热闹的人们……尽管已经有了心理准备，但当那个穿着黑色长袍的奇怪男人出现时，我的心里还是哆嗦了一下，刚才被扎中的心脏部位似乎又蓦地疼痛了起来。听明白了他们的对话后，我知道自己猜得没错。这个黑袍男人的确是想买下我，但和上次一样，这个要求还是被华服男人一口拒绝。

　　幸好这次我早有提防，瞅准黑袍男人要拔出弯刀的一瞬，我一个闪身蹿到了那个华服男人的身后！当黑袍男人收势不住还是朝这个方向砍来时，华服男人也迅速抽出了随身的佩刀予以回击。而差不多是同时，市场里也涌来了为数不少的士兵，他们攻击的目标自然就是那个黑袍男人。

这时，只听人群里有什么人吹了一声像是暗号的口哨。黑袍男人略一分神的刹那，手里的弯刀已被击落。他也无暇停留，身手敏捷地从台子上一跃而下，迅速消失在蜂拥而至的人群之中。

华服男人捡起了那把弯刀，脸上的浅笑不知何时已经敛起，口中还低低说了一句话。

我只隐约听到了他说的前半句话，"原来是波斯的乌兹弯刀……"

看着那把刚刚置自己于死地的凶器，不知怎么，我忽然想起了曾经看过的一个希腊神话。说的是科林斯国王西西弗斯被打入冥界后，请求众神给予三天时间返回阳世去掩埋自己的尸首，但是当他回到人间却食言不肯离去，背弃了自己的承诺，于是，神就惩罚西西弗斯一次又一次地将巨石推向山顶，而巨石却一次又一次地滚回到原地 。

循环往复，永无休止……

就像是永远无法摆脱的，来自众神的诅咒。

只不过对我来说，似乎只有当死亡的那一刻——才会重新回到原点！

或者说，还有更多意想不到的诡异事情，正在等待着我！

"易卜拉欣大人，您……您没事吧？这次是我们保护不周，请大人恕罪！"匆匆而来的护卫队长官略带惶恐地走向那位华服男人。易卜拉欣？我觉得这名字有点耳熟——在阿拉伯世界中，这好像和穆罕默德一样都是相当常见的男子名字吧。

易卜拉欣淡淡一笑，"这只是个意外，也不能完全怪你们。"

听到他的话，那长官却忽然脸色一变，面如死灰地行了个礼后，就一言不发地退下了。

我心里不免有些疑惑，这位易卜拉欣大人并没有说要怪罪他们啊，为什么那长官的反应这么奇怪？那反应不仅仅是畏惧，而更像是某种无可奈何的认命。

"把这个女人带到马车上去。"易卜拉欣低声吩咐着自己的手下，并用审视货品的目光再次上下打量了我一番。

我知道今天逃不过被卖掉的命运，眼下也只能走一步算一步了。低头看了看自己那身难以蔽体的衣裙，我犹豫了一下，还是忍不住开口向对方提出了要求，"能不能给我一件可以遮挡的外衣？"

　　易卜拉欣对我的反应似乎有些惊讶，微微一怔后，吩咐手下照做了，"将那件卡皮纳特拿过来。"

　　披上了那种叫做卡皮纳特的毡袍，我感到似乎没有那么窘迫了。尽管这个叫易卜拉欣的人买下了自己，但我却并不那么讨厌他。至少，在这个两眼一抹黑的古代世界里，他比其他人看起来要顺眼得多。直觉告诉我自己，或许只有跟着这个人走，逃跑的机会才会更大一些。

　　经过那些跪着的北非少年的时候，我抬眼望了望那个蜜色肌肤的少年。这个时候我才算是看清了那个少年的容貌。少年低着头，垂下的褐发遮住了他形状美好的侧面，炽热的阳光从那蝶翼般的睫毛上筛下了淡淡的阴影。当他蓦然抬起头时，视线正好落在了我的眼底。那样的眼神不禁让我想起了破碎无痕的蓝色爱琴海，消逝于暗夜的清冷月色，被轻风吹落的玫瑰花瓣……一切看上去都美好得毫无瑕疵，却又充满着令人心生怜惜的遗憾，以及无法把握住的失落。

　　我再次看了看那两个争抢着买少年的猥琐男人，大概猜到了少年落入他们手中的命运。不知为什么，这个少年的眼神在某一方面触动了我心底的柔软之处。

　　我忽然停下了脚步，一咬牙，道："大人，能不能请你把他也买下？"话说出口的同时，我也被自己一口流利的异国语言吓了一跳。

　　易卜拉欣的目光轻轻闪动，轻薄纤巧的嘴角微微向上挑起，"买下他当然不成问题。不过我要提醒你，将来你可能会后悔求我这么做。"

　　我毫不犹豫地摇了摇头，"请你买下他，我是不会后悔的。"

　　或许这又只是我的一种直觉——少年如果被这个男人买去，也许就会摆脱被侮辱的命运吧。

Chapter ❸ 奇怪的规矩

　　伊斯坦布尔午后明媚的阳光透过车窗的缝隙直射进来，为车厢内混浊压抑的空气带来了几分干净温暖的气息。可此时的我非但感受不到半点暖意，反而下意识地打了个冷战。所乘坐的马车正不疾不徐地朝着前方行驶着，车轮碾压石子路的声音有节奏地响起，令我的心绪更加烦躁。之前那一连串的疑问又开始在脑中回荡，迫使我不得不将头转向窗外，想借此转移注意力，不再继续胡思乱想。

　　从博斯普鲁斯海峡吹来的风轻拂过我的面颊，一道又一道全然陌生的风景在我的眼前如旧电影胶片般掠过……虽然我不知道这位买主易卜拉欣大人究竟是何方神圣，但从旁人对他那种毕恭毕敬的态度来看，此人的身份一定不简单。刚才他一开口要买下那个少年，原本吵得不可开交的两人却是毫不迟疑地同时退出了这场竞争。

　　想到这里，我又将目光转到了那个北非少年身上。

　　少年还是低垂着头，被褐发半遮住的脸上也看不出什么表情。透明的光线滑落在他那蜜色肌肤上，就像是一匹上等的丝缎闪烁着比珍珠琥珀更加夺目诱人的光泽。可少年的周身却似乎笼罩着一种模模糊糊的伤感，恍若清晨初晓的一股轻雾，黄昏时分的一缕暮烟。

从我的这个角度望去，恰好能看到他的手指正在微微发抖。那纤长柔软的手指就像是在风中轻颤的郁金香花茎。一枚看起来并不值钱的戒指戴在他瘦弱的指节上摇摇欲坠，仿佛随时都会晃落下来。

看得出，他很紧张，也很害怕。

我不禁心里一软，忍不住涌起了想要安慰他的冲动。不知是为什么，这个看起来比自己还要小两岁的少年，让我感到有种说不清的怜惜和亲切感。就仿佛……我们在很久很久以前已经见过。记忆深处影影绰绰出现了一个似曾相识的人影，却是怎么也分辨不清。

我忽然伸出自己的手，用力握住了那正在颤抖的郁金香花茎，紧紧地。

少年明显一惊，身体也随之轻轻一颤，却并没有挣开我的手。

比起这个少年，我的处境或许不是能用"糟糕"两个字来形容了。莫名其妙来到个陌生的时代已经是匪夷所思，更恐怖的是我对于之前的记忆也是模模糊糊的。除了此时记起自己来自中国，原来的名字叫做林珑外，我实在想不起更多具体的东西了。

所以，我也不知该怎样安慰少年，唯一能做的，就是紧紧握着他的手。我知道，对方一定能够了解我想要表达的心意。

因为，十指连心。

寂静无声中，我和他，交错的双手，交错的命运。

以及，无法预知的未来。

大约过了半小时左右，马车终于在一幢颇具伊斯兰风格的建筑前停了下来。这幢私邸的房顶全部是用华贵的蓝色琉璃瓦铺就而成，青铜所铸成的厚重大门边沿镶着金色树叶图案，打开的窗户上安装着五彩缤纷的玻璃，从各国运来的彩色石料交错镶嵌而成的花纹装饰着洁白的墙面。穿过正厅，有一个极为美丽的庭院，花园里栽种着不少芬芳袭人的黄玫瑰，被阳光蒸腾出的浓郁香气飘浮在空气之中。造型优美的喷泉带着几分欧洲文艺复兴时期的浪漫风格，晶莹剔透的水花在午后艳阳的照耀下折射出彩虹的绚丽。

房子里的仆人们纷纷出来迎接，对这位易卜拉欣大人的态度都是恭敬有加，隐约似乎还有几分畏惧之意。

"大人，您总算回来了。"一位穿着米色压领长袍的中年胖男人走上前来。他的头上缠着阿拉伯男人常见的那种头饰，布头卷掖在头饰前方偏左的上面。浅色的布料紧裹着他的身子，令这人看起来就像是一大袋会移动的土豆。当男人看见易卜拉欣身后的我时，不禁笑了笑，道："大人，您的眼光果然厉害。相信这个漂亮的女奴一定会令那个人满意的。"

易卜拉欣微微一笑，淡淡道，"要想让那个人满意……恐怕还要花上些时间好好加以调教。"

"不过大人……"中年男子的目光又落在了少年的身上，眼中掠过一丝困惑，"您不是只打算去挑选女奴吗？"

"哦，这只是个附带品。"易卜拉欣有意无意地瞥了我一眼，"哈桑，你就暂时先将这两人安置下来。"

哈桑迟疑了一下，"那么大人……还是按照老规矩办吗？"

"当然。"易卜拉欣微抿着嘴角，他的笑容就像是尼罗河畔的白莲悄然绽开，美丽不可方物，但那双如子夜般漆黑的眼眸却蕴含着深冷的暗光。

我还没弄清是怎么回事，就被哈桑带到了一个狭小阴暗的房间里。和我一起同病相怜被扔到这里的还有那个北非少年。从上了马车到现在为止，少年的头始终低垂着，一直都没有抬起来过。

哈桑冷冷扫了我们一眼，用没有任何情绪的声音说道："按照这里的规矩，所有新买来的奴隶都要先饿上三天。也就是说，除了清水之外，在这三天里，你们得不到任何食物。"

我一愣，买来的奴隶先饿上三天？奇了怪了，我们又不是供人食用的蛏子，买来还得放在水里饿几天以便将肚子里的沙子吐个干净，这规矩也太变态了吧？

哈桑说完这几句话，就转身朝门外走去。

"可是，万一我们饿死了呢？"我忍不住小声抗议道。

哈桑面无表情地转头看了我一眼，"那只能证明你们没有通过神的认可。"

"喂……这算什么……"咣当作响的锁门声打断了我的抗议，我只得郁闷地收了声。神啊，这是什么鬼时代鬼地方鬼规矩！

片刻之后，我才算是冷静了下来，开始打量四周的情况。房间里只有一盏用阿拉伯风格图案装饰的枝形灯架，但灯架上却是空空如也。靠近高高的天花板那里，倒有一个不大不小的窗子，那也是唯一的光线来源，但根本无法容纳一个成人通过。

"我的名字……叫做贝希尔。"就在这个时候，那个沉默的少年忽然开口了，他伸手整理了一下被风吹乱的发丝，用很轻的声音继续说道，"我的家乡在……埃及开罗。"

我没想到他会先开口，过了两秒才反应过来，忙答道："我……我叫林珑，来自中国。对了？你知道中国吗？不对不对，这个时代可能不叫中国吧。反正是个和埃及一样古老的东方国家。"

"东方国家？"少年有些惊讶地盯着我，"可是我从没见过东方国家的人会有一双像你这样的紫色眼睛。"

这简简单单的一句话，听在我耳中却犹如惊涛骇浪一般，震得我脑袋里顿时一片嗡嗡作响。这孩子说什么？紫色的眼睛？老天，我居然会有一双紫色的眼睛！之前那陌生的亚麻色头发，莹白如雪的肌肤，再加上现在匪夷所思的紫色眼睛……这奇诡怪异的一切，更让我确定了这个身体根本就不是属于自己的。

那么，我到底是穿越到了什么人的身上？

又到底是为什么会来到这个地方？

恍然之间，几十种不同的猜测转眼而过，我却一个也抓不住。

"那……你也没有见过所有来自东方国家的人，所以，有紫色眼睛的并不奇怪啊。"我定了定心神，连忙转移了话题，"你是怎么从开罗到这里的？是被那些人抓来的吗？"

贝希尔迟疑了一下，并没有回答。我见他的脸色变得更加黯淡，好意地补充了一句，"你不想说也没关系的。"

贝希尔再次低下了头，将目光聚焦在了角落里的一大堆干草上。我也开始沉默不语，不可避免地担心起了接下来未知的命运。就在这个时候，有个粗重的声音从房间外传了过来，打破了这份沉闷的寂静，"前两天关在那里的那个奴隶断气了，赶紧把她的尸体拖出去。不然我们又要被主人责骂了。"

"我还以为她能熬过这三天呢，没想到这么快就病死了。"另一个男人的语气中似乎有些许不忍。

"你就少说几句吧，我们从这里搬出来的尸体还少吗？"

"你说今天新关进来的这两个家伙能通过神的认可吗？"

"谁知道，看他们自己的命吧……"

随着脚步声的远去，两人对话的声音也渐渐飘散在了空气中。我心有余悸地望了贝希尔一眼，对方的神色倒是没什么异样，只是瘦弱的双肩在轻微颤动着。我转过了脸，视线所及之处，俨然化开了一片混沌的灰暗色调。在房间角落的那些尘埃和蛛网之间，似乎隐藏着成千上万的阴森生物，在人们肉眼看不到的地方成长，窥伺，散发着令人惊恐的恐怖气息……

"嗖——"一只小老鼠突然从我的眼前闪过，一下子就跑没了影。

我心念微微一动，立刻弯腰趴在地上仔细寻找了起来，果然在墙根处看到了一个不大不小的老鼠洞。我用手摸了摸那里，又从旁边的水盆里舀了半勺水倒在地上，只见那些透明的液体很快就渗入了地面。

贝希尔面露困惑之色，显然不明白我在做什么。

我看了他一眼，压低了声音问道："贝希尔，你想逃走吗？"

贝希尔蓦地瞪大了眼睛，显然大吃一惊，"你说什么？逃走？这怎么可能？"

"怎么不可能？"我眨了眨眼，"刚刚进来的时候，我观察到这个牢房的位置靠近围墙，也就是说，它的另一边是可以通到外面的。这堵坚硬的墙我们很难打穿，但是你看这地面，渗水快，黏性差，说明土质相当疏松。所以，如果我们尝试沿着墙根由这个老鼠洞挖掘的话，说不定就可以凿出一个通向外面的出口。贝希尔，你想不想试试？”

贝希尔的眼中蓦地一亮，但这抹亮光却是如流星般迅速消失，“可是，我们连挖掘的工具都没有。”

“这个不就是最好的挖掘工具吗？”我望向了那盏金属枝型灯架，又指了指盆子里舀水的铜勺，“还有这个，应该也能用。至于挖出来的土渣，我们可以把它们藏在那些干草后面。这样万一有人进来也不容易发现。要知道在《肖申克的救赎》这部电影里，挖掘难度可是大得多了。主人公挖掘了十九年才逃走。不过，这里如果一切顺利的话，或许我们三天以内就能完工。”

等我转过头看到贝希尔一脸茫然的神情时，才发现自己刚才好像透露了一些根本不属于这个时代的信息。电影什么的，对方会明白才怪呢。话又说回来，为什么自己会记起这部电影呢？我揉了揉自己的太阳穴……奇怪，好像有一种记忆正在慢慢恢复的奇妙感觉呢……

“我们现在就抓紧时间开始动手。明后天我们的体力就会因为饥饿而减弱。所以我们要争取尽快完工。”说着，我拿起了灯架，对准那个鼠洞就挖了下去。

贝希尔想了想，也拿起了铜勺跟着我挖起来。

挖掘工作进行得比想象中顺利。到了半夜时分，这个位置居然已经挖出了大致的轮廓。尽管腹中饥肠辘辘，但我们两人却是铆了一股劲，越挖越精神，那种重获自由的诱惑无疑就是最强劲的兴奋剂。

“林珑，你听到什么声音了没？”挖到一半，贝希尔忽然停下了手，略带惊慌地开口问道。

我侧耳倾听了几秒，不禁面色大变，那分明就是由远及近的脚步声！

“快，贝希尔！拿些干草挡住这个洞！”我边说边将周围的土渣拢到了角落的干草后面，尽可能不让这里露出什么蛛丝马迹。

等我们刚刚收拾完，房间的门就被打开了。

出现在我们面前的正是那位年轻的易卜拉欣大人。他那双细长锐利的灰蓝色眼睛平静无澜，纤薄精致的嘴角微微提起，晕开了淡淡一点笑意如轻风拂过水面。

我心里紧张得要命，生怕被对方看出点什么，不自觉地握紧了自己的手，心里暗叫倒霉，为什么这么晚了他还要亲自过来？究竟是巧合还是……

"看起来你们已经开始习惯这里了。"他的声音令人想起了在月光下散发着美丽光泽的高贵珍珠，温润中透着与生俱来的优雅。

我紧闭着唇，什么也没说，只希望此人能快快离开。直觉告诉自己，这个面带微笑的男人绝对不是个好惹的家伙。若是被他发现我们想逃走的话，说不定真的会被杀……

易卜拉欣的目光在我身上稍作停留，眼中飞快闪过了一丝冰冷的流光，可唇边的轻笑却还是好似夜星坠地般清透动人。

"看来两个小家伙还真是不安分呢！"他的神色忽然变得令人难以琢磨，"对了，忘记告诉你们一件事。我呢，喜欢主动承认错误的人。如果两个人同时都犯了错误，那么首先对我承认错误的人就会得到宽恕。如果两人都不承认的话，那么……"他没有说下去，但灰蓝色的眼睛却在瞬间变成了无法射入阳光的冬日天空，冰冷又无情。

我的心中更是忐忑不安，难道他看出什么不对劲了吗？不然为什么要说这种莫名其妙的话？

"大人！"一直保持着沉默的贝希尔突然开口道，"我有事要向您禀告！"

易卜拉欣颇有意味地挑起了眉毛，"什么？"

贝希尔侧过脸望了我一眼，又迅速避过了我愕然的目光，伸手一指，"这个女孩想要逃走！"

Chapter 04 易卜拉欣的惩罚

　　我根本没料到自己会被这个少年出卖，听到他这么说时，好一阵子都没有反应过来。随着震惊的情绪接踵而至的，还有无法用任何语言形容的愤怒和失望。贝希尔像是急着想要证实自己的话，又赶紧把那些干草搬开，将我们还未完成的"秘密"清楚展示在了易卜拉欣的眼前。那个挖掘了一半的洞，此刻看起来就像是一张充满嘲讽的大口，无声地讥笑着那些容易相信别人的傻瓜。

　　为什么？为什么要这样做？明明有瞒过那个人的可能，为什么要这么快放弃？

　　我死死盯着贝希尔的眼睛，想要从他的脸上得到想要的答案。但对方显然不想与我有正面的对视，始终低垂着头，躲避着我凌厉的目光。

　　易卜拉欣一言不发地走到我的面前。他那双灰蓝色的眼睛如同黑海般深不可测，微抿的嘴唇勾勒出了若有若无的弧度，修长的手指轻抚着自己的下颌，似乎正在思索着如何处置犯了过错的我。尽管他的唇边含有淡淡笑意，但从他身上散发出来的寒冷气息还是令我感到了深入骨髓的恐惧。

"我刚才已经说过了，首先对我承认错误的人就会得到宽恕。那么相反，没有承认错误的人就要接受惩罚。"他笑起来的时候，比尼罗河畔的白莲更加迷人。

听到最后一句话的时候，贝希尔的脸色明显变了变，似乎是想说些什么，但咬了咬嘴唇，还是不敢发出任何声音。

易卜拉欣朝我慢慢伸出了手，他的肤色是土耳其人中少见的白皙。形状优美的手指好似中国丝绸般柔滑细腻，在夜色中泛着如水晶般的光芒。那轻缓柔和的动作，仿佛是想要抚摸爱人的脸庞，带着某种令人失去警惕的慵懒温和。就在手指将要触及我的面颊那一瞬，他的眼眸深处突然掠过了一丝危险的流光。

我心里暗叫不好，几乎是本能地往后一闪，但还是被他一下子拽到了身前。接着，他不由分说地将我拦腰抱起，转身就出了房间，大步往外里走去。我不知道对方要做出什么可怕的事，脸上已吓得毫无血色，手脚却还是在做着徒劳的挣扎。我感到自己的身体好像被柔韧结实的绳索紧紧缠绕住，并且收得越来越紧，无法再动弹。

这个人会杀了我的——此刻，我心中只有这么一个念头。

易卜拉欣抱着我一直走到了花园里的池子前，干脆利落地将我扔了下去。只听扑通一声，我的整个身体已经落入了冰冷的池水之中。

这个季节的夜晚已弥漫着森森寒意，池子中的水自然也是冰冷彻骨。落水的一刹那，我只觉得自己的血管似乎瞬间凝固起来，原本急促的呼吸也被同时冻结，眼前一片模糊，大脑虽然还算清醒，却发不出一点声音。全身难受得好辛苦，可手脚却僵硬的，不能挪动。所幸池水并不太深，我还是竭力将头露出了水面，可还没等我呼吸几口新鲜空气，又被他用力摁回了水中……

我的大脑渐渐变得混沌起来，窒息的痛苦令我几乎失去了全部意识。某些杂乱无章的思绪在脑中掠过，就像是临入地狱前的回光一闪。就在我的心脏差不多快要停止跳动时，他才像是宽恕般地松开了手。

一得到释放，我赶紧深深吸了几口气，挣扎着站了起来。凉凉的水珠从我的脸上、身上不停滑落……被夜风一吹，我更是冷得连打了几个哆嗦，单薄的身体不可抑制地颤抖起来……

易卜拉欣略略扬起了嘴角，若隐若现的笑容里带着让人恼火的讥讽。

"不用感谢我今天对你手下留情。我总是会给犯了错的人多一次机会。所以，如果有下次的话，你的结局会比这惨得多。"他若有所思地看着我，"你要明白，一个不听话的奴隶，我随时都可以找别人取而代之。"

我恼怒地瞪着他，"下次最多你杀了我，不就是这样而已吗？"若是在平时，我也不会轻易说出这种赌气的话，但刚才濒临死亡的痛苦让我此刻冲动地无法控制自己。

"不就是这样而已？"他的眼中写满了嘲讽，"有时候，活着比死去更难。我要是下次将你送到奥斯曼军队里充当军妓，那才是真正的生不如死。要知道，那些从社会底层出来的奥斯曼人的野蛮粗暴，恐怕不是你能招架得住的。"

听他这么一说，我的脸色变得愈加苍白，当下明白现在嘴硬对自己一点好处也没有。

"从墙下面挖个洞像老鼠一样逃走，这倒是一个好办法。"他促狭地笑了起来，口吻中带着冷漠的不屑，"既然你这么聪明，应该明白只有乖乖听话才是最正确的生存之道。"

我只觉得眼前一阵眩晕，连忙闭上了眼睛，稳了稳身子，同时又连打了好几个喷嚏。

"可怜的孩子，这样子你一定会生病的。"他的灰蓝色眼中闪现出一丝怜悯之色，可接下来说的话却是那样冷酷无情，"来人，把她带回房间。这几天要是没事算她运气好，万一病死了就把尸体及时处理掉。"

我被送回房间的时候，意识已经开始模糊了，隐约看到贝希尔面带关切地靠上前来，口中不知说了些什么。一想到是这个该死的叛徒把自己害成这样，我就气不打一处来，用尽全力狠狠抽了他一个耳光……接下来，我的眼前一黑，就什么也不知道了。

等到再次迷迷糊糊地睁开眼睛时，我听到贝希尔充满担忧的声音依稀传入了耳中，"林珑，你觉得怎么样？哪里不舒服？"下一秒，我就感觉到自己的额头上一暖，似乎是对方的手轻轻覆了上来。

一听到这个讨厌的声音，我就被气得清醒了几分，想都没想就伸手去拨开那人的手。

贝希尔连忙挡住了我的手，语调急促地低声道："林珑，你的额头烫得像火烧，可是身上却没有出一滴汗，这样下去会很危险的。"

被他这么一提醒，我也察觉到了自己身体的异常。喉咙干得直冒烟不说，整个人就好像是被放置在了蒸笼上用大火烘干了所有的水分，由内而外都蒸腾着滚烫的热气，除非现在有一盆冰水兜头而下，才勉强可以稍微缓解一下体表的高温。

不用说，一定是刚才受了凉才发起了高烧。

"你滚开。"尽管脑袋痛得要命，我还是思维清晰地表达着自己的愤怒之情，"要不是你这个叛徒，我又怎么会生病！我就算死了也不关你的事！"

"对不起……林珑……真的对不起……"贝希尔的声音夹杂着挥之不去的愧疚，"真主也会为我的卑劣行径而感到羞愧。更何况，你还是帮助过我的人。"

我哼了一声，转过了脸不去理他。

"其实，我并不是被他们抓来的。"贝希尔还是自顾自地继续说道，"我的父亲早亡，全靠母亲将我们兄妹几人辛苦养活。但是最近生活越来越艰难，再这样下去的话，我们都会活活饿死。我无意中偷听到姐姐为了家人打算想要卖身给这些奴隶贩子。于是我就赶在了她之前，将自己卖给了奴隶贩子。卖的钱虽然不算多，但总算能够她们熬上一阵子了。"

少年自述的凄凉身世令我心里的火气减弱了几分，但想到他刚才毫不犹豫地出卖自己的情景，我还是无法对他抱以同情。

"因为从小在贫困穷苦中长大，我失去过很多珍贵的东西，所以常常会觉得绝望，所以就会想要抓住任何可以抓住的东西。包括生命。"他再次握紧了我的手，正如之前我握紧他的，"对不起，林珑。其实我真的很怕死。

现在我只想顺应自己的命运，以一个奴隶的卑微身份活下去。没有自由也不要紧，重要的是能够活下去。"

我想要甩开他的手，可身上却已经没有多余的力气了，只得愤愤重复着刚才的话，"你滚开，我死了也不用你管。你不用假惺惺的……"我的声音突然一滞，惊愕的目光停留在了自己身上，连语调也走了音，"你你……我……我的衣服呢?!"

直到此刻，我才发现，在薄薄的毡袍下，自己的身体竟然不着寸缕!

"你被送进来的时候全身都湿透了，如果不及时脱掉衣服会加重你的病情的。幸好还有这件卡皮纳特，所以我就自作主张帮你除去了所有的衣服……"贝希尔神色忧伤地解释道，"对不起，真的对不起。这次都是我害了你。"

我本来就已经快撑不住了，现在一想到自己的身体都被这个家伙看了个遍，不禁怒急交加，再次晕了过去。

这一次失去意识后的状况比之前更加糟糕。在昏昏沉沉中，我依稀感到有人动作轻缓地扶起我，往我的嘴里灌水……然后又有人将我紧紧搂在了怀里，用自己的体温帮助我发汗，同时还不停擦拭着我额上脸上的汗水……我大概能感觉到这个人是谁，尽管很想拒绝他的关心，但身体却做不出任何反抗，就连动一动手指都做不到。头痛得就快裂开来了，我甚至已经想到了最糟糕的后果……

如果再次死去的话，是不是又会重复之前那种情景?

就像是西西弗斯的诅咒，无穷无尽?

到底，是谁对我下了这样的诅咒?

又是怎样诡异奇妙的力量，将我送到了古代的伊斯坦布尔?

带着许多未知的困惑疑虑，我只觉得自己的脑袋像是灌了铅般越来越沉重，整个身体也仿佛失了重一般在无底的黑暗中不断下坠……

不知过了多久，我的意识终于开始一点一点复苏，刚睁开眼就见到了贝希尔正疲乏地靠在墙边。他神色憔悴，微蹙着双眉，似乎就算在睡梦中也有许多放不下的心事。这个样子的少年，看起来就像是一株开着紫色小花的秋日薄荷，散发着微带凉意的寂寞和淡淡伤感。

就在这时，少年的睫毛剧烈颤动了几下，忽然睁开了眼睛。我们视线相交的一瞬，他的脸上明显露出了欣喜之色，"林珑，你终于醒了！你都昏睡了两天了！"

两天？我愣了愣，自己这次竟然昏睡了这么久？

正想着，他的手已经伸过来碰了碰我的额头，声音里似乎是松了一口气，"还好还好，热度总算是退下去了，应该是没事了。当初我的小妹妹发热时，我也是这样照顾她的，看来还是挺管用的。"

我的心里不禁一动，难道说这两天来一直都是他在照顾着自己？想到这里，我的嘴唇轻轻动了动，脱口道："谢谢。"从喉咙里发出的声音听起来是那么嘶哑无力，将我自己也吓了一跳。

"你不必道谢，林珑，这本来就是我的过错。"贝希尔摇了摇头，"你没事我也放心了，不然的话，我……"他顿了顿，像是试探般问道，"林珑，你能原谅我吗？"

我沉默了几秒，"那么，你能不能回答我一个问题？"

他不假思索地点头，"好，你说。"

"那晚他并不一定发现我们的计划，为什么你要这么快放弃？"对于这一点，我实在是有些耿耿于怀。

"他发现了。"贝希尔抬头直视着我的眼睛，"那天他的眼神在你的手上停留了一下，你的手指上还有残余的泥土，接着我就看到他望了那些干草一眼。那个眼神告诉我，他已经发现了这一切。所以，他才会说出那样一番话。"

我微微一惊，用陌生的目光打量了他几眼，这个少年看上去比我还要小上两三岁，可那种敏锐的观察力和判断力却似乎和他本身的年龄并不太符合。其实，当时我也觉得对方是发现了什么，但没想到问题还是出在自己的手上。

不知为什么，我忽然有种奇特的直觉——这个少年在将来可能会和我形成某种未知的联系和牵绊。

Chapter 05 紫色眼睛的美人

就在这个时候，门被打开了。拂晓的晨曦透过窗棂洒了进来，轻腾的微尘在淡淡光照中如烟雾般浮沉。易卜拉欣面色平和地站在那里，他身着传统的土耳其服装，一卷来自埃及的上等金丝棉叠成好几折盘在头上，同色的竖纹长袍从领子处一直拖到脚跟。这样"非主流"的打扮配在他身上却是显得高贵优雅，同时也再一次提醒了我，此刻自己所处的不可思议的陌生时代。

他不发一言地走了进来，打量了我几眼后，倒是笑了笑，"看来应该是没事了。"

我瞥了他一眼，有气无力应道："大人，三天时间到了。我们这是不是算已经通过神的认可了？"

"那是自然。"易卜拉欣看了看一旁沉默不语的贝希尔，"等一下就会有人带你们离开这个房间。"

"那……我们什么时候能吃东西？再不给我们吃的，恐怕没事也要很快变有事了。"我忍不住提醒了他一句。从刚恢复意识开始，胃里就一直火烧火燎的，这饿肚子的滋味还真不好受。当我说到最后一个字的时候，被我用手捂住的胃部还很配合地发出了一阵咕噜声。

易卜拉欣的眼中闪过一丝笑意，"你们现在这个样子……我觉得还是先去沐浴比较好。等你们收拾干净，自然不会饿着你们。"说完，他没有在这里多做逗留，转身就走出了房间。听到他的脚步声逐渐远去，我这才松了一口气。转头看向贝希尔，他的脸上也显露出躲过一劫的神情。

"林珑，我们算是活下来了吗？"他望向了我的眼睛，幽幽地问道。

"算是吧。"我茫然地点了点头，把后面的半截话吞回了肚子里。这次暂时是活下来了，那么以后呢？这位易卜拉欣大人可是比那些面目狰狞的人还要恐怖几分。如果一直留在这里，不知道下次还有没有这样的好运气。

"那么林珑，你也原谅我了吗？"贝希尔似乎还执著于之前的那个问题。

我迟疑了一下，没有说话。虽说这次是他救了我，但罪魁祸首不也正是他吗？功过相抵，又谈什么原谅不原谅？

"你还是不肯原谅我吗？这可怎么办呢，真主一定会惩罚我的。"贝希尔快快不乐地低下了头，将脑袋埋入了两膝之间，肩膀还轻微地抽动起来。当他将头重新抬起来的一瞬，我顿时愣住了。原来他的脸上不知何时已是满满的泪水。看着这个像是弟弟般的少年，我不由得心里一软，放低了语气，说道："好了好了，我原谅你就是了。"

贝希尔惊喜地点了点头，朝我露出了一个笑容。他微笑起来的样子格外的好看，那种干净又温柔的笑容，就像在寒冷的冬日里煮上一杯冒着热气的鲜奶，只用闻着就可以感受到其中纯正的温暖。?

不多时，来了两个侍卫带走了贝希尔，随即又有两个中年侍女将我带走。毫无怜香惜玉之心的侍女们将我原先的衣服脱了个精光，像是对待货物般大力刷洗了一番，又给我换上了一套干净的新衣服，最后将我领到了二楼左侧的一个房间里。

易卜拉欣已经坐在软榻上享用着早餐，阳光从面向某座清真寺的窗户洒落，柔和的浅金色微芒映着他略略舒展的双眉，明润淡漠的瞳人，看起来倒更像是一尊镌刻精美的雕像。他一见到我，唇边的笑容不自觉地扬起，"过来，先吃点东西吧。"

我本来已饿得双腿发软，所以也就不客气地坐到了他的对面。空气里一股食物特有的香气扑鼻而来，惹得我暗暗咽了几口口水。

镶嵌着珍珠贝母的长方形案几上摆放着一些食物，有面包，大蒜，奶酪，酸奶和一碗白米粥。我心里不禁有些惊讶，原来这就是当时权贵家庭的餐饮水准吗？未免也太节俭一些了吧。

"贝希尔呢？"我打量了一下四周，没有发现那个少年的身影。

"他自有他的去处，这个就不用你操心了。"易卜拉欣做了个请用的手势，示意我可以随意享用这些食物。

我先拿起了一张薄薄的面包咬了一口，没什么味道，口感发硬，面粉里掺杂了一些麸皮，和我印象中的面包实在是天差地别。不过，正饿得发慌的我也顾不了这么多，一口气吃了好几张。喝了几口有些发涩的酸奶后，我又拿了一块奶酪放进嘴里，只觉得骚味浓烈，难以下咽，卡在喉咙里硬是吞不下去，更不敢吐出来。

"这是绵羊奶制成的奶酪，和你们那里出产的奶酪应该有点不一样。"他似乎看出了我的窘迫，"是不是觉得这些吃的都不合胃口？"

我违心地摇了摇头。却又听他说道："我们土耳其人一向在饮食方面比较节俭。富有人家吃肉的次数也不多，普通国民的桌子上更是很少看到肉类，一户人家一年所食用的肉类数量大约只有三分之一头羊。有些贫穷的人家甚至顿顿只喝酸奶。在这个国度，只有苏丹的王宫里才能享用到无数的奢华美食。"

我同时消化着胃里的食物和脑中得到的新信息，心里越来越疑惑。虽说我知道这里是古代的土耳其，但确切到底是什么时期的土耳其呢？此刻的圣索菲亚教堂已经被改为清真寺了，我记得那好像是十五世纪以后的事了。对了，易卜拉欣之前还提到了奥斯曼军队和苏丹，那么现在应该就是强大鼎盛的奥斯曼土耳其帝国时代？至于当权的是哪位苏丹，这个我就搞不清楚了。

默默整理完思绪后，我又感到有些奇怪，为什么自己会知道这些呢？就像是脑中被抹去的一部分记忆开始渐渐复苏过来了。

"我不需要知道你从哪里来，也没必要知道你原来叫什么名字，从现在起我会给你取一个新的土耳其名字。"他轻轻颔首，沉吟了几秒，道，"就叫做罗莎兰娜吧，这是个容易让人记住的好名字。"

我吃东西的动作稍微顿了顿，随即还是顺从地接受了这个新名字。在这个陌生的时代，我连自己的生命都无法保障，又谈什么名字和尊严呢？

"从明天起，我会请人来教习你各项技能，包括诗歌、舞蹈、乐器、烹茶，以及如何诵读古兰经。"他瞥了瞥我，眼中似乎有微诧的光芒一闪而过，"不过，没想到你的土耳其语说得这么好，看来不必另请语言教师了。"

我心里一紧，隐约觉得哪里有点不对劲，但还是脱口道："为什么要学习这些？"一个普通的女奴应该是没必要学习这些的吧。

他的嘴角又浮现出那种令人不悦的嘲笑，忽然起身将我一把拽起，拉着我走到了一面具有洛可可风格的玻璃镜前。

我蓦地瞪大了眼睛，镜子里映出来的那个少女——真的是我吗？

如新月般弯长的眉毛，纤秀的五官，柔软的象牙色肌肤，海藻般披散的亚麻色长发——无不昭示着这是个相当美丽的少女。尤其是那双罕见的浅紫色眼睛，似春日里含苞欲放的紫罗兰，眼瞳如同透明深邃的紫色水晶般美丽。当眼波流转时，瞳人深处还会呈现出一种春雨般柔润又清亮的色泽。

"你不知道自己的长相吗？这样的你如果只做一个女奴岂不是太浪费了？"他说着伸手捏住了我的下巴，迫使我的目光望向他。我清楚地看到他的眼中只有一片淡漠。他说："你是我为那个人选中的礼物。我有预感，那个人一定会喜欢这份礼物的。"

我还没从震惊中回过神来，他说得没错，我真的不知道自己现在的长相，我更没想到原来这副身体原来的主人是那么美丽！就在错愕万分的一瞬间，我的头部突然莫名疼痛起来，某些模糊的记忆片段飞速掠过脑海，既陌生又熟悉……

为什么，感觉自己好像经历过类似的事情……

第二天，果然如易卜拉欣所言，他请来了专门的老师来教习我各项技能。和我同时接受训练的还有一位黑发碧眼的美丽少女。因为她还不怎么会说土耳其语，所以老师暂时是以拉丁文教习。在闲聊中得知，这位少女原名叫克里娜，同样也被易卜拉欣取了个新的土耳其名字叫做达玛拉，意为清晨的露珠。她本是希腊的贵族出身，在一次随家人的出海旅行中遇上了海盗，家人几乎无一幸免，而她也因容貌出众而被海盗头目当做礼物直接送给了易卜拉欣。

　　怪不得这少女举手投足间总有种高贵典雅的气质，不用说，她一定也是易卜拉欣为那个人准备的礼物之一。或许是同病相怜的关系，我们很快就成为了无话不说的朋友。

　　"达玛拉，你知道这位易卜拉欣大人到底是什么人吗？"我想从她这里打听到更确切的消息。

　　"我也不是太清楚。"她想了想，"不过，既然那海盗头目对他这么忌惮，他应该不仅仅是个有钱人，很有可能是奥斯曼帝国的高官。甚至，还是能接触到苏丹陛下的高级官员。"

　　我回想起在奴隶市场上发生的事情，也觉得她的这个猜测比较靠谱。

　　"罗莎兰娜，你就没想过他究竟想把我们送给谁吗？"在片刻沉默后，达玛拉忽然问了一句。

　　我茫然地摇了摇头，眼前的种种都让我无从适应，更别说想得那么远了。

　　"那么你知道现在统治奥斯曼帝国的君王是谁吗？"她的下一个问题我也同样无法回答。她好歹在这个世界生活了十六年，我可是被莫名其妙空投到这个世界，对这里的一切可以说是一无所知。达玛拉对我的一问三不知倒并不意外，在她眼里，我只是一个来自偏远山区的农家少女，和她的出身自然是有天壤之别，没什么见识也是正常。

　　"现在奥斯曼帝国正处于第十代苏丹苏莱曼一世的统治下，我也是以前从父母那里听说过一些关于他的传闻。据说这位年轻的君王二十六岁就登上了王位，现在算起来应该也不到三十岁吧。他战无不胜，所向披靡，匈牙利王国因他而灭亡，据说连印度的王侯都乞求过他的援助。在如今的欧洲世界，能和他对抗的君主只有神圣罗马帝国的查理五世、法国的法兰西斯一世和英国的亨利八世。真没想到有一天我会以这样的方式来到他所统治的国度。"达玛拉显然对自己所处的境地相当了解，甚至对那位君王还有几分欣赏。

苏莱曼一世？我微微愣了愣，觉得自己好像在哪里听过这个名字。当我细细回味她所说的话时，心里蓦然一惊，脱口道："难道易卜拉欣是想把我们送给……"

"这并不是不可能。"她没有否定我的猜测，神情却依然还是那么平静，"无论是送给谁，我们都无法逃脱成为女奴的命运。"

"达玛拉，难道你就不想找机会回希腊吗？"她的反应让我感到有些惊讶，但更令我不解的是她话语中流露出的安于现状的意味。

"别说我们现在根本就回不去，就算回去又能怎样？我的家人已经都没有了。"她的脸上闪过一丝忧伤，很快又恢复了常色，"或许这就是我的命运。既然神为我做出了选择，那么我就要勇敢地接受这个选择。纵然是这种落入谷底的人生，我也一样能找到最适合自己的生存方式。"

"达玛拉……"望着她曲线优美的侧面，我不知该说什么。但有一种强烈的直觉告诉我，她的未来绝对不会仅仅是成为一个女奴。

"姑娘们，今天你们来得可真早。"专门教授诗歌的高级侍女菲莉推门走了进来，她的手里还捧着几本精美古老的羊皮诗集。我和达玛拉互视了一眼，就按照之前所教的礼仪对她行了个礼。

"无论是诗歌还是绘画，或者是其他技艺，这么短的时间你们也无法做到精通，但至少要懂得入门的基本方法，具备起码的鉴赏能力。"菲莉看了看达玛拉，"我们奥斯曼的文学语言，除了土耳其语，阿拉伯语和波斯语也是相当流行的两种。达玛拉，你要加紧练习土耳其语，这样才能更加理解诗歌中的精髓。"

这可能是我这次穿越中唯一值得庆幸的事吧，对于当时应用广泛的这几种语言竟然无师自通，就好像这些记忆早已扎根在我的脑海深处了。

"在奥斯曼，人们最为推崇的就是诗歌，在文人看来诗歌要比其他文学作品更高尚一些。"菲莉边说边翻开了那本厚重的诗集，"目前收录的诗歌里以自然为主题的诗歌相当少，不过也是有几首精品流传至今。比如马赫穆德所写的这首描绘自然的诗歌：红色，黄色的花朵接连盛开，彼此拥抱，人们为它们而惊叹……"

说实话，若不是处于这样的境地，这样的学习气氛倒有种让我似曾相识的感觉。就好像在来此地之前，我也是这样在课堂上和同学们讨论着什么，同样也有老师这样教授我们各种知识……

时间不知不觉过了大半，我还是不能完全集中精神，思维跳跃又混乱。

"再来看看波斯诗人内扎米的这首爱情叙事诗。你们要记住，将爱情以诗歌的方式表达，这是你们务必要掌握的技能。将来……是很有可能会用到的。"菲莉诵诗的声音娓娓动人，也让我暂时停止了胡思乱想。

原来这首叫做《蕾丽与马季侬》的叙事诗歌来自于一个古老的阿拉伯传说。阿米利亚部落的某位酋长好不容易得了个儿子取名盖斯，盖斯长大后在学校中和一位叫做蕾丽的姑娘一起读书，渐渐相爱。但是蕾丽的父亲不许他们来往，盖斯整日在姑娘家前徘徊，大家都叫他马季侬（疯子）。不久，蕾丽的父亲把女儿嫁给了一个贵族，蕾丽坚决不与夫婿同床，最后抑郁而死。而流落到沙漠和野兽为伍的盖斯听闻死讯，赶到了情人的坟墓悲恸痛苦，最后也因悲伤过度而死。

听完之后，我不禁心里一动，这不是和我以前看过的一个故事很相似吗？虽然我的记忆还非常凌乱，但有一点我很肯定，那些记忆的碎片正在逐渐恢复。相信很快，我就会想起自己以前经历过的一切。

"在东方的一个国家也流传过这样优美的故事。而且，后人还根据这个故事谱写出了非常动人的乐曲。"我忍不住开口道。

"是吗？那你不妨说说。"菲莉显得很有兴趣。

我就将《梁祝》的故事简单地讲一遍，尽管用拉丁文还不能描述出其中的精妙，但也足以表达故事的意境了。尤其是说到梁山伯和祝英台死后双双化作蝴蝶时，达玛拉和菲莉的脸上不约而同地露出了哀伤的神色。

菲莉赞许地点了点头，正想说什么，只听一个男子的声音忽然从门外传来，"相当美的故事，就连我也听得忍不住要落泪了。"

我抬头一看，只见易卜拉欣已经一脚踏进房内。微风轻轻吹起他的几缕散发，细长秀美的灰蓝色眼中带着温和的笑意，如尼罗河中的莲花那般高贵淡雅，几乎让人忽视了那眼神深处惯有的明净冷冽。

"大人，正好今天的课也上得差不多了。这个时候我该告退了。"菲莉合上了诗集，毕恭毕敬地朝他行了个礼。

易卜拉欣点了点头，侧过脸看了一眼达玛达，"你也先下去吧，我有点话要单独和罗兰莎娜说。"

Chapter 06 残忍的奥斯曼传统

　　菲莉和达玛拉离开之后，很快进来两个侍女，手脚伶俐地在房间中央支起了个小炉煮起了饮料。不多时，放入丁香和桂皮的深黑色饮料在银壶中冒出了气泡，散发出一股浓郁又熟悉的香气。侍女小心翼翼将其倒入白色的瓷碗里，分给了我们。

　　"尝尝这加乌埃，是我们奥斯曼人平时最喜欢的提神饮料。用来配刚炒好的瓜子是再合适不过。"易卜拉欣说着顺手拿起了一枚瓜子放入嘴中，相当熟练地嗑了起来。我不禁有些愕然，真没想到，嗑瓜子这项休闲娱乐在几百年前的奥斯曼帝国还这么流行。

　　在他的目光注视下，我犹豫着喝下一口这所谓的加乌埃，尽管饮料里已经加了不少糖，但那怪异的口感还是令我忍不住皱起了眉。什么加乌埃，这味道，根本就是还没进化好的咖啡啊！而且还夹杂着丁香和桂皮独有的浓烈香味，简直没法让人再喝下第二口。

　　"怎么，不习惯这个味道吗？"他像是意料之中地笑了笑，"很多异族人一开始都不习惯，但是喝久了之后反而会爱上这个味道。我记得皇太后最初也喝不惯这个饮料，并且形容它喝起来像泥巴。谁知到了今时今日，反而每天都离不开这个饮料了。"

"不知道大人想和我说什么?"我将瓷碗放下,心里觉得泥巴这个形容还真是贴切。

易卜拉欣抬起头看着我,隔着袅袅盘旋的咖啡热气,他那双灰蓝色的眼眸显得更加深沉莫测。

"你不是想见贝希尔吗?"

听到这句话,我立即身子微微前倾,丝毫没有掩饰自己的关切之情。之前我也找过易卜拉欣想打听贝希尔的情况,但每回都没有收获。我甚至一度怀疑贝希尔可能已经被转卖给他人了。

"那我什么时候可以见到他?"对于那个埃及少年,我似乎有种说不清的微妙感觉。一方面我并不喜欢他表露出来的与真实年纪并不相符的老成,可一方面偏偏对他又有种如弟弟般的怜惜之情。

易卜拉欣看了看窗外的天色,莫名其妙地答了我一句,"太阳就快要下山,时间应该差不多了。"

时间应该差不多?我听不懂他话里的意思,但也无暇顾及这么多,急忙催促道:"那就请大人快点带我去见贝希尔吧。"

他用意味不明的目光瞥了我一眼,淡淡道:"随我来吧。"

跟着他一直走到马车旁,我才知道贝希尔此刻并不在易卜拉欣的府上,看来今天是要出府了。虽然脑中飞快闪过逃跑的念头,但一接触到易卜拉欣那双仿佛能洞悉一切的眼睛,我还是硬生生将这个念头压到了心底。如今的我对这个时代两眼一抹黑,就算逃出去又能怎样?说不定又会被逮到奴隶市场,卖给更加糟糕的买主。与其那样,还不如趁这个机会好好熟悉这里,然后再寻找合适的机会。

马车出了府后在路上行驶了大约几十分钟,穿过了几处不算茂密的树林,逐渐接近一片植被稀少的沙地。我心里很是纳闷,这里看起来什么建筑物也没有,人烟更是荒凉,易卜拉欣让贝希尔待在这种偏僻的地方做什么?

"到了,罗莎兰娜,下车吧。"马车不知何时已经停了下来,易卜拉欣的声音将我从满腹狐疑中暂且拉了回来。

我跳下了车，抬头望了望天色。此时夕阳渐渐西下，将远方的天空晕染成了一种奇妙绚丽的玫瑰金色。被镀上了层层金边的云彩悠悠浮动着，在空旷的沙地上投下了大片大片的暗色阴影。

"大人，贝希尔到底在哪里？"我疑惑地望向了易卜拉欣。他神色平静地远眺着那片沙地，只说了一句："就在这里。"

顺着他的目光望去，我这才发现不远处的沙地上好像还有十几处比较奇怪的影子，那并不是云朵的投影，远远看去倒像是类似小灌木之类的植被。当我走上前再凝神定晴一看，不由得立时倒抽了几口冷气，双脚一软竟跌倒在地上，想再站起身却怎么也使不出力气来。

那并不是什么小灌木，而是一颗颗的人头！

我转过头死死瞪着易卜拉欣，嘴唇却直打战，什么声音也发不出来，心中有不解有愤怒有疑惑，更多的是无法形容的恐惧。

"你放心，他应该还没死。"易卜拉欣的声音听起来没有任何情绪，"只是按照传统，他必须要过了这一关。"

"过……什么关？这又是什么见鬼的传统？"我听见自己的声音已然变了调。

"这是奥斯曼后宫招收宦官的传统。先由刀法熟练的刀手将年轻男子阉割，稍稍包扎伤口后将此男子由脖子到脚埋入露天的热沙地，让经过太阳暴晒后的热沙予以自然消毒。三天里男子不许喝水，不许进食。如果能熬过这三天，那么他们就有资格进入奥斯曼的后宫工作，前途或许会一片光明。日后若能成为宦官大总管，那么他的权力在帝国里就仅次于苏丹和首相，可以称得上是两人之下，万人之上。"易卜拉欣轻描淡写地说道，"今天已经是第三天了。只要熬到太阳下山他就算过关。"

"为什么？为什么要用那么残忍的方法对待他？为什么要将他送进宫去做宦官？他只是一个孩子而已！"听完他的解释，我的情绪不由得激动起来。想不到奥斯曼时期后宫招宦官的方法如此残酷，比中国古代的宦官还有过之而无不及！在当时的这种卫生条件下，可想而知存活率会有多低！

"后宫里正好缺少一批新的宦官。罗莎兰娜，当初你求我买下他时，我可是提醒过你不要后悔。"他伸手将我从地上扶了起来，唇边似乎有丝若隐若现的嘲讽之色。

"我根本不知道你会送他进宫做宦官！如果早知这样，我一定不会求你买下他！"我心里充满了无法言喻的恼火和后悔。

"不只是他，罗莎兰娜，还有你。"他垂下双目注视着我，"我会将你送给我们奥斯曼帝国最伟大的君王，苏莱曼一世。"

虽然之前听过达玛拉的话已经有点心理准备，但此刻从他口中那么真实地说出来，我还是瞠目结舌地愣在了原地。苏莱曼一世？奥斯曼帝国的后宫？这一切似乎离我原来的世界越来越遥远了。

我，究竟是跌入了怎样奇诡的命运旋涡之中？

"大人，既然你买下了我，那么你要把我送给谁我都无法反抗。君王也罢，乞丐也好，我都无所谓！但是现在，我只希望贝希尔没事！"说完，我用力甩开了他的手，朝着那片沙地飞奔而去。

近距离的情景更是无法仅仅用"残酷"两字来形容，我脚边的两个白种少年无力地耷拉着脑袋，脸上呈现出一片死人才有的青灰色，皮肉更是散发出一股令人作呕的怪味，显然已经死去好一阵子了。而旁边几个垂下头的黑种少年看起来也是奄奄一息，随时都有可能断了气。我暗自心惊，奥斯曼宫廷每招一批新宦官的背后不知埋葬了多少白骨和年轻的生命。这果然是个让我无法认可的时代。

强忍住恐惧之情，我焦急地找寻着贝希尔的踪影，蹲下身子一张脸一张脸仔细地看过去。终于，在不远处发现了一张熟悉的面容——

少年的容貌原来如玫瑰般娇嫩美好，可此时却是面无人色，惨白的嘴唇上布满了干皮，脱水的情况相当严重，整个人看起来虚弱得很。不过万幸的是，他依然还在呼吸着。尽管呼吸微弱，但无论如何他还活着。

"对不起，贝希尔，都怪我……要是当初不买下你就没事了。"再多的语言也无法描绘我此刻的内疚和惭愧，不管现在他能不能听到，我都迫切地想把自己真实的心情传达给他。

贝希尔仿佛真的听见了我的声音，睫毛突然快速颤动了几下，但还是无力睁开眼睛。我轻轻摸了一下他的额头，触手之处只觉湿滑冰凉，他的情况显然很糟糕。

想起刚才易卜拉欣说过的话，我急忙抬头望向天边，只见夕阳还在逐渐下沉，并未完全消失。平时感觉是短短的一瞬间，今天却是格外的漫长。我在心里暗暗祈祷着太阳快点下山，因为只有这样贝希尔才有可能获救。如果再晚一些的话，恐怕……

在分分秒秒的煎熬中，夕阳终于全部沉入了地平线。我迫不及待地蹲下身子扒拉起沙子，同时大声喊叫起来："大人，大人！时间到了！太阳下山了！请快些把他救出来吧！"

易卜拉欣挥了挥手，立即就有侍从上前扒开了沙子，将贝希尔整个人拉了出来。他全身赤裸，布满了沙尘，仅有要害部位简单包扎了一下。我不忍心多看，转过头只见其余的少年们也被陆续拉了出来，有活着的，也有死去的。易卜拉欣令随行的医生上前检查了存活着的少年们的状况，并吩咐将那些死去的少年尸首就地掩埋。

"大人，这次的奴隶里一共有八名存活，五名死亡。除了这名奴隶外，其余存活的都是来自非洲西部的黑奴。"医生看了看躺在那里紧闭双眼的贝希尔，犹豫着又说道，"只不过，他虽然现在还没断气，但看上去恐怕也熬不过今晚。"

"是因为他的炎症还没有消除吗？"我情急之下脱口问了出来。这个时代还没有抗生素，如果伤口被感染就麻烦了。

医生对我的大胆插嘴似乎有些惊讶，看了看易卜拉欣并无反应才勉强答道："伤口倒是无碍，只是他的全身冰凉，还伴有抽搐和呕吐。其余人喂过清水之后都已经缓过来了，他却是将清水都吐了出来。这样下去，必死无疑。"

"如果是这样，那么也只能怪他自己运气不好了。"易卜拉欣皱了皱眉，

"怎么回事？这一次奴隶的存活率好像特别低。"

"大人，这几天的太阳特别毒辣，有几个奴隶并不是因为伤口感染而死，而是死于严重脱水。"医生低声解释道。他的话音刚落，只见贝希尔的身子又是一阵剧烈抽搐，呼吸变得愈加急促，到后来竟双眼一翻晕了过去。

"贝希尔！"我心里一慌，忙去探他的呼吸。幸好，他还没断气。忽然之间，我觉得仿佛有似曾相识的情景在眼前一闪而过，一个熟悉的词语电光石火般出现在了脑海中。

"看来医生说得没错。"易卜拉欣一脸的漠然，"既然如此，那么也只能……"

"等一下！"我飞快打断了他的话，恳求道，"大人，请让我试试好吗？"

易卜拉欣不置可否地看了我一眼，语气里充满了怀疑，"你？"

"是，我或许有办法可以救他。请大人就给我一次机会吧。"我点了点头，振振有词道，"反正本来大人也决定抛弃他了。既然如此，何不让我死马当做活马医？如果救不活他，对大人来说也没什么损失。如果能救活他，那么以后若再遇到类似的情形，奴隶的生存率也可以有所提高。"贝希尔落到这个地步都是因为我的错误决定，如果再眼睁睁看着他死在我面前，恐怕我的心这一辈子都不会安宁了。

"大人，这个小女奴也太放肆了。"医生面带不悦地望向了易卜拉欣，"我的诊断从来没有出过错，您是知道的。"

"既然如此，那就让这小女奴彻底死心好了。"易卜拉欣微微一笑，"传我的命令，将这个奴隶和其他活着的奴隶一同先带回去。"

我心里稍稍松了口气，满怀感激地连声道："多谢大人！多谢大人！"

一回到易卜拉欣的府上，我就立刻让人拿了一碗淡盐水来，先给贝希尔灌了下去。之前他喝清水都吐出来，这次改用盐水他倒全部喝进去了。喝完了盐水后，他的面色似乎稍微好了一点。随即，我又找了个瓷汤勺，请侍女们帮忙将他的身子翻过去，摆成趴在床上的姿势。这期间他一直意识涣散，始终处于半昏迷的状态之中。

易卜拉欣坐在不远处，喝着原始咖啡嗑着瓜子，一言不发地看着我手忙脚乱地在那里忙碌。直到看见我要了一个瓷勺子，他才忍不住问了一句："罗莎兰娜，难道你想要用这个瓷勺子来救他？"

"大人您猜得真准，我就是要用这个瓷勺子救他。"这么多天以来我第一次露出了发自内心的笑容，"大人若是好奇，就请在一旁继续观看吧。"

"也好，那我就看看你如何用一个瓷勺子将死马救成活马。"他抿了抿嘴唇，笑容里又多了几分我所熟悉的嘲讽之色。

我用瓷勺沾了点橄榄油，朝着贝希尔裸露的后背由上而下刮了下去。不多时，他的脊背两侧就出现了一条条紫红色的痕迹，映着他那蜜色的肌肤，显得格外触目惊心。

"这是……"易卜拉欣的眼中有些不解，显然是对我的方法产生了怀疑。

"这是来自一个古老东方国家的治病方式。"我在回答的同时，也不耽误手里的功夫。刚才在沙地时触碰到贝希尔的皮肤感觉湿冷黏腻，又见他脉搏微弱，心跳紊乱，指甲发黑，面色苍白，有异于其他几位少年的面色潮红，我当时就突然想到了一个病症——中暑衰竭。而且不知为什么，我的记忆中也出现了幼时中暑后奶奶帮我刮痧去暑气的情景。

所以，当时我才不顾一切地想要试一试。

"刚才大人也听医生说了，这次有几位少年都是脱水而死。贝希尔缺少的不仅仅是水分，还有盐分。所以刚才那碗盐水就是给他补充身体里的盐分。"我手下略略加大了力气，"人的身体上有很多经脉，如果暑气痧毒从毛孔侵入的话，就会阻塞经脉和气血。贝希尔在阳光下暴晒了三天，暑气痧毒已经积聚在他的体内，不及时采取措施确实会导致死亡。所以我才想到这个方法，只要用合适的工具在人体表面经脉上刮治，暑气和痧毒就会随张开的毛孔而排出体外。"

"这些米粒状的红点就是你说的痧毒？"易卜拉欣的目光落在了那些紫红色的痕迹上。尽管我已经用比较简明扼要的语言向他解释了什么是刮痧，但毕竟双方文化差异太大，他对这个解释似乎仍是半信半疑。

我点了点头，"没错，这些痧毒的痕迹三到五天里就会消退的。刮痧不但可以去除暑气痧毒，还有很多对人体有益的作用。"

"这种古老的治病方法，我倒还是头一次听说。"易卜拉欣放下手中的咖啡，垂下眼眸若有所思地注视着我，"可是罗莎兰娜，你应该是从高加索那个地区来的吧？你是怎么知道这些事情的？"

我微微一愣，忙找了个借口，"我们家以前接待过一个来自东方国家的旅人，是他告诉我们这个方法的。"

"原来是这样。"易卜拉欣笑了笑，站起了身，"我也该去休息了。明早我会派医生过来再给他做个检查。"说着，他望了一眼仍处在昏迷中的贝希尔，"至于他到底能不能熬过今晚，最终还是要看神的旨意。"

他离开之后，我更是不敢有半点松懈，接着给贝希尔刮了很长时间的痧，并且时刻留意着他的动静，直到天快亮时才迷迷糊糊睡了过去。在半梦半醒之间，我恍然听到贝希尔发出了一声微弱的呻吟，似乎说了什么。我立刻从睡梦中惊醒过来，不敢相信地抬起了头，只见他动了动嘴唇，再次含混地吐出了一个词，"水。"

我一下子就从椅子上跳了起来，欣喜万分地赶紧去倒水。由于太过激动，差点被地上的杂物绊了一跤。

贝希尔，你醒了！没事了……你终于没事了……太好了！

第二天，医生给贝希尔做完检查后也面露诧异之色，显然没有料到他真能活下来。或许是易卜拉欣的格外关照，医生还破天荒地给他开了一些调养的补药。贝希尔用完药吃了点东西后就入睡了，看起来恢复情况良好。到了傍晚时分，我有点不放心，又特地到他的住处去看了看。

门被推开了半边，轻缓摇曳的烛光映照出了床上少年单薄的身影。浅浅的光晕笼着他的褐色头发，如窗外皎洁的月色般柔和迷人。

"林珑……是你吗？"他像是感觉到了什么，忽然睁开了眼睛，低声问了一句。

我应声推门而入，走到了他的床前，一时似乎也不知该说些什么。

就在这时，府上的侍女送来了刚熬好的肉汤，说是易卜拉欣吩咐赏赐给贝希尔的。在侍女的眼中，我清楚地看到了惊讶和羡慕。

在这个时代待了一阵子，我也对当时的饮食有了更多了解。奥斯曼的肉汤主要有两种，一种是清汤，就是将骨头和肉放在大锅子里一起炖煮，汤里除了盐以外不添加任何作料。一种是在煮的时候加入大量胡椒香料，一般作卤肉用。第一种清汤在当时是营养价值极高的，尤其是在对食物普遍节俭的奥斯曼国家，更算得上是滋补身体的好东西了。除了达官贵人，普通人是很难喝到的，更别说是地位卑贱的奴隶了。

所以，易卜拉欣赏赐肉汤给奴隶喝，这个举动确实也很让其他人吃惊了。

"快点趁热喝吧，贝希尔，这样你的身体也会恢复得更快。"我将热汤端到了他的面前，顺便帮他吹了吹。

贝希尔抬起头看着我，犹豫了一下，开口道："林珑，不，现在应该叫你罗莎兰娜了。我已经听说了，这次全靠你救了我。谢谢你。"

"谢谢我？我该对你说抱歉才对。"我的动作一顿，勉强扯了扯嘴角，"要不是我，你也不会……你该恨我责怪我才对。"

他沉默不语，忽然问了我一个相当奇怪的问题："罗莎兰娜，你觉得我长得如何？"

我先是一愣，想了想，还是实话实说："说真的，到现在为止，我还没见过比你更漂亮的男孩子了。"

他苦笑了一下，"在奴隶市场里，像我这种长相这种出身的男孩子，一般只有两个去处。一是做别人的禁脔，供那些有钱人玩弄摧残。二是被阉割后成为肚皮舞舞者，和玩物也没什么区别。这两种去处最后的结局，都好不到哪里。但是，同样是被阉割，如果能进入后宫那就大不一样了。不仅有机会接触到这个国家的最高统治者，甚至还有可能走得更远，爬得更高。"

"贝希尔……但是，以后你要是遇见自己喜欢的人该怎么办？"我想到他从今以后就不再是个完整的男人，不禁难过地握紧了手里的汤勺。

"你不必觉得抱歉和内疚。相反，我还要谢谢你。你不但将我从奴隶市场上解救出来，还让我有机会能进入后宫。至于喜欢的人……罗莎兰娜，我虽然年纪还不算大，但早就看透了所谓的情爱。它们离我都太遥远，我的人生也不需要这些虚幻的东西。我的梦想只有一个，就是让这个世界上的绝大多数人都不敢再欺负我。"

他的眼中闪耀着我从未见过的光芒，那样明亮那样锐利，完全不像是一个普通少年该有的眼神。我张了张口，却是一个字也说不出来，只听见他接下来的那句话清晰无比地穿透了我的耳膜，

"罗莎兰娜，你相信吗？我们的命运，还会紧紧联系在一起。"

Chapter 07 广场上的酷刑

　　一转眼又过去了好几个月。这期间，希腊美人达玛拉的语言水平进展神速，老师已经直接可以用土耳其语来授课了。达玛拉毕竟出身贵族，她在艺术上的造诣也令老师们赞不绝口，无论是绘画，语言，还是弹奏乐器之类都领悟得极快，而听她那柔软如丝绸的声音诵读古代情诗，更是一种无上的享受。怎么看，她都比我更合适成为送给君王的礼物。我这具身体的主人算得上是个美人，可除此之外好像也没什么特别优势，而且这次要去的地方是传说中的后宫啊，就算再漂亮恐怕很快也会被淹没在那些美人之中了。

　　如果抛开目前所处的境况和未来不可知的命运，我对古典诗歌和波斯细密画这两门艺术还是相当有好感的，这也是我被空投到这个时代以来度过的最为宁静的一段时日。

　　今天的课程是在波斯画师的指导下练习临摹细密画。这门来自波斯的艺术多以人物肖像，风景或是古老神话传说作为创作题材。画风细腻柔美，色彩华丽，据说在如今的宫廷贵族之间十分风行。但是在我的那个时代里，这种技法似乎已经快要失传了。

和诗歌一样，我们无须精通细密画的技法，只要熟悉入门和鉴赏即可。之前我们已经观摩了不少名家的作品，对这门艺术算是有所了解。画师今天让我们练练手，也是为了让我们了解得更加全面一些。虽然这次只是简单的练习临摹，可易卜拉欣吩咐下人为我们准备好的颜料居然是珍珠和蓝宝石磨成的粉末，创作细密画的工具也是相当考究，据说必须采用初生的小猫绒毛才能做出质量上乘的画笔。

这么昂贵的颜料……我还真有点下不了手去糟蹋。正犹豫怎样下笔的时候，只见达玛拉已拿起猫毛笔，沾上颜料娴熟地在画纸上勾勒出了优美的线条。我当下也不敢松懈，依照着原画一笔一画地临摹起来……尽管远远不及原作，但好歹能描出个看得过去的轮廓。珍珠和蓝宝石磨成的粉末在画纸上流动着格外美丽明润的光泽，令我笔下的线条似乎也变得略微生动起来。

画毕，已将近黄昏。波斯画师细细端详了我们俩的作品，微微点了点头，开口评价道："达玛拉的画风倒是有几分原作的神韵，显然之前有相当扎实的绘画基础，如果再加以练习一定成就不凡。罗莎兰娜，你的笔触还是过于生硬，不够自然流畅，不过只学了几个月就能达到这样的程度，也算是还不错了。"他边说边收起了画笔和用剩的颜料，顿了顿，道，"今天是我给你们上的最后一堂课，这两幅作品你们就自己留着做个纪念吧。"

最后一堂课？我和达玛拉面面相觑，一时没有明白他的意思。这时，又听画师说道："对了，易卜拉欣大人吩咐过了，等这堂课结束后，让你们去后面的庭院见他。"

庭院里的榅桲花开得格外茂盛。粉色的花瓣，颜色柔嫩得仿佛随时会从花瓣上滴落。微风吹来，宛如铺开了一层流动着的靡丽朝霞。这种古老的果树也叫木梨树，在当时的土耳其栽种极为广泛。阳光透过花瓣和树梢，映出了坐在树下的男子身影，男子的灰蓝色眼睛平静地注视着前方，带着一种悠远的漠然。远远看去，他身上的色彩明净又锐利，就像是凝结在冰层下的一株莲花，不染丝毫尘埃也令人不敢接近半分。

"你们都来了，先坐下吧。"他示意侍女们送上了还冒着热气的饮料。

一闻到那熟悉的味道，我就知道又是加乌埃。说来也是奇怪，这些日子每天早晚被迫喝上一碗，渐渐地我倒也不像第一次那么排斥了。

"大人，老师说今天的课程全部结束了，是不是表明我们很快就要离开这里了？"达玛拉的土耳其语如今说得非常流利，每句话结束的时候还带上一点可爱的希腊口音，说不出的婉转动听。

易卜拉欣笑了笑，"达玛拉，你果然是个聪明的姑娘。如果我说七天后就会将你们送入苏莱曼苏丹的后宫，想必你也不会太惊讶吧。"

达玛拉垂首，平静地答道："一切听凭大人的决定。"

听他这么说，我的心里一片茫然，没有惊愕，没有恼怒，没有感伤，只有深深的无奈和无能为力。现在的我有能力挽救和决定自己的命运吗？答案是显而易见的。就像是鱼儿游进了渔网，鸟儿被剪断了翅膀，猎物落进了陷阱，如同一粒尘土飘散在微风中，一片落叶沉没于湖水里……

易卜拉欣不慌不忙地端起瓷碗喝了几口加乌埃，轻挑眉毛，"那么你呢，罗莎兰娜？"

我苦笑着扯动了一下嘴角，"我们的命运不都在大人你的掌控之下吗？就算我说不愿意，那也改变不了什么。"

"错，你们的命运并不是由我掌控的。"他纤长秀气的手指滑过了瓷碗，"一旦进入后宫，你们的名字、故国、语言、信仰，所有的一切都不将存在。想要在这个残酷的战场上占有一席之地，只能依靠你们自己。"

"大人，我在希腊时就听说过，奥斯曼的苏莱曼苏丹是位伟大的年轻君王。"达玛拉的眼中隐隐闪动着一丝光芒，那更像是少女对英雄人物的崇拜和钦慕。

"没错。如果能得到这位伟大君王的喜爱，那将是你们人生中最大的成就。"易卜拉欣抿了抿唇，"不过，从底层女奴到帝王的宠妃，这条路绝对不是那么好走的。像你们这样初入宫都是普通女奴，被称为待选者。如果能有幸被宦官总管选为预备侍寝者，那也只是说明你们有了侍寝的资格，至于最后能不能成为苏丹的女人，还要看你们自己的运气。侍寝过后有的女奴被遗忘，有的获得苏丹的宠爱。有幸获得宠爱的女奴被称为伊巴克尔，这个

时候就可以拥有自己的房间和仆人。如果继续获宠，就可能被封为夫人，夫人这个品级最多允许有四位，其中首席夫人的位分最为尊贵。如果夫人怀上了苏丹的骨肉，那么她的品级自然再提高，但这还不是最终的称呼。只有她的孩子被确认为是王位继承人，她才会被冠以最高级别的尊称 Haseki，也就是未来的皇太后。"

听完这些封号，我觉得自己的脑袋已经开始犯晕了。这繁复的奥斯曼后宫制度和中国后宫的妃嫔制度还真有一拼。

"可是大人，为什么奥斯曼帝国没有皇后呢？"达玛拉疑惑地问道。

易卜拉欣又喝了几口加乌埃润了润嗓子，语气里显然有几分淡淡的骄傲，"因为没有这个必要。如今的奥斯曼帝国已经足够强大，无须和别国联姻来增强实力，皇后的存在可有可无。宫里的女人几乎都是来自奴隶市场，也少了很多麻烦，根本不必担心外戚对奥斯曼政权造成任何威胁。除了皇太后，宫里的女人无论升到什么等级，身份依然还是女奴。所以，成为皇太后，是宫里每一个女人的终极梦想。"

我不禁暗暗咋舌，这个终极梦想完成的难度恐怕不亚于魔兽游戏通关。首先要在美女如云的后宫里被苏丹陛下看中，然后还要非常好运地怀上孩子，必须还要是儿子。接着就要拼尽全力闯过一关又一关，解决一个又一个实力强劲的竞争对手，最终将自己的儿子送上王座。每一步都需要机智，运气和奇迹，缺一不可。只要走错一步，就会跌入万丈深渊。这个高难度的游戏真的一点也不适合我，我可是记得自己不管玩什么游戏，往往在第一关就会轻易挂掉。

"今天我就先说这些，也算是让你们有个准备。明天宫里会有人来这里给你们好好讲解一番，这几天你们的功课就是多记多听宫里的规矩。苏丹陛下率军围攻了罗德岛整整五个月，最近传来捷报说是守军已经全部投降，过些时日陛下差不多也该凯旋了。我提前将你们送进宫，也是为了让你们在宫里有个适应的过程。"易卜拉欣掸了掸飘落在肩上的花瓣，"好了，接着也没什么事，你们就先退下吧。"

我迟疑了一下，低声开口道："大人，我还有件事想问问。"

易卜拉欣点了点头，同意我先留下，而达玛拉行完礼就退下去了。

"大人，贝希尔……他还好吗？"我终于将这个揣在心里好久的问题说出了口。自从贝希尔伤好了之后就被送入宫里，这几个月来一直没有他的任何消息。

"就知道你要问这个。"易卜拉欣的眼中闪过一抹了然的神色，"等你到了宫里不就能遇见他了？普通女奴的住处和宦官庭院应该离得不远。在后宫里有个熟识的小宦官，将来对你应该也会有所帮助。"

我沉默了几秒，决定趁这个机会做一次最后的挣扎，再次开口道："大人，为什么是我？后宫里比我美丽聪明的女人多的是。就拿眼前的达玛拉来说，她比我漂亮，比我学识丰富，她就比我合适得多。我……真的不适合后宫里的生活，只怕到时没得到帝王的欢心，反而给大人你带来了麻烦。"

一缕阳光落在了他的脸上，半明半昧的光晕营造出一片独特的空间，加深了他身上那种难以接近的压迫感。

"还记得我和你提过的皇太后吗？其实她的经历倒和达玛拉有几分相似。来自威尼斯贵族家庭的她也是被海盗掠到了伊斯坦布尔，直接送到了前一任苏丹的后宫里。从女奴到太后，这其中的艰辛和转变只有她自己知道。可就像喝加乌埃一样，她最初也喝不惯这种饮料，如今却是离不开了。罗莎兰娜，你现在是不是也觉得加乌埃没那么难喝了呢？这世上的有些事情，就算你再不甘心，但总会慢慢习惯，适应，甚至沉迷其中。"他抿了抿唇，"比你漂亮的女人确实很多。不过，从我第一眼在奴隶市场看到你时就有种强烈的直觉，你就是为这个后宫而生的。"

"大人，你的直觉一定是出问题了。我不是皇太后，我永远也不会喜欢喝加乌埃的。"他的理由让我感到有点好笑，但笑过后觉得自己愈发可悲。

他不以为然地挑了挑眉，"或许你现在会有所不甘，但一旦你踏入了那个地方，你的命运就会发生意想不到的转折。将来的有一天，你一定会感谢我，并且助我一臂之力。"

我忍不住苦笑起来，"大人，那你的如意算盘恐怕要落空了。我这样平

凡的女人，根本不知道如何取得君王的欢心。就算是进了那个地方，也一样是默默无闻，不能带给你任何好处，更别谈什么助你一臂之力了。"

"那就让我们拭目以待吧。"他此刻的笑容格外温和，恍若微风拂过柔软的花瓣，"对了，来了这么久你还没好好看看伊斯坦布尔吧？以后进了宫更是不可能再出来了。这样吧，我安排一下，过几天让人带你和达玛拉出府一趟。"

说完，他微微侧过了头，那双灰蓝色的眼睛在阳光下闪烁着潋滟的色彩，俊美的脸上带着似笑非笑的表情，像是一切已尽在掌握之中。

我原本以为易卜拉欣只是随口一说，没想到临去王宫的前一天，他还真让哈桑总管带着我和达玛拉出了府。马车一路畅通无阻地驶到了伊斯坦布尔的中心区。

金色的阳光照耀着这座历经沧桑的古老城市。天色碧蓝如洗，大朵大朵的云彩在空中白得耀眼。一望无际的黑海犹如晶莹剔透的深蓝宝石，随海风散发着潮湿温润的咸味。博斯普鲁斯海峡中星罗棋布地停靠着来自世界各地的船只，船主和工人正忙着卸下各种货物，埃及的香料，罗马的大理石，中国的瓷器……其中最多的就是肤色各异的奴隶们。

听哈桑总管说，伊斯坦布尔有着全世界最大的奴隶交易市场，每天拍卖大量来自亚、欧、非三大洲的奴隶们，从各地慕名而来选购奴隶的买家更是不计其数。其实这些奴隶中除了俘虏外有不少都是平民和旅人，甚至还有贵族商家。他们原本也拥有或普通或美好的人生，只可惜到了这里就已改变他们一生的命运。

对我来说，伊斯坦布尔，就像是一个华丽恢弘又诡谲复杂的梦境。而身在此地的我却不知何时才能走出这个幽长的梦境。

我只希望，再长的梦，也总有醒来的那一刻吧。

"哈桑总管，这里是什么地方？看起来倒有点像是个大型的浴室。"达玛拉从马车里往前探出了身子，指着附近一幢古罗马风格的华美建筑好奇地问道。

"你的眼力还真不错，那就是城中最出名的浴室。当初伊斯坦布尔还被叫做君士坦丁堡的时候，这里就已经是拜占庭帝国最为讲究的浴室之一。"哈桑总管一改平时的冷淡，难得地八卦起来，"我们奥斯曼土耳其的浴室不但是洗澡的地方，也是挑选新娘的最佳场所。妇人们经常在浴室里为儿子物色合适的妻子。一个容貌普通身材丰满的姑娘往往要比貌美而身材差的姑娘更容易找到婆家。"

"听起来好像很有意思。"达玛拉的目光似乎投向了很远的地方，"以前我随父亲去罗马旅行时也见到过很多类似的浴室。"

"我听说后宫里的浴室要比这里奢华上百倍，相信你们不久以后就会见到了。"哈桑总管的目光在达玛拉脸上停留了一瞬，别有意味地提醒了一句。

我倚在另一边的车窗旁注视着外面的风景，满脑子里想的却都是别的事。虽然之前已压下了逃跑的念头，但现在身边只有哈桑和两位随行侍卫……这样难得的好机会，不免令我的内心又开始有点蠢蠢欲动了。

就在这个时候，我忽然听到马车外的声音一下子变得沸腾嘈杂起来，随即隔着车窗看到有不少人正朝着前方的广场蜂拥而去，有好几个人因为心急还不慎撞到了我们的马车上。但他们也顾不得疼痛，继续匆匆忙忙往那个方向跑。从马车外飘进来高低不同的说话声，吆喝声，笑声，还夹杂着低俗的骂声，所用的语言更是五花八门。很快，不远处的广场周围就被围了里三层，外三层，一眼望去密密麻麻地全都是人。

我不禁暗暗诧异，这些人都怎么了？难道广场上有什么热闹可看？

"现在场面太混乱了，我们的马车只能先停在原地不动，现在根本过不了广场。"哈桑皱了皱眉，示意车夫不要继续往前走。

"哈桑总管，那里发生什么事了？"达玛拉的话音刚落，就听见从那个方向传来了一声凄厉的惨叫，惊得我们脸上顿时都变了色。还没等我回过神来，紧接着又是几声更加尖锐凄惨的叫声，仿佛锋利的刀尖一下子刺破天空，听得人心惊肉跳。发出声音的人好像正在遭受着什么恐怖的折磨——那是只有在地狱里才能听见的声音。

哈桑总管脸上的神色依旧如常，不以为然道："广场上恐怕又是在处置那些私自逃走的奴隶了吧。"

"私自逃走的奴隶？"我的心里一紧，有些心虚地小声重复了一遍。

"对，那些私自逃走的奴隶一旦被抓到，就会被送到广场上接受公开的审判，不论男女老少。"哈桑总管用一种意味不明的眼神看着我，"这是他们应有的惩罚。"

我心中没来由地一阵慌乱，忙侧过头将目光转移开了。

大约过了好一阵子，惨叫声终于渐渐低下来了，围观的人群也满足了好奇心，逐渐散了开去，直到这时哈桑总管才吩咐马夫出发。我们的马车缓缓经过了广场，之前那里发生的一切顿时都展露无疑。

只见广场上竖着三根木桩子，每根木桩的上部有一个金字塔尖锥物，锥形物的尖端不偏不倚正冲着受刑犯人的裆部。每个受刑人的身上都吊着链子，由施刑者控制着他们身体的下滑速度。这刑法乍一看并没特别之处，但实际上是相当残忍的。受刑者的重量就悬在那个塔尖上，随着吊在他们身上的链子渐渐松开，由于重力的作用，塔尖就会慢慢插入他们的身体。而且一时三刻还死不了，起码持续几个小时甚至几天之后，受刑人才会饱受折磨无比痛苦地死去。现在看起来，有两名受刑者的身体已经落在了塔尖上，鲜血正从他们的下身流淌出来，相信刚才的惨叫声也是他们发出来的。而剩下的那个受刑者裆部虽然离塔尖还有几寸距离，但也早被吓得失禁了。

达玛拉忍不住啊地轻呼一声，捂住了自己的嘴干呕了几下，显然很是不适。

"每次总是有那么几个不听话的奴隶，今天的施刑人手法纯熟，看来他们得过个几天才能解脱了。"哈桑面色平静地说道。

我忽然明白为什么易卜拉欣会这么"好心"让我们出府游玩了，这次的杀鸡儆猴，显然就是他的真正目的。残酷的现实相当有效地震慑了我们，也警告了我们，或者只是针对我——千万不要有逃跑的蠢念头，服从他的安排才是最安全最聪明的选择。

我将身体往外挪了挪，用余光留意到哈桑总管正不动声色地打量着我们。看来我猜得没错，等回去之后他必然要将我们的反应一一禀告给易卜拉欣。

　　或许是感到今天的震慑已经起到了作用，哈桑总管满意地吩咐车夫加快速度准备回府。车夫应声扬起了鞭子，可还没等鞭子落在马背上，意想不到的情况突然发生了！只见从斜地里蓦地蹿出一个衣衫不整浑身血污的持刀男子，猴子一般迅速地翻身上了马车，一刀就砍翻了驾车的马夫，顺势将靠外面坐的我整个人拉了过去。还没等我回过神，一把血淋淋的弯刀就已经架在了我的脖颈上！

Chapter 08 玫瑰色眼眸的男人

事情发生得太过突然，哈桑总管一开始也惊得微微变了脸色。但毕竟是易卜拉欣府里调教出来的人，他很快就冷静下来，神色镇定地开口道："看你的打扮，应该是从监狱里逃出来的死囚吧。不用说，后面一定有追兵。你要是聪明的话，还是赶紧放开她尽快离开这里。"

那人喘着粗气，哑声道："你管我是什么人！快！快点驾马车带我离开这个地方，不然我立刻杀死这个女人！"

哈桑不以为然地撇了撇嘴，冷笑一声，"她不过是个奴隶，你挟持了她也没什么用。"

那人的声音显得更加扭曲嘶哑，"你还想骗我？奴隶？哼！奴隶怎么可能坐这么奢华的马车？这一定是哪位达官贵人的家眷！你要是不按我的话做，我就立刻割断她的喉咙！"他的手上略一用劲，我立刻感到了脖颈上传来一丝疼痛，那刀刃离我的要害如此之近，我只怕呼吸的幅度稍大一些都会被割喉。

"杀了她那是再好不过了。"一直沉默不语的达玛拉忽然反常地插嘴道，

"我的丈夫一直都比较宠爱她，我早就看她不顺眼了。你还犹豫什么？还不快动手杀了她？"

"夫人，今天借这个人的手除掉您的眼中钉，看来最是合适不过。"哈桑总管的反应也是奇快，立刻就明白了达玛拉的用意，堆起了满脸的笑容假意奉承道。

那人似乎被他们的态度弄糊涂了，愣了愣，又吼道："你……你们别给我耍花样！以为你们这么说我就会信吗！快点！我数三下，再不走我真的会杀了她！"为了证明他所言不假，此人又将刀刃往我的脖子里深入了一寸，我感到隐约有温热的液体从自己的那个部位流了下来。

如果今天就这么死了，我是不是能够回到自己原来的世界呢？或者……还是会发生和以前一样诡异的情况，所有的一切又将倒回到我来到这里的那一刻？犹如被诅咒的西西弗里传说，循环往复，永无止境。

不管到底会发生什么，那都不是我可以掌控的。现在的我，所能做的也只有听天由命而已。

或许是哈桑和达玛拉两人表现的太过冷静镇定，那人数到了二后，那个"三"字却始终没说出口。他握刀的手在微微颤抖，似乎连内心也在随之动摇。

"好啊，既然你才是正主，那么……"那男子话锋一转，忽然推开了我，以匪夷所思的速度朝着车内的达玛拉扑了过去！说时迟那时快，哈桑总管手中暗藏的匕首也刷的一声出鞘，迅捷准确地对准那个男人的胸口扎去！但那男人的身手也非泛泛，立刻察觉到了哈桑的意图，挥起一刀敏捷地挡开了他的袭击！两件冷兵器快速猛力相接，顿时溅出了些许火花。

就在两人僵持不下的时候，忽然只听从半空中传来嗖的一声，一支不知从何而来的弩箭如流星闪电般从那男人的后脑勺穿额而过！

弩箭的速度太快，那男人一时也没死成，居然还缓缓转过身，动作迟钝地抬起头，想看看究竟是谁置他于死地，可还没等他看清楚，一股殷红的鲜血已从他的额间汩汩流出，糊住了他的双眼，瞬间将他的脸染得格外血腥恐怖。他的喉咙里咕噜响了几声，身体晃了晃，一头栽下了马车，很快就断了气。男人圆睁双目躺在地上，鲜血继续涌出，在自己的尸身下形成了一摊血。浓浓的血腥味在空气中散发开来，令我的胸口沉积了一股说不出的压抑感。

这男人到死都没能知道答案，但我却看到了那及时出手的青年已经策马行至车前。一袭肃穆华丽的制服和精美的黑色镂花皮外套都显示出这人的身份绝非寻常。他看起来也不过二十来岁，年轻的面容有一种亚欧混血般奇特而精致的俊美。略长微卷的暗红色头发随意地披散在肩上，细碎的刘海下是一双罕见的玫瑰色眼瞳，那颜色是如此奇异美丽，如地中海岛屿上的葡萄美酒，又似来自大马士革的红石榴石。此刻，他正冷然注视着地上的尸体，刀刃般的视线仿佛能割裂空气，浑身上下散发着一种出鞘弯刀般凌厉又无情的美感。

随着一阵马蹄声接踵而至，另外有十几位穿制服的兵士也跟了上来。

"我以为谁的身手会这么厉害，原来是西帕希欧古兰骑兵队的副官加尼沙大人，今天真是多谢相助了。"哈桑总管下了马车，对其笑脸相迎。

这位叫做加尼沙的青年军官冷冷扫了他几眼，"想不到是首相大人府上的哈桑总管，怎么样，你和你的人都没事吧？"

"幸好加尼沙副官相救及时，我们都平安无事。"哈桑再次表示了谢意。

直到这一刻，我才算是知道了易卜拉欣的真实身份。不过即使知道他是当今的首相，我也没有过分的惊讶，这和达玛拉之前的猜测也八九不离十。只是没想到，他的官职比我们想象的还要高。通过这些天的恶补，我也了解到在奥斯曼帝国首相的权力仅次于君王一人，可谓是一人之下，万人之上。

"既然没事，那你们就赶紧离开这里。我的人还要处理一下现场。"加尼沙似乎并未因对方的身份而缓和态度，而是立即下了逐客令。

哈桑点点头，又说了几句客套话，很快就带着我们离开了。

回去的路上，车厢里一片安静，大家好像还没从刚才的突发事件里缓过来。当达玛拉靠过来用丝帛帮我把脖颈进行简易包扎时，我才想到了要对她道谢。当时那种情况下，即使有哈桑总管的保护，那男人也有可能会伤到她。而且如果不是她那么说，那男人也不会一时糊涂将我放开，将矛头对准了她……

"那还要多谢哈桑总管的配合，不然我们也没这么容易把那死囚弄糊涂了。"达玛拉不忘也算上了哈桑的功劳。

"这也是因为你的反应够快。"哈桑总管看达玛拉的眼神似乎多了几分欣赏，"你们很快就要入宫了，万一有什么损伤，我也不好对大人交代。"

"哈桑总管，今天出手不凡的那位青年是什么人？您所提到的西帕希欧古兰骑兵队又是什么呢？"达玛达倒是不放过任何一个请教的机会。

哈桑看起来心情不错，颇有耐心地为我们讲解道："西帕希欧古兰骑兵队属于雅尼撒利近卫军团，是近卫骑兵里最精锐的一支。这雅尼撒利近卫军团是我们奥斯曼帝国最为骁勇的军队，在战场几乎是所向无敌。帝国选择优秀的儿童，让他们从小在各类宫廷学校中学习，所有被选中的人必须会读写阿拉伯文、奥斯曼土耳其文和波斯文，并且接受严格的军事技能的训练，一般都要长达十几年，通过考核后才能加入军团。这个军团被分为一百零一个团队，其中有三十四个大队是苏丹的私人卫队，西帕希欧古兰骑兵队就是其中一支。这些私人卫队负责和苏丹一同狩猎和作战，由于和苏丹的关系最为接近，所以也是贵族子弟的向往之地，负责其他军团的高等军官也都是在这些私人卫队中诞生。如今苏丹征战还未回来，我看应该是留下了几支私人卫队协助城内和宫廷的治安。"

达玛拉哦了一声，"原来是这样……不过那位加尼沙副官年纪轻轻就做到这个位置也很不容易吧。"

"他的身世非常神秘，至于为什么这么年轻就做到高位，这个我也不清楚。"哈桑总管摇了摇头，"不过他的才华确实出众，再加上皇太后和苏丹都相当的欣赏他，相信将来成为雅尼撒利近卫军团的总指挥官也不是没有可能。"

回了府之后，我和达玛拉就各自回房休息了。易卜拉欣得知我受了伤后，还特地派了医生前来诊治。医生给我开了点昂贵的伤药，据说效果奇佳，不会让肌肤留下任何疤痕。我试着用了一点，感觉果然是好多了。不过，比起此时内心深处的不安和彷徨，脖子上的这些小伤已经被我完全忽略了。

明天，我就要踏入那个传说中的后宫了。后宫，这个名字是那么香艳又充满传奇性，古来今往多少文学影视作品将这里渲染成了一个无比神秘诱人的禁地。这里有无数绝色的异国美人，有宫廷深处的阴谋诡计，有一个又一个出其不意的陷阱……我的命运究竟会发生怎样的转折？等待我的到底会是什么呢？难道我这一辈子的时光就要在异国异时代的后宫里消磨殆尽吗？

我不甘心，真的不甘心。

黎明前的黑暗，就像是夜晚最后的舞姿。窗外，高大的树木在风中扭动着枝条，在月光下投射出各种古怪的影子，时明时暗，诡异万分。未知的命运仿佛是条深不可测的深渊，冷冷地在前方等待着我。而我，则只能在一片黑暗中茫然无知地行走，不知道什么时候，哪一步就会坠落下去……

我睁着眼在床上躺了一个通宵，彻夜未眠。在翻来覆去辗转反侧中，终于看到天边隐约透出了一丝曙光。那一抹光亮令我郁闷的心情又稍稍缓和了一些，与其惧怕黑暗，倒不如期待白昼的阳光。无论是再怎么黑暗的夜晚，太阳总会准时在东边升起。只要还活在这个世间上，就总有逃离那一切的希望吧。

第二天，我和达玛拉就被送上了前往托普卡帕王宫的马车。阳光穿过茂密的枝叶洒下了细碎的光芒，照得街道闪闪发亮。体态轻盈的麻雀们飞落在枝头，唧唧喳喳叫个不停。清凉的微风吹进马车里，卷得帘子不停晃动，就像是海面上跳动的浪花。我望了望坐在一侧的达玛拉，她正托着下巴怔怔地看着窗外，碧色的眼睛里似乎笼着一层令人看不清的朦胧色彩。

我不觉有点好奇，不知她现在在想些什么呢？是今后的命运还是逝去的过往？从今天开始，我和她，是否要将过去的一切全都抛弃？

马车停下来的时候已是傍晚时分。我下了车抬头望去，映入眼帘的就是王宫最外围的那片城墙。缓步走向那高高耸立的灰色大理石宫门，我的心里倒渐渐变得平静下来。在阳光的照耀下，宫门更显气势非凡，华丽的伊斯兰花纹和文字缀满眼睛所能见到的地方，顶部还刻有金箔奥斯曼土耳其文——拜上帝恩赐及认可，这吉祥的城堡得以耸立，他的牢固能带来和平安宁……愿主保佑帝国永恒，让他的子民能成为天上最明亮的星光。

　　关于这座王宫的历史，在恶补了那么次之后，我如今已经不再陌生。奥斯曼土耳其帝国的苏丹穆罕默德二世终结了拜占庭帝国之后，将君士坦丁堡改名成了伊斯坦布尔，并建造了这座具有奥斯曼风格的宫殿。当时，这位年轻的君王年仅二十一岁。攻下君士坦丁堡时，他还即兴吟诵了两句波斯的诗歌：蜘蛛在帝国的宫殿里织下它的丝网，猫头鹰却已在阿弗拉希阿卜的塔上唱完了夜歌。听起来非但没有得胜的欣喜若狂，反倒有些淡淡的惆怅。

　　身边陪同随行的黑人宦官还特意再次提点道："这里是帝王之门，进去之后就是王宫的第一庭院。除了苏丹陛下可以骑马长驱直入外，无论是谁到了第一庭院都必须下马，然后才能进入第二庭院。"或许是易卜拉欣的关系，这位黑人宦官对我们倒是相当客气。看他的穿戴扮相，品级应该还不算太低。

　　我和达玛拉两人默默听着，谁也没有多问什么。不过我知道，她的心情此刻一定也是和我一样起伏不平。

　　进入第一庭院，我看到了托普卡帕宫的又一座外城。高耸的城墙连起门上两座八角形的尖塔，仿佛划清了这里与外面世界之间的界限。庭院里种植着许多珍奇的花草树木，更放养着平时罕见的孔雀和瞪羚。或许是养得久了，这些动物对我们的到来毫不惧怕，继续大摇大摆地漫步在碧绿的草坪上。旁边的两个大理石池子里游动着不少彩色观赏鱼，据说每一条都是价值不菲，极为珍贵罕见。不过，与这美景格格不入的是位于右侧的一口泉水。听说那是刽子手行斩首之刑后清洗双手和刑具的地方后，我和达玛拉两人不禁面面相觑，立刻加快了脚步往前走去。

　　经过这道城墙，我们就进入了第二庭院。其中也是种了各色花木，不时有侍卫和白人黑人宦官们忙碌地穿梭在庭院中。空气中随风飘来一股浓郁的香味，闻起来像是烹饪食物时特有的香料味。我好奇地朝四周张望了几眼，黑人宦官像是看出了我的疑惑，指了指不远处右边的一排建筑，道："这边是王宫的御膳房，宫里的御膳房分工明确，各司其职。有帝国御膳房，饮料御膳房，糕点御膳房，乳制品御膳房，以及其他不同的御膳房。最忙碌的时候差不多有上千个厨工在这里同时工作，烹饪全土耳其最美味的食物。"

上千个厨工？我不禁咋舌，这排场好像一点也不比中国皇宫小呢！

"这个庭院里最重要的就是帝国议事厅，也就是苏丹陛下和群臣商议国事的地方。这可不是你们能随意接近的地方。再往下走王宫里还有第三庭院和第四庭院，那都属于陛下的私人内宫。就算是首相大人，没有传召也不得随意入内。"黑人宦官边说边带着我们走向了左边的一个入口，"至于这里，就是专属于苏丹陛下一个人的后宫。接下来的日子里你们大多数时间都会待在这个地方，未经允许不能随意到别处走动。"

望着那扇雕刻精美的门，我微微叹了一口气。直到这一刻，我还是觉得自己只是身处一个匪夷所思的梦境之中，等我从梦中醒来的时候，这不真实的一切又会恢复原状了。

即将跟着黑人宦官走进那座传说中的后宫时，我的脚步停顿了一下，抬头又望了望碧蓝的天空。那种复杂的感觉难以用任何语言形容，就好像明知自己会踏入了一个牢笼，却又不得不低头屈服。这一脚踏进去，失去了自由，失去了尊严，失去了许多弥足珍贵的东西。

我真的完全没有准备好进入这个战场……

就在这时，身侧的达玛拉突然用力扯了一下我的袖子，不由分说拉起我的手走进了那扇门，她的声音不轻不重地传入了我的耳中，"罗莎兰娜，千万别再回头看。从这一刻开始，我们只能往前走。"

"达玛拉……"我下意识地握紧了她的手，心里不由得一动。她的面容神情看起来是那么镇定，可被我握住的手却是那么的冰冷，冷得仿佛能让我的心脏瞬间冻结。

其实，她也不过是个十多岁的孩子。

Chapter 09 初入奥斯曼后宫

　　一进入后宫，我就看到了守卫在两侧的宦官们，有白人也有黑人。夕阳透过高高的穹顶玻璃透进来，四周的墙面上贴满了蓝白色的传统伊兹尼克瓷砖，精美的花纹绵延缠绕着，仿佛让人见到了深宫内美人们的妖娆，构图充满了神秘优雅的美感。可不知为何，这里的整个空间给人的感觉就是压抑狭窄，甚至还有种说不出的窒息感。

　　"这里是浴泉殿，也是守卫们平时休息的地方。从这里出去就是我们宦官的住所，王宫里大约有八百多名宦官。"黑人宦官不紧不慢地往前走去。守卫在两侧的宦官纷纷向这位黑人宦官行了礼，看来他在这里的地位确实不低。

　　宦官庭院看上去要更为宽畅一些，典型奥斯曼风格的三层小楼环绕着庭院。上层是给新入宫的宦官居住，下层则是由有行政权力和管理权的宦官专用，最末端是宦官总管的住所。墙上不但贴了伊兹尼克瓷砖，还用花纹描绘出了以往几位过世苏丹的花押。对于奥斯曼后宫的宦官这个特殊群体，我现在也算是有了初步的了解。当时的奥斯曼宫廷里黑人宦官和白人宦官权力不分上下，但总体来说还是黑人更占据优势。那次宫里来人给我们讲解宫内礼仪时，就提醒过我们，千万不能得罪那些有权势的宦官。因为入宫的新人想得到苏丹的青睐，就必须先经由宦官的挑选，由他们带领进苏丹的寝宫侍寝。如果得罪了他们的话，不但在宫里的日子难过，也根本就没有见到苏丹的机会了。尤其是像是宦官总管这类高级别的，就连尊贵的皇太后也要给他几分面子。

不过，这些应都和我无关吧。什么侍寝不侍寝，那根本就不是我想要的。想到这里，我缓缓抬起了头，望着头顶上方被房顶切割出的狭小天空，心里不禁涌起了种淡淡的惆怅和不甘心。

如果一辈子被困在这个牢笼里，不知会不会发疯呢？

"宦官庭院有两个出口，一个是通往后宫的黄金通道，而左侧则是通往女奴的庭院，也就是你们现在的住所。所有刚入宫的女子，一开始都必须住在这里。除非以后得到陛下的宠幸，才能搬离这里。"黑人宦官意味深长地看了我们一眼，"当然，还有一种人最终也能离开这里，那就是死人。"

我蓦地打了个冷战，下意识地看向达玛拉，发现她的脸色也是微微泛白，比我也好不到哪里去。黑人宦官将我们的神色尽收眼底，不动声色道："好了，易卜拉欣大人交代的事情我也差不多完成了，接下来就由萨拉来安排你们两个人的具体住所。"

他的话音刚落，就见一个面容俏丽的女子走上前来，粗略打量了我们几眼，笑道："放心吧，莱姆，接下来就全都交给我了。易卜拉欣大人的眼光还真是不错，这两个姑娘就像含苞欲放的石榴花一样讨人喜欢。"

黑人宦官对她微微一笑，点了点头，就匆匆走向了那个通往后宫的黄金通道。

待这位黑人宦官离开之后，女子对我们又笑了起来，"既然是从易卜拉欣大人府里出来的，那你们之前应该也了解不少后宫里的情况了。我叫萨拉，你们以后就叫我萨拉师傅好了。"

我之前也听说过，刚入宫的女奴们会由一些资历较深的年长女奴分管，这管事的女奴通常就被称做师傅。萨拉师傅的容貌虽说不上绝色，但她的举手投足之间却散发着一种分外优雅的气度。如若不是知道她的身份，我一定会以为她是位贵族千金。从她的长相来看，倒像是来自东欧一带的国家。每个进宫的女子背后必然有个不为人知的故事，想来这位萨拉师傅也不例外。

"今天时间已经不早了，你们第一天进宫，一时三刻也消化不了这么多东西。这样吧，你们先回自己的房间，晚上用完晚餐就早点休息。明天我再领你们去熟悉一下后宫的环境。"萨拉师傅看起来似乎还挺好相处，可还没等我松口气，又听她接着说道，"虽然你们是由易卜拉欣大人送进宫的，但我也不会特别关照你们，宫里的规矩该遵守的还是要遵守，不然的话，只能枉费了大人的一片苦心。要知道在这里，每一步都要行得小心翼翼，一旦走错一步，那是没有回头路的。"

我和达玛拉诺诺地应了一声，表示听明白了她的话。萨拉对我们的态度颇为满意，于是也就没多说什么，示意我们跟着她走。

正往女奴庭院方向走的时候，忽然看到几位女奴正满面惧色地捧着食盘迎面而来。萨拉皱了皱眉，拦住了为首那位女奴，沉声问道："发生什么事了，慌里慌张的？"

那位女奴一见她，顿时眼睛一亮，像是要哭出来似的小声答道："萨拉师傅，玫瑰夫人说今晚的芝麻蜜糖糕不对小王子的胃口，于是命令御膳房又重新做了一份。可不知怎么搞的，重做了之后夫人还是不满意，不但把今晚的晚餐都退回来了，还说要是再做不出合小王子口味的芝麻蜜糖糕，我们和糕点御膳房的所有人都要受责罚。您也知道，玫瑰夫人她……这次我们恐怕是凶多吉少了。"

我的目光不经意地落在了餐盘上，顿时一愣，咦？这不就是中国古时的青花瓷吗？而且还是在现代异常珍贵的元青花呢。原来奥斯曼后宫喜欢用中国的瓷器，倒是有几分品味。在陌生的时代陌生的地方忽然见到了来自中国的东西，这无疑让我觉得亲切了许多，原本紧张的心情也松弛了一些。

再仔细一看，只见每个瓷盘上的食物更是琳琅满目，如芝麻蜜糖糕，牛奶甜粥，酸奶酪炖茄子，羊肉烩饭，鹰嘴豆浓汤等等，和易卜拉欣府里的食物相比明显要丰富多了。不过也难怪，这里的御膳房可是有上千个厨子呢。

萨拉的脸上略有疑色，"小王子不是最喜欢吃芝麻蜜糖糕了吗？"说着她上前拈起一块放入了嘴里，用舌尖添了舔后，脸色微变，"这次用的是什么花蜜？"

女奴恭恭敬敬答道："回师傅，用的还是小王子最喜欢的玫瑰花蜜。"

"不对。"萨拉很肯定地摇了摇头，"里面应该还混入了极微量的桃金娘花蜜。小王子身份高贵本来就不同于我们普通人，再加上他嗜食蜜糖，所以口感上只要有细微的差别就能分辨出来。你们立刻让御厨用新开启的玫瑰蜜糖重做一份糕点，顺便再检查一下今天所用的蜜糖。"

"那……好吧。谢谢你了萨拉师傅，我们这就先过去了。"为首的女奴似乎还是半信半疑，但她还是道了谢，随即带着其他女奴们匆匆赶往御膳房。

萨拉转过身看着我们，抿了抿唇角，道："你们应该也听说过这位玫瑰夫人吧？她进宫以来就一直深受苏丹陛下的宠爱，陛下还亲自赐给她一个土耳其名字叫做古尔巴哈，意思是春天的玫瑰，所以宫里上下就尊称她为玫瑰夫人了。不仅如此，她还为陛下生下了一位聪明可爱的小王子，而陛下也相当疼爱这位小王子，去年就将年仅四岁的小王子册封为了亲王。"

"玫瑰夫人和小王子这么受宠？那她不是很有可能成为未来的皇太后了吗？"达玛拉略带惊讶地开口道。

萨拉眸光微闪，意味深长地笑了起来，说了几句极为拗口的话："在后宫里，什么都可能发生。不可能会变为可能，可能则会变成不可能。谁又知道呢？"

跟着她走了没多少路，我们就来到了女奴居住的庭院。这里整个结构和宦官庭院差不多，色调以浅咖和粉色为主。虽然没有饰以伊兹尼克瓷砖，墙面上还是描绘了些伊斯兰风格的美丽绘画，两边的楼上楼下都是密密麻麻的房间，就连中庭也显得较为狭窄。我不禁在心里哀叹一声，人比人气死人，后宫和后宫相比也让人心理不平衡啊。同样是失去自由，好歹中国的故宫够大气够宽畅，居住的环境怎么说都要比这里好很多吧。

萨拉环视了一下四周，开口道："这里一共有三百多个房间，每间房子住的女奴四到六人不等，最小的女奴仅有九岁，这些小女奴们平时并不需要做特别繁重的工作，主要还是接受宫里的专门培训，学习语言，刺绣，演奏乐器等技能。如果表现特别优秀，就会被送去服侍太后、宠妃以及苏丹本人。"说完，她将我们领到了楼上，指着最右边的那个房间道，"以后你们就住在这里了，和你们同住的还有另外两位女奴。她们进宫的时间要比你们早很多，有什么问题你们也可以尽管问她们。"

萨拉上前刚刚敲了一下门，就见一个橄榄色肌肤的褐发姑娘从里面打开了门，笑容满面道："是萨拉师傅啊，我已经按您的吩咐将另外两张床都清理干净了，您带来的人随时都可以入住。"

"阿拉尔，你办事我向来都很放心。"萨拉的脸上露出了赞许的笑容，"这是新入宫的两个姑娘，以后就和你们一起住了。"

阿拉尔眉眼弯弯地笑着打量了我们几眼，"这两个妹妹还真是漂亮，尤其这个妹妹的眼睛颜色好特别，居然是紫色的。"

我一时还没反应过来，见她含笑盯着我的眼睛时才反应过来她说的是谁。谁又能知道我现在已经不再是"我"了，只是借用了别人的身体而已。

萨拉嘱咐了几句后又说道："既然这样，我也先去忙别的了。罗莎兰娜，达玛拉，明天用完早餐后你们两个到楼下等我。"

"萨拉师傅您就忙您的事吧。"阿拉尔边说边热情地将我们拉了过去，"来来，看看你们两人的房间，如果还缺什么就和我说，千万别客气。"

她这么客气，我和达玛拉倒有点不好意思，正想也说些什么时，忽然看到刚才那个女奴神情激动地跑上楼来，对着萨拉连声道谢，"今天多亏您了萨拉师傅！刚才我问了那几个厨子，果然有个厨子在做完桃金娘花蜜的点心后，用刚洗好的勺子去舀了玫瑰花蜜做蜜糖糕，所以这糕点里就带上了一点点桃金娘蜜的味道。我已经按照您的吩咐让他们新开了一坛玫瑰花蜜，这下子玫瑰夫人应该满意了。"

萨拉淡淡笑了笑，"我们同为奴婢，感谢就不必了，能把事情解决就好。对了，我正好也要离开，不如就一起走吧。"

望着她和那个女奴一起离开的背影，达玛拉忍不住说道："萨拉师傅也太厉害了吧，居然连这也吃得出来。我看她哪里像个女奴，倒是更像位养尊处优的贵族小姐呢。"

阿拉尔冲我们神秘地一笑，压低了声音，"那你还真说对了。萨拉师傅确实是出身于欧洲的一个世袭贵族之家，据说她的祖父还是匈牙利的一位伯爵呢，只是不知道为什么会来到了这后宫里。"

不知道为什么来到这里？多半不是被骗就是被强掳到这里的奴隶市场，然后被辗转卖进来吧。要不然的话，一个贵族千金又怎么会心甘情愿来这里做一个奴隶呢？

阿拉尔边说边带我们进了房间。并不算宽畅的房间里一共摆放着四张铁架床，墙上钉了一些铁钉，挂着几件衣服和包，还有一些浆洗得十分干净的亚麻布。床头有两张八角形床头柜，上面随意放置着些肥皂盒子和杯子之类的杂物。

这样的格局，这样的环境……我恍然之间觉得有点熟悉，不知什么在脑中一闪而过，记忆中的某一部分突然恢复——对了！在来这个时代之前我好像就是待在这样的房间……没错！是大学里的宿舍！我是在大学里！

怪不得当老师在易卜拉欣府上教课时，我也会觉得那样的场景又熟悉又亲切。

只是……为什么我会来到这个世界？为什么？

一连串的疑问令我的脑袋又开始疼痛起来，我只好竭力强忍着不去细想。

"以后我们可就要同住在一个屋檐下了。萨拉师傅是个很好的人，你们跟着她运气真不错。对了，我叫阿拉尔，来自阿布哈西亚。你们两个是从哪里来的呢？"阿拉尔清亮的声音将我从混乱的思维中拉了回来。

我正不知怎么回答，达玛拉已经先开了口，"既然到了这后宫，我们就不可能有回去的那一天，所以从哪里来的已经不重要了。以后的日子还有很多要请教的地方，希望我们能够好好相处。有什么要吩咐我们做的也请尽管说。"

　　阿拉尔似乎愣了愣，顺着她的话下意识地应了一句，"这个是当然……"

　　我见场面有点尴尬，扫了一眼那几张床赶紧转移了话题，"这个屋子不是有四个人住吗？那还有一位去哪里了？"

　　阿拉尔顿时面露愤愤之色，"你是说卡特雅……她还在清洗浴室呢。前阵子她得罪了白人宦官总管瓦西，结果总是被找麻烦。这不，她今天已经干了一天的活，连饭都没吃上又被命令去清洗浴室，真是过分！"

　　"瓦西是……"听到白人宦官总管这个字眼，我自然而然就想到了贝希尔。

　　"这个人你们记得可千万别惹他，整人的手段是一套又一套，而且还特别容易记仇。"她轻蔑地哼了一声，"就像沙漠里的恶狼一样贪婪，比地底的爬鼠更惹人憎厌。"

　　听了她的话，我的心里微微一沉，不免有些担心起来。如果贝希尔在这样的人手下办事，岂不是难熬得很？

　　不过……这位阿拉尔姑娘在不熟悉的人面前丝毫也没掩饰自己的喜怒哀乐，看上去倒像是个单纯的人。只是这后宫里的女人，又有几个是真正的单纯呢？阿拉尔，卡特雅，萨拉，玫瑰夫人，还有身边的……想到这里，我侧头望了一眼达玛拉，她正若有所思地看着阿拉尔，似乎想从对方的表情里找出几分端倪。

　　"那我就先带你们去用晚餐。宫里每天供应两顿饭，一顿是早上和中午之间，一顿是傍晚时分。这你们应该是知道的了吧？"阿拉尔从铁钉上取下了自己的衣物，腾出了几个新的位置。

　　"这个我们是知道的。"达玛拉笑着应了一声。

　　低等女奴们用晚餐的地方就在一个摆设简单的大屋子里，我们跟着阿拉尔进去的时候，那里已经有不少人了。三五成群的女奴们以盘腿坐姿或是跪姿，席地围坐在一个个充当餐桌的圆形大铜盘边用餐。宫里的膳食果然是不错，有蔬菜有肉，和城里贵族家庭里吃的也差不多。可餐具只有勺子，没有刀叉，女奴们都是直接用手从大盘中取食。阿拉尔在盆中洗完手擦干后，也伸出右手拇指和前二指，取了一块炖肉吃了起来。我和达玛拉面面相觑，尽管知道这是用手取食的规矩，但还是有点不适应。

阿拉尔似乎没留意到我们的窘迫，还是热情地招呼我们用餐。在这种情况下，我和达玛拉也只能入乡随俗，学着她的样子取食。

正餐用完，接下来居然还有饮料和炖鲜果甜汤，以及每天必不可少的加乌埃。

晚上回房间时，我们见到了清洗浴室刚回来的卡特雅。出乎意料，她居然是个相当漂亮性感的金发美女，别说在现代那绝对是有做明星的实力，就算是在这个时代里，她这样的金发美人也应该是最受上流贵族青睐的，为何偏偏还在这里做低等女奴呢？

阿拉尔和卡特雅的关系似乎不错，还特地带了几个面包给她，并向她介绍了我和达玛拉。卡特雅的反应有些冷淡，只是和我们打了个招呼就不再多说什么。虽然初次见面不算热情，但至少目前看来也不是特别难相处的。

王宫里的第一天，就这么平平淡淡过去了。一切似乎没想象中的那么可怕，但是我心里非常清楚，前方还有更多未可预知的事情正等着我……

Chapter ⑩ 生儿子不是好事

第二天清晨，我和达玛拉很早就在楼下等着萨拉师傅了。进宫的第一夜，我们两人因为各怀心事谁都没睡踏实，所以眼睑下的黑眼圈也是显而易见。萨拉师傅果然准时而至，并且亲自带着我们去熟悉整个后宫的环境。我想如果不是易卜拉欣的关系，像我们这样刚进宫的低等女奴恐怕是难有这份待遇。

沿着狭长的黄金通道，我和达玛拉跟着萨拉朝着后宫的纵深处走去。这条灰色的通道看起来丝毫不起眼，好像和黄金根本扯不上一点关系。萨拉像是察觉到了我们的疑问，及时解答了这个困惑。原来每逢节庆时，苏丹陛下会在这里抛撒金钱犒赏他的妃子们，所以才被称为黄金通道。我瞬间脑补了花枝招展的妃子们抢钱抢得头破血流的情景，不由得觉得有点好笑。这样的犒赏方式未免也太奇怪了吧，这位陛下还真是恶趣味呢。

从黄金通道出来之后，就到达了宫里各大重量级人物的住处，比如皇太后寝宫，苏丹寝宫以及举办宗教庆典和王室婚礼的帝国大殿。主要住处之间都以狭窄的回廊和楼梯相连，皇太后和苏丹的住处相距很近，不像我们紫禁城里太后皇帝的住处得差个十万八千里。当然，这两座王宫的面积大小也不可同日而语。同样，低等女奴是不能随便接近这些住处的，所以我们也只能看到个大概的位置。我倒是对那位皇太后有几分好奇，能将全部对手 PK 掉将儿子送上宝座的女人一定很不简单吧。抛开时代差异不说，她也和我一样，都是被莫名其妙带到异国后宫的女人。最初进宫的时候，她一定也有不甘痛苦挣扎，可又是什么原因，能让她脱胎换骨成为一个国家最尊贵的女性呢？

宫里处处可见奢侈华丽的摆设，来自欧洲各国皇室的珍贵贡物，精雕细刻的叙利亚贝母家具，色彩斑斓金光闪闪的穹顶，令人目眩神迷的马赛克拼图，价值连城花样繁复的手工织毯，漆上黄金的银壁炉……甚至连丢掷垃圾的箱子也是由黄金制成。

我心里暗暗称奇，抬眼看向达玛拉，她的神色还是如常，但眼中同样流露出了惊叹。即使是她这样出身贵族的女子，也不曾见识过奥斯曼宫廷的奢华吧。

跟着萨拉左转右转，我们很快就来到了双子宫，这里是帝国王子们学习和生活的地方。

我之前倒是听宫里人说过这个地方，苏丹陛下为了挑选自己的继承人，就将适龄的儿子们都安排在这里，由专人教他们习字作诗。门口站立着不少黑人宦官，守卫看起来相当森严，这自然也是我们无法靠近的地方。但从外观望去，整个建筑似乎也带着一种压抑肃穆的感觉，可见正值青春年少的王子们在这里的生活是多么枯燥乏味。

"目前苏丹陛下的王子一共有三位，其中最得宠的就是玫瑰夫人所出的穆斯塔法王子，因为尚年幼就还跟着玫瑰夫人。其余两位王子要年长一些，长年都居住在这里。"萨拉望了一眼双子宫，沉静的目光中隐隐有复杂的神色。

这些王子在这个"鸟笼"一直要住到成年，成年后听说王宫也会给王子们安排过了生育年龄的宫女解决生理需要，但如果宫女还是怀孕了，生下的孩子就要被活活绞死。

和女奴庭院相比，这里似乎更让人觉得恐怖。在这种氛围中成长起来的王子，不知在心理上会不会有什么问题呢？

怀着莫名低落的心情，我跟着她们缓步走过了一个宽阔的平台，眼前豁然出现了一片雕花装饰的楼房。这里看上去要比女奴庭院宽畅多了，两条长长走廊连着许多个单间，廊柱还延续着罗马时代的特色，而拱形的厅堂却是典型的土耳其奥斯曼风格。大理石和蛇纹石构成的外墙上描绘着精美的图案，蓝白交织而成的瓷砖和金色镂空的窗子在阳光下闪着绚丽的光芒。

"这里就是宠妃庭院。"萨拉停下了脚步，"当受宠的女奴被封为伊巴克尔后，就能在这里拥有一个属于自己的房间。宫里还会为她配备几位女奴，她的地位一下子就会提高许多。被封为夫人同样也是住在这个庭院，不过房间会大得多，女奴自然也要多得多。后宫里目前也只有玫瑰夫人一人有资格享受这个待遇。"

平台下有个碧波荡漾的水池，夏天的时候，宠妃们会在这里游泳嬉戏，精通器乐的女奴则在旁边演奏跳舞，宫里的女人们竭尽所能地取悦宫里的最高主宰者——苏丹陛下。光看着眼前的景致，我的脑海里仿佛已经想象出了那副奢靡暧昧令人迷离的画面。

"那么如果身为伊巴克尔后再生下一个儿子，是否就有可能被封为夫人了？"达玛拉迟疑地问道。

萨拉师傅只是笑了笑，"目前后宫身份最高的女性中，除了皇太后就只有玫瑰夫人了。苏丹陛下的四位夫人名分还有三位空缺，可见陛下对夫人的要求之高。双子宫那两位王子的母亲其中一位倒是被封过夫人，只可惜两年前就因病过世了。这里居住的伊巴克尔们尽管都受过宠，但大多数也会很快失了宠。没有子女失了宠的伊巴克尔很快会被取消独自享用一个房间和使用女奴的资格，重新回到女奴庭院，回到自己的起点。"

达玛拉若有所思地注视着那个庭院，眼中飘忽的神色似是捉摸不定。

我们正打算离开那里时，从庭院里忽然传出了一阵凄惨的哭闹声。萨拉师傅皱了皱眉，眼中闪过了一丝旁人难以察觉的厌恶之色。

　　从宠妃庭院里匆忙跑出来的女奴见到萨拉就停住了脚步，在她耳边私语了几句才匆匆离开。这位女奴和萨拉的关系似乎相当不错。

　　"萨拉师傅，发生什么事了？"我见萨拉的面色丝毫未变，就随口问了一句。

　　萨拉沉默了几秒才答道："没什么，就是前不久升为伊巴克尔的一个女奴刚刚生下了一个儿子。这个孩子她应该是在苏丹陛下出征罗德岛之前怀上的。"

　　我心里更是纳闷，脱口道："生了儿子不是应该高兴吗？可这哭声听着好像并不是因为高兴……"不仅仅是不高兴，甚至还有种说不出的哀伤悲凉。身在后宫的女人，生下个儿子不就是她们最大的倚仗吗？真不明白这位女奴为什么会有这样的反应。

　　"罗莎兰娜，你上次一定没好好听那位宫里人的指导。"没等萨拉开口说话，达玛拉就主动接过了这个话题，"为了保证继承者的统治，奥斯曼宫廷素来有血洗手足的传统。终结拜占庭帝国的苏丹穆罕默德颁布过一条杀害兄弟法律，意思为他的子孙中继承王位的那个人，有权处死他所有的兄弟。他本人即位后就一口气杀死了自己的十九个兄弟。"说着她压低了声音，"如今玫瑰夫人这么受宠，她的儿子被立为继承人的可能性自然也最大。以后只要这位穆斯塔法王子一即位，就有权杀死自己所有的兄弟。也难怪这位伊巴克尔这么伤心难过了，好不容易养大的儿子最后却要死于自己兄弟的手中。这样想来，或许倒还是生个女儿更幸运些呢，至少孩子能够活命，以后还有可能找个好女婿，总算是有个倚仗，好过当一个老年丧子晚景凄凉的老太妃。"

　　萨拉对达玛拉的回答表示满意，颇为赞赏地点了点头，"易卜拉欣大人送进宫的人果然就是不同。不过除此之外，还有另外一个原因。只要是苏丹陛下宠幸过的女人，一旦生下孩子，无论是男是女，从此以后，这个女人永远都不会再被临幸。"

　　"为什么？"这下子我和达玛拉是同时脱口问道，这个之前还真没人告诉我们。

"因为苏丹陛下认为这些孩子不仅仅是妃子自己的孩子，更是奥斯曼帝国荣耀的王子公主，自然是要悉心栽培。而母亲对于子女的教育和影响是相当重要的，如果母亲的子女多了，她就容易分心，这样就无法给子女最完整的照顾和教育。所以这里的母亲最多就只能拥有一个孩子。"萨拉顿了顿，"不过玫瑰夫人就是个例外。在生完了穆斯塔法王子后，苏丹还是允许她继续侍寝。"

　　这一番对话下来，我的心里瓦凉瓦凉的，深深觉得在这个后宫里混真不是一件容易的事。想到易卜拉欣还对我寄予厚望，我更是忍不住想冷笑。但同时我也对玫瑰夫人起了好奇之心，到底是怎样的女子才能让苏丹如此宠爱呢？

　　"今天你们对整个后宫也有个大体的了解了。如果还记不清楚就再好好记几遍。接下来的日子呢，你们就是先做些简单的杂活，同时还要继续在宫里和其他女奴们一起上课。"萨拉抬足就往前走，"最后再跟我去看看花园，这也是后宫妃子们最喜欢的地方。"

　　从小路绕入位于第四庭院的花园，眼前一下子就豁然开朗了。花园里种植着从欧洲移植而来的各种颜色的郁金香，赤橙黄红紫，斑斓娇艳，渲染着一种绚丽的妖艳，总算是为这死气沉沉的后宫平添了几分生机。这应该是后宫里唯一充满生气的地方，也难怪深受久居后宫的女人们的青睐了。

　　从我们所在的这个位置往远处看，能见到一望无际碧蓝色的大海和博斯普鲁斯海峡。再往更远一点，还能看到无数高高的宣礼塔矗立在山间。而眼皮子底下，则有一排蜿蜒高耸的拜占庭城墙在脚下向远方蔓延，像是历经千年都屹立不倒。

　　这一番折腾下来，差不多到了下午。我和达玛拉出来之前都没有吃饭，所以肚子早就饿得咕咕直叫。后宫里一天两顿饭的规矩还真是让人有点不适应，怪不得走遍王宫我都没见到过一个胖子呢！

　　萨拉笑道："离用晚餐的时间还早着呢。你们俩先回去，等一会儿我让人送些点心给你们垫垫肚子，昨晚御膳房好像还剩了不少芝麻蜜糖糕。"

我和达玛拉道了谢后就按原路折回了女奴庭院。此时的庭院中庭里，有不少肤色各异的女奴正在干活，或许是大家都在忙碌着，所以也没什么人留意到我们。回到房间里，阿拉尔和卡特雅也不知所终，听旁边房间的女奴说这两人是去洗衣服了。

"这位玫瑰夫人也不知道是怎样的女人，如果有机会真想见见她的真容。"达玛拉坐下来后，感慨地说道。

"反正一定是个惊天动地的大美人。"我耸了耸肩。在这美女如云的后宫里脱颖而出，相信拥有一张绝色的容颜是吸引苏丹的必要条件吧。哪个男人会不爱美色呢？就算他是历史上赫赫有名的君王也不例外。

达玛拉扑哧一声笑了出来，"听说苏丹陛下在文学诗歌上的造诣不浅，相信在这方面玫瑰夫人一定也是投其所好吧。对了，我还听说陛下更是位手艺相当精湛的金匠，他所设计打造的首饰天下无双。"

"金匠？"我一时无法将这个身份和君王联系在一起。

"不过我也都是道听途说而已。"达玛拉抿了抿唇，"如今陛下已经在回伊斯坦布尔的路上了，相信再过不久就能有机会见到这位传说中的君王了。"

我略带调侃地挑了挑眉，"达玛拉，你好像对这位君王很有兴趣哦。不过凭你的聪明和美貌，引起苏丹的注意那是必然的。"

达玛拉倒也不否认，不慌不忙地展颜一笑，"命运已经走到了这一步，既然无法反抗，那就只能让自己心甘情愿地服从于这宿命。虽然被卖到后宫不是我所愿，但至少当今的苏丹陛下不是荒淫无度的昏君。这个后宫也有它的规矩和秩序。如果能够幸运抓住机会的话，或许我们的结局不会那么糟糕。"

"达玛拉……"在这一刻，我忽然有点羡慕她。至少她有非常明确的目标，她知道自己要如何走接下来的路。而我呢，依然混沌迷茫，不知该怎么往前走，自己的未来还在命运之神的摆布之中。

"罗莎兰娜，一定有很多人说过吧，你有一双无比美丽的紫色眼睛，比最剔透的紫晶石还要闪耀。"达玛拉看着我的神情变得温柔起来，"我曾经认识一个罗马少年，他也有双和你一模一样的紫色眼睛，所以第一眼看到你就觉得很亲切。我和你，能够以这样匪夷所思的方式相遇，或许也是他冥冥之中的指引。以后在这个没有硝烟的战场里，我们要始终站在一起，成为最忠实的伙伴，好吗？"

我不假思索地点了点头，尽管不知将来会怎样，但至少我知道现在的达玛拉，是这个陌生宫廷里我唯一可以相信的人。我不想让自己处于一个孤立的位置上。对她，我可以放下部分的防备之心。但，不是全部。

门外忽然传来了一阵脚步声，接着就听到了有节奏的敲门声响起。

"我猜一定是送芝麻蜜糖糕来了。"我朝达玛拉眨了眨眼，起身就去开门。刚把门打开，一股浓郁的芝麻香味就迎面而来。只见一个穿着宦官服饰的少年正端着个铜盘站在门口，低着头轻声道："这是萨拉师傅让我送来的点心。"

一听到这个声音，我顿时心里一惊，失声唤出了他的名字，"是贝希尔吗？"

少年似乎也是大吃一惊，蓦地抬起头来，那张熟悉的容颜赫然就映入我的视线中。他好像比之前清瘦了几分，纤细瘦弱的身体包裹在偏大的宦官袍子里显得空空荡荡。那双眼睛还是动人依旧，淡淡流转的眼波似被轻风吹落的玫瑰花瓣，美好得令人觉得因为无法把握而心生怜惜。

"罗莎兰娜，居然是你！你终于进宫了！"有惊喜的神色从他眼中一闪而过。

在这里遇见故人，我的心情也变得愉快起来，"我和达玛拉是昨天刚刚进的宫。没想到今天就遇见你了。你怎么样？过得还好吗？这段日子在宫里还适应吗？"

他的唇边浮现出一抹笑容，"罗莎兰娜，你一下子问这么多问题，我都回答不过来了。放心吧，我在这里一切挺好的。有吃有穿，也没什么人为难我。"

"真的吗？那就好了。"听他这么说，我稍稍放心了一些。不管怎么说，他走上这条路也是因为我的错误决定。如果他在宫中过得不好，我这心里就更不好受了。趁着说话的工夫，我又仔细打量了他一番，发现他除了清瘦了一点外，精神和面色似乎都还算不错。

"当然是真的，我骗你做什么。不过身为小宦官，偶尔被责罚几次也是有的，这也很正常。"他神色愉悦地看着我，"现在你也进来了，这真是太好了。如果以后你们有什么要我帮忙的，尽量告诉我，我能做到的一定会尽力而为。"

"帮忙什么暂时也不用，你顾好你自己就行了。初来乍到都不容易。"我顿了顿，"对了，我听说白人宦官总管瓦西是个不好相处的……他有没有为难你？"

他似乎愣了一下，随即就笑了起来，"他确实是个记仇的，我们平时尽量小心干活，不让他挑出刺来就是了。他之所以这么嚣张，也是因为讨了皇太后的欢心。"

贝希尔提到皇太后的时候，坐在一旁吃糕点的达玛拉抬头看了他一眼，插嘴道："这样的人，恐怕仅仅小心干活还是会让他挑出刺来吧。"

"确实如此。"贝希尔笑得似乎勉强了一些，"谁让他是如今宫里最得宠的宦官总管呢，就连苏丹陛下也要给他几分面子。"

"在这里做下人，我们都要小心谨慎些。"我说着拿出两块糕点塞到了他的手里，"如果你有什么要帮忙的，也千万记得要和我们说。尽管我们人微力薄，但在宫里多个朋友总不会错的。"

"没错，多个朋友总比多个敌人好。"达玛拉也起身走了过来，伸出了自己的手，"我们三个都是从易卜拉欣大人府里出来的，彼此更要多多关照。虽然我们渺小如沙砾，但也要努力地生存下去。"

"达玛拉说得对，我们都要好好活下去。"我先将手放在了她的手背上。贝希尔只是迟疑了几秒，也将他的手覆在了我们俩的手背上。他的手格外冰冷，却异常的有力。

好好地活下去！这，或许也是目前我们唯一可以努力的事情吧。

Chapter ⑪ 宠妃玫瑰夫人

　　接下来的日子，我和达玛拉每天除了做些杂活外，也会抽时间去参加宫里专门为女奴安排的各项课程。这些课程主要就是教习女奴们语言、宗教和文学等最基本的东西。因为宗教的缘故，奥斯曼宫廷不允许奴役本国同样信仰的女性，因此几乎全部女奴都是来自异国，所以培养她们对这个国家的认同感和归属感是相当必要的。女奴们深知其中利弊，学得也都相当用心。试想一下，如果和君王在语言上都无法顺畅沟通，又何谈什么未来呢？

　　一段时间下来，我们和同房的阿拉尔很快就打成了一片。她为人热情爽朗，性格活泼，告诉了我们不少宫里的事情和规矩，让我们平时少走了许多弯路。另一位室友卡特雅虽然不太合群，性格也有些孤僻，但看起来并不似奸猾之辈，所以大家也算是相处得比较和谐。当初我住在大学宿舍时，室友们的性格也是各有不同，只要彼此之间相互体谅迁能过得去就行了。女奴们在宫里或多或少地都接受了一些教育，所以大家偶尔也会讨论一下诗集，讲故事更是女奴们平时最为流行的休闲娱乐活动。据说苏丹陛下也特别青睐这项活动，每年特定的时候宫里还会举行讲故事比赛，之前有几位女奴就是在比赛中脱颖而出，得到了苏丹的宠幸而成为了伊巴克尔。

贝希尔和我们也时有来往，宦官庭院和女奴庭院相距这么近，所以抽空说几句话或是他给我们带点什么吃的都很方便。

人的适应能力还真是强。时间一长，我居然也慢慢习惯起这里的生活了。

这天下午，空闲下来的女奴们像往常一样聚在长廊下讨论着诗歌里的故事，今天的主题是十三世纪波斯诗人鲁米的《美斯奈维诗集》，那里面有个丈夫在榅桲树上抓到妻子和她的情人的故事，深宫寂寞的女奴们最是喜欢这一类的八卦故事。浅金色的阳光洒落在这些肤色各异披着薄纱的妙龄美人们身上，似乎为这里平添了几分香艳暧昧的风情。

我和她们打了招呼后就上了楼。刚进房间，我正好瞧见达玛拉翻看着一个薄薄的小本子，那种专注认真的神情是我不曾见过的。

“达玛拉，看什么看得这么认真？难不成也是丈夫抓到了妻子的情人？”我快步走到了她的床边，笑着调侃了两句。达玛拉也不答我，只是将小本子往床上一搁，颇为感慨地叹了口气，“他的诗歌写得可真好。”

我很少听到达玛拉这么直接地称赞别人，所以听她这么一说，我顿生好奇之心，拿起那小本子翻了开来，只见上面的波斯文明显是手抄上去的，诗的结尾处还有作者的名字——穆希比。在奥斯曼土耳其文中，这是爱人的意思。

“穆希比？这个诗人很有名吗？怎么之前老师上课的时候都没提过呢？”我纳闷地问道。

达玛拉捂嘴一笑，“听说这位诗人可是有名得很，只不过至今还没出过诗集，所以只能以手抄本的方式流传。”

“原来是这样。”我半信半疑地又翻了几页，也没仔细看那些诗歌，颇为不以为然地说道，“我倒还是更喜欢鲁米的诗歌。尤其是他那句‘少跟夜莺和孔雀打混，前者只有声音可取，后者只有颜色可取’。”

“这句诗我也很喜欢。只不过，”达玛拉眯起了眼睛，笑道，“大多数男人们偏偏就是容易被夜莺和孔雀所迷惑，他们浅薄的眼孔里恐怕看不到更深层的东西。"

我正要表示赞同，忽听门外传来了隔壁女奴莉莉的声音，"达玛拉，罗莎兰娜，你们在屋子里吗？"我应了一声，又听对方接着说道，"米娜伊巴克尔的身体有些不舒服，你们快去御医房请了医生过来看看吧。"

我和达玛拉对视了一眼，连忙起身跑了出去。米娜伊巴克尔就是之前那位生了儿子而痛哭的妃子，前些天服侍她的女奴病了两个，所以萨拉师傅就让我们暂时去帮把手。分配给我们的工作量也不大，只需每天去服侍她吃早餐以及有什么事随叫随到就行了。不过，这位妃子性子太过懦弱绵软，所以就连身边的女奴都经常使唤不动，这可能就是她让人来我们的原因吧。

御医房就位于第四庭院的花园旁侧，紧邻着苏丹的私人图书馆。整个御医房都是由透明的玻璃制成，所有的一切在光天化日下无所遁形。这个设计是以前某位苏丹特别要求的，这样一来苏丹就能轻易监视御医们的一举一动。看来设计这个御医房的苏丹必定是个疑心很重的人。

我们很顺利地请到了一位御医，只是回来穿过花园时被一位红发女奴挡在了外面。一问之下才知道原来玫瑰夫人正在园内观赏盛开的郁金香，不希望有闲杂人等的打扰。我无奈地看了看四周，被拦在外面的人显然不只我们两个，甚至还有身份更高的赫妮伊巴克尔，她是双子宫中其中一位王子的母亲。

"你们得再等一会，玫瑰夫人赏完郁金香后你们就可以通过这里了。"红发女奴一脸傲色地说道，似乎并没把任何人放在眼里。

"可这花园并不是玫瑰夫人一个人的，凭什么她欣赏的时候我们都得在外面等着？这也太霸道了吧？"开口表示不满的是赫妮伊巴克尔。毕竟为苏丹生下了一位王子，她的胆子自然也比其他人更大点。

可这女奴显然也没把她放在眼里，面带蔑色道："赫妮伊巴克尔，这是玫瑰夫人吩咐的，有什么不满就请您对玫瑰夫人说去吧。"

"你……"赫妮伊巴克尔气得脸色发白，"你的意思是玫瑰夫人赏花的时候，其他什么人也不能入内了？"

女奴不冷不热地答道："您明白就最好了，请别让我们这些奴婢们为难了。"

"哦？那我这个其他人是不是也不能入内呢？"一个温润柔和的声音忽然从不远处传来，那微敛的韵调就像细雪一般优雅地飘落，温和得仿佛能包容世界万物，完全没有冰冷的感觉。

那女奴只听那声音，脸色就立刻变了，吓得扑通一声跪倒在地，颤声道："皇……皇太后……"

皇太后?！没想到来了这么多天终于能见到这位传奇女人的真容了。我踮起脚好奇地朝着那个方向张望，只见众人井然有序地纷纷向两旁散开，接着从那里缓步走出了一位雍容典雅的中年贵妇。

她有着拉丁美人常见的柔软又蓬松的黑色长卷发，几缕碎发散至耳际轻轻摇曳着。她的肤色并不是如月光般娇贵的莹白，而是细腻而富有光泽的珍珠色。那双不同寻常的琥珀色眼睛看起来温和从容，一抹浅笑在她的唇边欲坠未坠。她的美，是一种暗香浮动的美，比起那种令人惊艳的美，这种内敛的美才更加持久和深刻。

这样的美人，能在后宫中脱颖而出得到先王的专宠，似乎一点也不令人觉得奇怪。

"太后都来了，你这奴婢还不快让开？难不成玫瑰夫人连太后的面子都不给？她应该清楚，这个后宫里最尊贵的女性到底是谁！"赫妮伊巴克尔见太后驾到，立刻就有了底气，竖起眉毛瞪着那女奴厉声斥责道。

红发女奴完全失去了刚才的傲慢之色，像是不知该如何是好，身体僵硬地无法动弹，唯有面色苍白如纸。这时，只听从内庭传来了女奴们小心翼翼的声音，"玫瑰夫人，这边请……请小心走……"

随着一阵令人心旷神怡的玫瑰花香随风飘来，只见一位穿着红色纱袍的年轻美人婀娜多姿地走了过来。浅金色的头发懒懒地在她肩上打着卷儿，白皙如雪的肌肤在阳光的照射下呈现出晶莹剔透的状态，衬托得她那双水蓝色眼睛更是娇媚又撩人。她的鬓边戴着一大朵盛开的玫瑰，深红的花瓣显得格外醒目。而就像玫瑰所具有的刺一样，她那张扬醒目的美艳之中，隐隐又有几分难以驯服的野性和危险。

春天的玫瑰！苏莱曼赐予她这个名字还真是贴切，也只有这种花才衬得起她那华丽无双的美貌。

毫无疑问，在苏丹的众多妃子里，她必定是最美的那一个。

"这个后宫里最为尊贵的女性自然是太后了。赫妮，你这个问题问得还真是愚蠢呢。"玫瑰夫人的声音也是如此悦耳动听，就算是歌声最美的夜莺也无法比拟，这声音像是在清晨的露珠里轻揉过，透着一股性感的慵懒散漫。

不等赫妮说话，玫瑰夫人的眼眸一暗，"这个卑贱的女奴居然敢对太后无礼，我这就让人好好惩治她。来人，将这个不知尊卑的东西装进麻袋丢到海里去。"那个女奴顿时全身颤抖个不停，脸上一丝血色也无，却是吓得连求饶的话都说不出来了。

玫瑰夫人一句话就轻而易举要了别人的性命，可她的笑容还是那么自然娇媚，看来这些对她来说已经是家常便饭了。面不改色地看着宦官拖走了那个女奴后，她才走到了太后身边，行了行礼，道："太后，我已经处置了那奴隶，您可不要再生气了。对了，花园里的郁金香开得美极了，不如就让我陪您再好好逛逛吧。至于这些人嘛，"她轻蔑地瞥了一眼赫妮，"她们恐怕没资格和太后一起赏花。"

太后微微一笑，"这花园里的风景如此美丽，只有我们欣赏不是太可惜了吗？"

玫瑰夫人娇笑道："可是如果没人打扰的话，您才能看得更加尽兴更加愉快呀。如果到处都是人的话，这到底是看人还是看花呢？岂不是扫了您的兴致？"

"古尔巴哈你考虑得确实周到。不过，我倒是想起了一个以前曾经看过的故事，不知大家有没有兴趣听听？"太后像是忽然来了兴致，笑吟吟地转移了话题。

"当然，太后的故事一定与众不同，能有机会聆听当然是我们的幸运。"

一旁的赫妮不失时机地奉承道。

玫瑰夫人听太后直呼她的名字，脸上迅速闪过一丝不悦，但很快又恢复了笑容，"那就请太后说说这个故事吧，我们洗耳恭听。"

太后笑了笑，不慌不忙地开了口，"据说在犹太教里安息日是不允许出门的，但偏偏有个热爱钓鱼的人在安息日出门去钓鱼了。经常钓鱼的湖边一个人也没有，他开始觉得非常高兴，因为这样就不会有人知道他违反规定了。在这里钓的鱼最后都是要放回去的，他也只是想提高自己的技巧。谁知他钓上第一条鱼的时候就被天使发现了，天使生气地到上帝面前告状。上帝就告诉天使，会好好惩罚这个人。可是接下来，只见那人钓了一条又一条的大鱼，最后竟然还钓到了异常珍贵的鱼种。天使非常生气，又去找上帝问，惩罚到底在哪里呢？上帝说，你看看，他有这么惊人的成绩和兴奋的心情，却不能和任何人说，这不是最好的惩罚吗？"说到这里，太后顿了顿，"一个人的愉快那是真正的愉快吗？我不认为是这样。让一个人独自享受自己的愉快那是对自己的惩罚。真正的愉快是要和别人分享的，那种独自享乐只是种低级的快乐而已。"

玫瑰夫人的脸上已微微变色，显然是解读出了皇太后的真正用意。尤其那句低级的快乐，更是和打了她一个巴掌没有区别。

女奴中也有人忍不住小声地笑了起来，赫妮的笑容则更加灿烂，连忙抓住机会说道："太后就是太后，这份宽广的心胸实在令人佩服，这真是让那些自私的人望尘莫及。你们这些人啊，还愣着做什么？还不都谢谢太后仁慈体恤？这美丽的景色，太后觉得和我们一起分享才是真正的愉快呢。"说着，她又得意地望向面色不善的玫瑰夫人，"现在我们都能进去了吧，玫瑰夫人？"

玫瑰夫人咬着牙，勉强挤出了一丝笑容，"太后既然这么说了，我们自然要听从。"

"古尔巴哈，我就知道你是个好孩子，也难怪陛下这么宠爱你。"太后温和地笑着，又像是随意地说了句，"赫妮，还不扶我进去？"

赫妮面上一喜，赶紧上前挽住了太后的手，挑衅地瞟了玫瑰夫人一眼，就走进了花园。玫瑰夫人站在原地一动不动，唯有紧绷的指尖泄露出她此刻不满的情绪。

我在心里也不禁暗暗佩服太后，她只用了一个小小的故事，不但在无形中贬低了玫瑰夫人，同时又为自己赢得了仁慈无私的美名，更是为宫中女奴们所尊敬，可谓是一举三得。

这位太后还真的不简单。

望着众人远去的背影，我小声对达玛拉耳语道："看起来太后和玫瑰夫人之间并不和睦啊，太后好像不怎么喜欢玫瑰夫人。"

达玛拉轻轻扣了一下我的脑门，抿了抿嘴，"玫瑰夫人是目前后宫里唯一威胁到太后权力的女人，太后喜欢她才不正常呢。而对于玫瑰夫人来说，后宫里也只有太后能够压制她，她那样的性子又怎么会甘心？两人不针锋相对才怪呢。等苏丹陛下回来之后，你就看着吧，宫里一定会更热闹的。"

御医房的医生给米娜伊巴克尔检查了一番后表示并无大碍，交代了要服用什么药后就离开了。这位米娜伊巴克尔来自波斯国，长相纤巧秀丽，也是个出挑的美人，但若和玫瑰夫人相比还是逊色不少。自从生了小王子后，米娜一直都是病恹恹的，苍白的面色令她看起来更显憔悴，就像是一朵过了花期的郁金香，蔫蔫的没什么生气。

自从我和达玛拉来这里帮手后，发现米娜好像一直都没有笑过，唯有在哄小王子时神情才略微舒展一些，可有时看着小王子，她的眼泪又不知不觉掉了下来。身为旁观者的我当然是理解她的心情，试想一位母亲如果知道儿子将来可能会被亲兄弟杀害，而自己却无力改变他的宿命，心里怎么都不会好受的。穆罕默德苏丹颁布的这条杀害兄弟法则还真不是一般的残忍。

"伊巴克尔，陛下再过不久就要回来了。他若是看到小王子一定会很高兴的。"正在准备药汤的达玛拉也察觉到了她的哀伤，出声安慰了几句。

米娜的神色中流露出几分苦涩惆怅，"陛下的眼中只有穆斯塔法亲王一个儿子。我的小王子……唉，只要看看双子宫中两位王子的处境就能想象得到了。将来如果穆斯塔法亲王成为了苏丹，他有那样一个母亲，一定会对我们赶尽杀绝。其实从知道怀孕的那一刻起，我就日夜祈祷希望这是个女孩子，谁知到最后还是违抗不了命运的安排。"

"可是，将来继承王位的也未必就是穆斯塔法王子啊。"我忍不住开口道，"就像赫妮伊巴克尔，当初她受宠的时候也会以为自己的儿子最有可能继承王位吧。"

米娜愣了愣，"玫瑰夫人进宫之前，赫妮确实也是相当受宠的。但她生完孩子后，苏丹就不再让她侍寝了。本来我们都以为她会被封为夫人，可那时正好玫瑰夫人进了宫，陛下的心思就全都放在那边了。赫妮册封夫人的事也就不了了之了。"

"所以说啊，陛下喜新厌旧不是很正常吗？说不定将来有别的女人掳获了陛下的心，那么玫瑰夫人失宠也是在所难免了。将来的事情谁知道呢？"我刚说完这句，达玛拉就重重扯了一些我的衣袖，不悦地提醒道："你怎么这么冒失？在宫里说话小心隔墙有耳。而且，在伊巴克尔面前说这些话，真是没规矩。"

米娜摇了摇头，"虽然我不聪明，但看人还是挺准的。你们俩都是好姑娘，要不然我也不会对你们说这么多。"说着，她的目光忽然落在了我的眼睛上，神色微微一动，"罗莎兰娜，我居然一直没发觉，你的眼睛是紫罗兰色的。你知道吗？陛下可是非常喜欢这种颜色的。他有一枚十分心爱的戒指，那颗水晶的颜色就和你的眼睛一模一样。"

我心里有些惊讶，难道易卜拉欣选中我就是因为这双眼睛？可如果仅凭一双眼睛得到宠爱，这种廉价的宠爱又能持续多久呢？易卜拉欣那么聪明，他绝对不可能这么短视。苏莱曼若是那种贪图美色之人，大可以多册封几位夫人和伊巴克尔。能得到他的宠爱仅仅有美貌必然是不够的。就像玫瑰夫人，能够专宠这么久，凭借的一定不仅仅是她的绝色美貌。

"伊巴克尔，还是先喝药吧。喝完后您也好好休息，把身体养好了才能更好地照顾小王子，这将来的日子还长着呢。"达玛拉不动声色地将药端了过来。

米娜若有所思地看着她，端起了药，幽幽重复了一遍最后那句话，"没错，这将来的日子还长着呢。"

Chapter ❶❷ 年轻帝王的真容

　　大概又过了半个多月，终于传来了苏莱曼陛下近日回宫的确切消息。这位年轻的帝王凭借着奥斯曼帝国的海军优势，派出了一支由四百艘战舰组成的庞大舰队攻打罗德岛，而他本人则率领十万大军从相反的方向包抄，两面夹击。经过了足足五个多月艰辛残酷的围攻战，他的军队终于夺下了罗德岛，从而也打开了通往北非的跳板。

　　苏莱曼回来的这一天，整个皇宫里都是喜气洋洋的。因为当晚要举行盛大的庆功宴，最忙碌的自然要数御膳房里的上千名厨工们。宫廷配膳处的总管精心挑选了晚宴所用的瓷器，以雕刻精美镶嵌宝石的金银盘搭配中国的青花瓷，彰显出了奥斯曼帝国的强国气派。菜色更是多种多样，牛羊鸡鸭鸽子无一不缺，甚至还有鱼子酱，生蚝以及鲜虾等海鲜，据说光是甜点就有五十二种之多。

　　后宫内更是一派热闹，皇太后领着后宫众人早早就在第四庭院里等待着苏丹的归来。按照规矩，我们这些低等女奴是没资格出现在这里的，但或许是这些天服侍米娜伊巴克尔的关系，我和达玛拉居然也得到了这个瞻仰天颜的机会。除了太后，玫瑰夫人和几位伊巴克尔，其他人都必须跪在地上等待。这雪白的大理石地面又硬又冷，没跪多久膝盖就完全麻木了。我在心里暗暗叹气，这种看似"幸运"的机会真是不要也罢，还不如像卡特雅那样待在屋子里安安静静地看书呢。为了分散注意力，我悄悄打量起后宫的那些妃子们。说实话，我还是第一次见到这么齐全的阵势，后宫里高等级的女奴几乎都在这里了，莺莺燕燕，香气袭人，一派靡丽。玫瑰夫人和其他几位伊巴克尔都打扮得光彩照人，美不胜收，就连米娜的脸上也比往日多了几分红润之色。

不多时，只见瓦西匆匆忙忙走了过来，对着太后恭敬地禀告道："太后，陛下已经过了吉兆之门。"从第二庭院到第三庭院，一定要经过吉兆之门，据说从这扇门下走过的人都会得到幸福，这里也经常用来举办特别庆典。苏莱曼既然已经到了吉兆之门，那就表明很快就会到达第四庭院了。

太后露出了发自内心的欣喜笑容，点了点头，示意他可以先退到一旁。瓦西应了一声，又扫了一眼跪在地上的我们，面无表情道："你们这些女奴，继续都好好跪着。等会儿陛下来的时候，谁也不许抬头盯着陛下看。谁要是失了礼，我就将谁的眼珠子挖出来喂狗。"

听了他的话，有几位女奴已然吓得变了脸色。瓦西总管的恶名在这王宫里几乎是无人不晓的，经由他亲手处死的女奴和宦官更是不计其数。贝希尔能在这种人手下安安稳稳地当差，我都不知是不是该佩服他了。

他的话音刚落，不远处就传来了一阵清脆有力的马蹄声。瓦西微弯着腰，一脸谄笑地看着太后，"太后您看，陛下这就来了！"

太后和妃子们都难掩心里欢喜，迫不及待地朝着那个方向张望，而我身边的女奴们则将头垂得很低很低，谁也不敢抬起头冒犯圣颜。之前瓦西的警告还在耳边回响，但我实在是按捺不住好奇心，偷偷瞄了一眼达玛拉，发现她也同时看了我一眼，显然我们两人此刻的心思是相同的。

苏丹策马迈进第四庭院的一瞬间，似是被君王的天家威严所慑，原本喧闹的庭院里居然变得一片安静，人人鸦雀无声，我甚至能听到自己呼吸和心跳的声音正在加快。马蹄声在这样的氛围里被无限放大，每响起一声仿佛就让人的心也为之一颤。随着那有节奏的马蹄声逐渐接近这个方向，我感到了一种前所未有的紧张，更涌起了一个无法控制的念头。

这位传说中的年轻帝王，究竟长什么样子？

我悄悄用余光打量了一下其他人，女奴们都低着头不敢有任何动作，而太后和瓦西等人的注意力都在苏丹身上，根本就没人留意到我。那么，就是趁这个机会了！我缓缓地抬起头，飞快将目光投向了那个方向……

阳光下，年轻君王高贵的身影赫然映入了我的眼帘，他的周身似乎被浅金色的光芒所围绕，散发出无人能够匹敌的王者气场。头戴装有四重皇冠的头盔，比罗马教皇的三重冕还要多上一重，皇冠顶上饰有一片颜色鲜艳的羽毛。那双和太后几乎一模一样的琥珀色眼睛悠远而冷静，透出几分若有若无的光芒，就像是博斯普鲁斯海峡上刚刚升起的朝阳，俯瞰着脚下万物的渺小。这世上俊美之人并不少见，可恐怕只有拥有强大内心世界的人才会发出这样炫目的光。他的美是如此高高在上，带着一种难以接近和掌握的距离感。

"我的王儿，你终于回来了。"太后略带激动的声音打破了这份令人惶恐的沉静。她这么一开口，现场的氛围也好像一下子轻松了许多。

苏莱曼飞快下了马，上前几步走到了自己母亲的身前，语气中明显有几分关切，"母后，儿子这些天让您担心了。您的身体还好吗？"

太后微微一笑，"只要看到你回来，我就算是有什么病也都痊愈了。陛下身为一国之君，长年来都征战在外，如今回来也该好好歇一阵子了。"

"母后说得是，儿子以后也该多花些时间陪陪母亲。"苏丹面对太后的时候几乎收敛起了所有的锋芒，就如同普通人面对自己的母亲，母子之间看起来感情似乎非常不错。

太后笑得更加灿烂，"别光顾着陪我，你更要多陪陪后宫的这些妃子们。我们奥斯曼帝国还要增添更多的王子和公主才好。"太后说这话的时候，她身边的赫妮和米娜顿时神色黯然。依照奥斯曼后宫传统，已经生育了一个孩子的她们此生再也无法为帝王侍寝了，所以这为帝王生儿育女的机会也只能属于别人了。

"太后，您看陛下刚刚回来也累了，晚上又还有宴会，不如就先让陛下去沐浴休息，然后再来您的宫中陪您说说话？"瓦西总管不失时机地提议道。

太后微笑着点了点头，"你看我这是高兴得给忘了，还好瓦西提醒了我。对了陛下，米娜前不久刚刚为你生下个小王子。我看这姑娘应该也是个被神所祝福的人，今天就让她去服侍你沐浴更衣吧。"

苏莱曼似乎一时没想起米娜是谁，更没因为自己添了个儿子而显露出惊喜。他脸上神色依旧，只是淡淡地应了声好。见他是这样冷淡的反应，米娜的脸上突然失去了血色，连带着身体都轻轻摇晃了几下。

"父王！"只听一声稚气的童音响起，从玫瑰夫人身后蓦地钻出来了一位四五岁的小男孩。他的打扮是典型的王子装束，长相和苏莱曼倒有七八分相似，尤其那双琥珀色的眼睛，简直就是一个模子里刻出来的。如果没猜错的话，这个男孩应该就是玫瑰夫人的儿子穆斯塔法亲王了，这也是我进宫以来第一次见到这位小王子。

小王子深受苏丹宠爱的传闻果然不假。苏莱曼一见他就扬唇笑了起来，满怀宠溺地伸手将那小男孩抱在了怀里，喜悦地说道："我的小穆斯塔法，你可是又长高了不少。"说着，他看了看玫瑰夫人，神色显然温和了许多。玫瑰夫人也正巧对上了他的视线，双目含情，眼波流转，说不出的妩媚诱人。

"父王！我好想您！我要和父王一起沐浴！"穆斯塔法的小胳膊紧紧揽住了苏丹的脖子，怎么也不肯放手，"我不要再和父王分开！"

"好，那你就跟父王一起去沐浴。"苏莱曼当即就答应了，他抱着孩子往前走了几步，又停下来回头道，"古尔巴哈，你是他的母亲，你也一起去。"

玫瑰夫人顿时面露喜色，立刻就疾步跟了上去，还不忘得意地看了太后一眼。

望着他们三人离开的背影，太后脸上的笑容不知何时已经消失，她的眸光一暗，低声道："回寝宫去。"

随着太后的离开，其他众人很快纷纷散去，我们也陪着米娜回到了宠妃庭院。她似乎还没从刚才的打击中缓过神来，怔怔地望着自己的儿子就流下泪来。我和达玛拉也不知该怎么劝她，只能尴尬地站在一旁。

米娜流了一会泪，倒也慢慢平静下来，语气里充满着无奈和伤感，"陛下的眼里如今只有玫瑰夫人和她的儿子，这是谁也改变不了的。而我们母子俩呢，一个是不能再继续服侍苏丹的妃子，一个是出生就不受宠的王子……我倒也罢了，可孩子实在是可怜，都怪我这个没用的母亲……"

"您也别太难过了。这毕竟是陛下的孩子，等有时间他一定会来探望小王子的。您看小王子这么漂亮可爱，我相信陛下只要一看到就会喜欢上他的。"我只能尝试着安慰她几句。

达玛拉也在一旁附和道："罗莎兰娜说得没错，而且皇太后不是也很疼小王子吗？我记得前不久她才刚赏赐了大量珍宝给您和小王子呢。"

米娜苦涩地扯动了一下嘴角，"陛下对我们完全没有情意，太后应该也不会再理会我们了。以后我们在宫里的日子只会越来越不好过。"

从之前的那种情形来看，我也不得不承认玫瑰夫人目前的受宠程度是无人能及的。皇太后的用意可能是想让米娜借刚出生的小王子，分得苏莱曼的一份宠爱。没想到苏莱曼连米娜是谁都不记得了，在太后眼中自然也就没了利用价值，也难怪米娜开始担心以后的处境了。看来米娜虽然性子懦弱，却并不是一个愚笨的女人。

这样的她，或许能在后宫里一直生存下去也说不定。

想到这里，我又劝道："可是不管怎么样，您还有一个儿子。比起后宫里的大多数女人，您至少还拥有自己的一丝希望。苏丹陛下如今才二十多岁，正值盛年。等到下一任继承者继位，都不知还要多少年呢。而且，将来的事谁知道又会变成怎么样？"

米娜擦去了眼里的泪水，眉宇间平添了几分坚强之色，"罗莎兰娜，我明白你的意思。其实之前我也想通了，只不过刚才陛下那样冷淡无情……我是为孩子感到心痛，一时有点接受不了。你们放心吧，这孩子虽然没有得到父亲的爱，但我会给予他全部母亲的爱。为了这个孩子，我也要好好地在宫里生存下去。"

我顿时松了一口气，笑了笑，"您这么想就对了。"

米娜神色温和地注视着我，似乎是在斟酌着什么，"我知道你们俩都是好姑娘。如果你们不嫌弃我这个不受宠的妃子，我倒是想将你们俩都要过来，不知你们觉得怎么样？"

听她这么一说，我倒是心里一动。米娜如今的处境和打入冷宫也差不多，如果在她身边当个小侍女，或许也就没那么多麻烦了。可还没等我说话，达玛拉就抢先答道："我们两人身份低微，这件事也做不了主，一切还是要看萨拉师傅的意思。"

米娜的神色黯淡了几分，抿了抿嘴角，"这个我明白。那么改天我再和萨拉师傅说说吧。"她疲乏地挥了挥手，"好了，这里也没你们的事了，都先退下吧。"

刚走出宠妃庭院，达玛拉就冷不丁地问了我一句："罗莎兰娜，你觉得他怎么样？"

"你怎么知道我看到了？"我立刻反应过来她说的他是谁，忍不住开了句玩笑，"哦，难道你当时也偷看到了？"

她倒是大大方方地承认了，"当然了，不然我怎么留意到你在偷看？"

"我没想到他长得那么俊美，气质风度长相都没得说，不过给人的感觉好像很难接近，离他太近会感到呼吸困难的。"我将自己真实的第一感觉坦白告诉了她。

"他是高高在上的帝王，给人这样的感觉也很正常。"达玛拉似乎在回想着之前的情景，两颊边不觉染上了淡淡的红晕，"他完全符合我对一位伟大帝王的想象。神真是太宠爱他了，权势，金钱，甚至容貌，一个男人该拥有的不该拥有的，他全都得到了。"

"还有数不清的各国美人。"我感慨地加了一句。

达玛拉扑哧一声笑了出来，"那美人里是否包括你和我？"

我扯了扯嘴角，笑得有几分勉强，"宫里这么多美人，我看想要脱颖而出也不容易，恐怕打破头也没法让陛下多看我一眼。说真的，我倒是更愿意待在米娜那里……"

"罗莎兰娜，米娜那里我们是绝对不能过去的。就算我们同意，易卜拉欣大人也不会同意。他花费了那么多财力人力时间调教我们，可不是为了让我们去服侍一个失宠的妃子。"达玛拉收敛了笑容，冷冷打断了我的话，"眼下苏丹陛下已经回来了，我想易卜拉欣大人他也该开始行动了。说不定过些日子就会设法将我们送进陛下的寝宫。"

我心里一沉，忍不住反驳道："可是就算得了陛下的宠又如何？你看米娜就是一个活生生的例子，更何况她还为陛下生了个儿子呢。"

"我不是米娜，罗莎兰娜，你也不是米娜。我们都不会成为他。"达玛拉的神情变得令人难以捉摸，"或许来到这里，也不算是一件坏事。"

托了苏丹陛下的福，今晚我们这些低等女奴们的晚餐也是格外丰富。每个人还分到了不少阿酥尔甜粥和内屋如孜耶膏糖，这些都是奥斯曼传统的甜食。吃完晚饭回到集体宿舍后，阿拉尔一脸兴奋地向我们打听苏丹到来的情况，我就一五一十都告诉了她。相对于阿拉尔的好奇和热情，同屋的卡特雅却好像对这件事完全没有兴趣，更确切地说，她好像对苏丹陛下完全没有兴趣。在油灯摇曳的光芒下，卡特雅那头灿烂金发如同金色的瀑布倾泻而下，只用一根蓝色丝带轻轻扎起，显得简洁又纯粹。当她微微晃动身子的时候，发丝轻扬，好似无数细碎的钻石在她发间闪耀。

多么美丽的画面……即便我是个女人也看得目不转睛。这种类型的美人不是奥斯曼帝王宠妃的首选吗？为什么她甘愿在这里做个低等女奴呢？

阿拉尔见我看了卡特雅好几眼，凑到了我耳边，低声说道："卡特雅她就是这个样子，对所有事都不关心。进宫以来她除了干活就是看书，像是一心一意想要出宫。"

"出宫？"我不禁有些惊愕，"怎么宫女还可以出宫的吗？"

"是啊，罗莎兰娜你不知道吗？陛下每隔两年就会放一批女奴出宫。在宫里的女奴，凡是成年之后在宫里待满九年的，都有可能被选中放出宫。"

　　"真的?"这个消息让我感到有点激动,但激动过后又很是怅然,就算我老老实实在宫里待满九年被放出宫,在这人生地不熟的地方又能做什么呢?跟着商船回中国吗?那正是明代的中国,对我来说其实也是一样的陌生。但相对自由的天地,总会好过被困在这个牢笼里一辈子吧?

　　"她是真的想要出宫?"我试探地问道。

　　"她是铁了心肠要出宫。"阿拉尔将声音压得更低,"你看她的那个长相,若是愿意的话至少也能当个伊巴克尔了。可她之前却宁可得罪瓦西总管,失去了被选为预备侍寝者的机会。也因为这个原因,瓦西一直都记恨于她,还经常刁难她。"

　　听了阿拉尔的话,我不免又多看了卡特雅几眼。即使是在这样危机重重的深宫中,即使有着无与伦比的美貌,即使自己的力量是那么渺小,她却仍然能坚持着自己的信念,没有丝毫动摇。光是这一点,就让我感到羡慕和欣赏了。

　　原来,后宫里的这些女子,也不是个个都想成为苏丹的宠妃。

Chapter ⑬ 即将来临的侍寝

　　转眼之间，苏莱曼陛下归国已经半月有余了。后宫里还是如往常一样，一切平静依旧可偏偏又令人感到莫名的不安。就如同是变化莫测的大海，海面看似风平浪静，你却不知道海底下随时会发生些什么。这些天以来，除了陪同太后和处理大量政务外，苏莱曼基本上都是和玫瑰夫人和穆斯塔法亲王待在一起，再次证明了玫瑰夫人无人能及的盛宠地位。

　　人手不足的时候，我和达玛拉偶尔还会到米娜那里帮下忙，不过米娜却再也没提过之前的事了。我猜可能是米娜上次察觉到了达玛拉的婉拒之意，所以也就这么不了了之了。如果选中的女奴无法全心全意忠于自己，那么就算再能干，要来也只会是枚隐形地雷。

　　这天，我奉命为米娜去御花园采摘些金合欢作为房间的点缀，刚经过一棵大柏树忽然就被人一把拽到了树后。起初，我先是一惊，当闻到对方衣服上熟悉的香味后，我连眼皮子都没抬，就开口道："贝希尔，有什么事就赶快说。你以为搞突然袭击就能吓到我吗？"

　　对方的轻笑声传入了我的耳内，"罗莎兰娜，你现在可是越来越厉害了，闭着眼都知道是我。"

"这个宫里我熟悉的人除了达玛拉还有谁，所以不用瞧我都知道是你。"我抿嘴笑了笑，抬起了头望向他。他的脸上虽然带着笑容，可给我的感觉还是像一如初见时那株开着紫色小花的秋日薄荷，散发着微带凉意的寂寞和淡淡伤感。

尽管他每次都对我说一切都安好，可在瓦西那种人手下做事，一定不是那么轻松的。想到这里，我心底的某个地方柔软了起来，语气也温和了几分，"怎么了，找我是不是有什么事？"

"其实也没什么事。"他从怀里拿出了一盒内屋如孜耶膏糖，塞到了我的手里，"你来得真巧，我正好也想去找你。知道你喜欢吃这种糖，昨天御膳房做了这个，所以刚才特意要了些剩下的，你就放在屋里慢慢吃吧。"

我的心里蓦地涌起了一阵暖意，但还是装做不以为然道："就为了这些还巴巴地来找我，你自己留着吃好了。"之前和他提过一次这种膏糖好吃，没想到他还真记住了。在这个陌生的时代，别人的一点点关心和善意，在我心中都会被无限扩大。

"罗莎兰娜，除了送你这个，我还想再提醒你一句，别和米娜走得太近了。"贝希尔敛了笑容，"她不过是个失宠的女奴，不会给你在宫里带来任何好处。"

"我还巴不得待在她身边呢。"我叹了一口气，幽幽道，"你知道吗？原来女奴们只要在这里待满九年就可以出宫。虽然不知外面的世界会有什么危险，但至少可以收回一样最珍贵的东西——自由。"

我的话音刚落，他的面色就微微一变，"罗莎兰娜，你可千万别有这样的蠢念头。你和达玛拉都是易卜拉欣大人送来的，他是不会允许再让你们出宫去的。"

"你怎么就那么肯定苏丹陛下一定会看上我呢？万一没有得宠，我不还是照样做低等女奴？那么等过了九年不就有机会被送出宫了吗？这也不是不可能的事对不对？"我理直气壮地说道，真不知道易卜拉欣哪来的信心。

贝希尔忽然笑了起来，刚才的紧张表情一扫而空，"放心吧，就凭你这双漂亮的紫色眼睛，也不会是仅仅做一个低等女奴的。至于出宫吗？我可以明明白白地告诉你那不可能，听说易卜拉欣大人已经让瓦西总管找机会安排你们侍寝了。"

待寝?！我的脑中轰的一声响，忍不住有些冲动地扯住了他的衣领，语调也急促起来，"贝希尔，你说的是真的吗?"易卜拉欣就这么心急吗？虽然明白自己的命运现在是由别人掌握，可事到临头这种鱼在案板任人宰割的感觉实在又让我无法接受。毕竟，我不是这个时代的人啊，在心底里我也下意识地抗拒着挣扎着……

"罗莎兰娜，我以为你已经有这个心理准备了。"贝希尔对我的反应很是不解，"这是个多么好的机会，后宫里多少女人求都求不到。要不是易卜拉欣大人的关系，恐怕你等上几年甚至几十年都不一定有这机会。如果这次凭借着侍寝的机会获得苏丹陛下的宠爱，那么你在这个宫廷里就会有个不错的开始，以后就更是……"

"这样的机会不要也罢。"我打断了他的话，在最短的时间内让自己冷静下来，慢慢放开了他的衣领，"就算这次把我送上陛下的床，也不代表什么。我无法保证能获得陛下的宠爱，但大有把握让他对我从此失去兴趣。"

贝希尔皱了皱眉，似是有点疑惑，"罗莎兰娜，你……这算是威胁吗？"

"我不能反抗易卜拉欣大人的安排，但至少我能选择非暴力不合作吧。好，我没办法躲避这次的侍寝安排，那我至少还有不讨好陛下的自由。我这种不识趣的女人，相信陛下也不会再召幸我第二次。就算有第二次，以美色侍人也绝对不会长久。贝希尔，如果你见到易卜拉欣大人就请转达他，我还没做好准备，请他再给我一些时间。假如他非要安排我现在侍寝，那么结果一定不会如他所愿。我这枚棋子也只会成为一枚废棋。"

"给你时间？那么给你多长时间呢？"贝希尔叹了一口气，"你这根本就是拖延时间，易卜拉欣大人是不会同意你这么做的。而且只要侍寝过陛下，你这辈子也就无法出宫了。罗莎兰娜，命运注定了你要永远待在这宫里，除非到死的那一天。假如没有陛下的宠爱，没有一个牢靠的地位，你想过这个后果吗？"

我凝视着他的眼睛，"贝希尔，那我也和你说实话。如果不能出宫的话，我只希望在这宫廷的一个小角落能有我的一席之地，就算以低等女奴的身份浑浑噩噩在宫里过一辈子也行。我对争宠一点兴趣也没有。"

"罗莎兰娜，在这座后宫里如果没有任何斗志……那将是最致命的。"他神色复杂地凝视着我，"如果你还想在这里继续生存下去的话，最好改变主意。我希望你能活下去，以强者的身份活下去。"

我正要反驳他，却忽然留意到他被扯开的衣领下所露出的锁骨上有一块红色的痕迹，看起来还有些肿胀。

"贝希尔，你这里怎么了？"我虽然不赞同他的那些话，但还是忍不住关心了一下。

他用衣领遮住了那块红痕，神色依然平静无澜，"没什么，只是被虫子咬了而已。御花园里虫子多，你自己也要小心点。"

今天和他话不投机半句多，我也没再继续追问下去，拿起了那盒糖转身就走。没走几步，我又停下脚步，一字一句道："你说得没错，我没有丝毫斗志，我也根本就没有将来的目标。我确实也想活下去，但只想远离是非地活下去。或许你觉得我很傻，可是我也想要坚持自己一点小小的执著。"

回到宿舍后，我忍不住将可能要待寝的事告诉了达玛拉。她听完之后倒是比我冷静多了，若无其事地笑了笑，"那就等着瓦西总管的安排吧，这一天总是会到来的。"

"是啊，这一天总会到来的。"我喃喃重复了一句，不知该继续说些什么。

"罗莎兰娜，若是你太害怕的话，就请求总管将我安排在你之前好了。"达玛拉的脸上闪过一丝调侃之色，她笑起来时右脸颊上的小酒窝特别迷人。

"都什么时候了，你还有心情开玩笑。"我无奈地瞥了她一眼，沉默了几秒又开口道，"达玛拉，你真的认命了吗？"

她微微敛起了笑容，眼里似乎多了几分认真的神情，"不认命又能怎样？出宫那根本不可能，我也没有这个打算。宫里的九年里谁知道会发生什么，万一倒霉提早死了呢？不出宫的话，你我还有选择吗？做一个低等女奴？那么能随时随地捏死我们的人太多了，说不定哪天犯了错就被装入麻袋扔进海里了。与其如此，现在有这样的好机会为何不把握？我并不讨厌陛下，甚至还算得上是喜欢和崇拜。虽然我的长相在后宫美人并不占据太多优势，倚靠自己的本事不知何时才能入陛下的眼，但好在有易卜拉欣大人的安排，不必在宫里等到黑发变白发。只要侍寝过后，陛下对我有好感，那就是相当有利的开端。就算无法像玫瑰夫人那么受宠，至少也要拥有可以保护自己的权力。"

听了她这番话，我发现自己之前对贝希尔说的话确实太幼稚了。既然已经进了后宫，又怎么可能远离是非？可是，让我主动邀宠去讨苏丹的欢心，那也是我无法做到的。

一时之间，我只觉得思绪越发混乱。无论选哪一条路，都不是那么好走的。我到底是得罪了那尊大神，才会被扔到这么一个地方来？为什么就不能和我的其他同学那样，完成大学课程找份好工作，像大多数普通人那样平平淡淡生活下去？到底是谁改变了我的命运？

达拉玛似是感慨地将我从胡思乱想中拉了回来，"罗莎兰娜，你眼睛的颜色真是美丽……我敢保证，陛下一定会被你的这双眼睛迷住的。"说着，她一眨不眨地盯着我的眼睛，像是竭力想从那里看到别人的影子。

就在我感到有些不好意思的时候，房间的门忽然被推开了，只见阿拉尔和卡特雅正说着话一起走了进来。阿拉尔一脸兴奋地不知在聊着什么，而卡特雅的脸上则还是一如既往的淡然。见她们两人回来，我和达玛拉自然也停止了再继续谈论这个话题。

"罗莎兰娜，达玛拉，你们已经回来啦，我正想告诉你们一个消息呢。"阿拉尔略带神秘地冲我们眨了眨眼，"听说瓦西总管过些天就会挑选出几位预备侍寝者，宫里的女奴们可都是按捺不住，纷纷寻思着要给瓦西送礼呢。如果运气好被选中侍寝的话，那就不用再做这低等女奴了。你们俩也想想办法吧，或是去拜托萨拉师傅也行，就凭你们俩的长相，我看是大有机会。"

她说这话的时候，卡特雅已经在床上翻看起了诗集，似乎对这话题丝毫不关心。

达玛拉笑了笑，"能入选当然是最好。不过我们俩刚进宫，哪有什么像样的礼物，和萨拉师傅更是不熟，只能看运气了。倒是阿拉尔你，也要为自己多打算打算了。"

"我?"阿拉尔惯有的灿烂笑容中似乎多了几分无奈，"我进宫已经三年了，刚进来时也送过不少东西和钱财给瓦西，希望能得到一个侍奉陛下的机会。可惜每次都是以失望为告终，所以我也不再妄想了。我的命就是如此，还是在这里做一辈子的低等女奴吧。"说着，她又瞄了卡特雅一眼，用只有我们才能听到的声音加了一句，"要是我有那样的容貌，恐怕身份早就不同了。"

"别想那些有的没的了，安安稳稳踏实过日子不是也挺好吗？偌大一座王宫，数不清的各国美人，被苏丹陛下看上的毕竟只是凤毛麟角，玫瑰夫人只有一位。我和罗莎兰娜同样没有这样的奢望。"达玛拉的目光不知何时也落在了卡特雅身上，"我倒是有点羡慕她的生活，永远活在自己的小世界中，不被任何事情所打扰。"

卡特雅侧着脸看书的样子相当恬静，融融月色下的面容宛如夜蔷薇，清冷中隐隐透出了一股罕见的温柔。回想起来从认识到现在，我和她说的话加起来好像也不到二十句，这个女孩给人的感觉总是捉摸不透。

她这么执著地想要出宫，又是为了什么呢？

大约过了七八天时间，我去米娜那里帮忙时正好遇上了小王子身体不舒服，于是请御医的任务自然就交给了我。听说前些天苏莱曼陛下倒是来探望过了米娜和小王子，不过给了些赏赐就没格外的关照了。米娜那里依然还是门庭冷落，和玫瑰夫人住处的热闹情景自然是没法比的。有几次我们遇见玫瑰夫人的女奴们也是尽量绕道而行，免得招惹不必要的麻烦。

第四庭院里的草坪两边开了很多不算起眼的三色堇，金色的阳光温和地洒落下来，将庭院里的树叶映得如同祖母绿宝石一般晶莹剔透，说不出名的白色小花在碎金般的阳光里飞舞着，空气里弥漫着一股沁人心脾的淡淡香气。

在御医院前，我很意外地看到了一个似曾相识的身影正踏出院门。那年轻男子眯了眯灰蓝色的眼睛，敏锐地捕捉到了我望向他的目光，脸上并未显现出半点惊讶之色。

"罗莎兰娜，好久不见了。"他弯了弯唇，对我微微一笑。

"易卜拉欣大人……好久不见。"我还以为在后宫里几乎都不会有机会碰面了，没想到在这里居然也能见到他。

他像是猜测到了我在想什么，淡淡道："陛下有时也允许我到这里和他商谈国事。今天正好喉咙有些不舒服，就顺便在这里拿些药。"

平时从女奴们的聊天里，我也知道了关于易卜拉欣的一些事情。他只比苏莱曼大一岁，原是位希腊水手的儿子。孩提时代被海盗俘虏，卖给了马格尼西亚的一位寡妇。少年时进入宫廷学校学习，成为了苏莱曼的随从和心腹，更是无话不谈的好朋友。之后他就被任命为皇家放鹰者，随之是寝宫的侍卫长，直到现在的首相大人，可以算得上是一帆风顺，官运亨通。这么多年的友情自然是珍贵的，仅仅是从苏莱曼允许他可以进入第四庭院这一点，就能看出这对君臣之间的关系非比寻常。

"在宫里还待得惯吗？"他这样温和的口吻倒让我有点不习惯。他对我这枚不听话的棋子就一点也不生气吗？难道贝希尔没有向他转达我说的那些话？

"回大人，在这里一切都还好。"我小心翼翼地回答道。

他点了点头，冷不防又问了一句："加乌埃也该喝得习惯了吧？"

我愣了愣，立刻摇了摇头，"我说过了，大人，我始终是喝不惯的。"

他的笑容还是依旧，那表情让人无从了解他内心的想法，然而他的眼神却格外意味深长。在淡淡的晨光下，他的面容呈现出了某种神秘而又莫测的美，令人感到一种莫名的不安。

"对了，告诉你一件好事，你也好提前有个心理准备。这次的侍寝名单里有你和达玛拉，你的名字排在第一位。三天后就是你侍寝的日子，希望你好好表现，别让我失望。"说完这些话，他不等我有任何反应，就转身离开了。

　　我呆呆地站在原地，整个人就像是被钉在了地面上，想要挪动一根手指都办不到。呼吸仿佛也在一瞬间停止了，喉咙里好像被堵上了什么东西，怎么也发不出一丝声音。一种重重的挫败感和无力感席卷了我的全身……

　　我之前对贝希尔所说的一切，在这个男人看来只是幼稚的笑话而已。

　　好，既然如此，该来的躲不过，那我就鼓起勇气面对吧。不就是侍寝吗？那么我就当是一夜情好了，反正也别指望我去讨苏莱曼的欢心！

　　易卜拉欣，抱歉了，我一定会让你失望的。

Chapter ⑭ 是谁下的毒手

当萨拉师傅来我们房间宣布了侍寝名单后，达玛拉显然是一副意料之中的平静表情，阿拉尔虽然有些惊讶，但也没有表现得太意外。至于卡特雅，自然还是那种漠不关心的态度。

"我就说嘛，萨拉师傅带过来的人总是不一样的。"阿拉尔笑嘻嘻地坐到了我们的身边，"以后等你们成了陛下的宠妃，可千万别忘了关照我们。那宠妃庭院可是比这里宽畅舒服多了，同样是做低等女奴，到宠妃庭院里感觉也要更好一些呢。"

"就算是有侍寝的机会，我们也不一定能得到陛下的宠爱。一夜过后就被陛下遗忘的后宫女子也不是少数。"达玛拉垂下了眼眸，语气中并没表露出丝毫欣喜，"所以，我们再重新住回这里也不是不可能的事。"

"可千万别再回这里了，能有机会离开可要好好把握啊。"阿拉尔赶紧摇了摇头，一脸诚挚地看着我们，"不管你们将来谁成了伊巴克尔或者是夫人，记得把我要到身边去哦。好歹我们也算相识一场，关系也不错，又比较熟悉，由我来服侍你们不是更好？我可是在这个鬼地方待够了。"

达玛拉似乎有些不好意思地点了点头，"放心吧，我们如果真有那样的好运气，自然是不会忘记你的。"

"嗯，那我可记得你们说过的话了。"阿拉尔笑得更加灿烂了，她像是蓦地想到了什么，又说道，"不过还有件事要提醒你们。我听说陛下最不喜欢沉默寡言的女人，到时你们可要表现得活泼些。"说着，她将声音压得低低的，"不然就会像米娜伊巴克尔那样，侍寝过一夜就失宠了，就算有个儿子也难以扭转局势。"

最不喜欢沉默寡言的女人？听到这句话，我倒是心里一动。之前我也想过能不能以生病的理由躲过侍寝，但很快就被自己否决了。凭易卜拉欣的精明，一定能猜出是我搞的小动作。就算躲过这一次，也躲不过第二次。相比较之下，做一个沉默寡言的女人可是容易多了。如果一夜失宠后继续回到这里做个低等女奴，或许也不是那么难熬的，总比整天和后宫妃子们钩心斗角来得轻松点吧。

想到这里，我悄悄瞥了一眼卡特雅，她正若有所思地凝视着手上的一枚指环，目光中透出少见的温柔之色。那枚指环看起来已经有些年份了，做工粗劣，应该不是什么值钱的东西。

"罗莎兰娜，是在担心侍寝的事吗？"拉达尔走开之后，达玛拉似乎留意到了我的反常，小声对我说道，"我已经打听过了，到时等你沐浴完毕后，会专门有人向你传授……房中之术……所以，也不用太担心的……"说到最后几个字的时候，她的脸上也浮起了一层红晕，露出了罕见的羞涩表情。

我扯了扯嘴角，勉强回给了她一个表示感谢的笑容。达玛拉，其实……我担心的并不是这个……

在忐忑不安的等待中，侍寝的日子还是到来了。这一天，傍晚时分的夕阳渐渐沉入西边的天际，橘色的余晖将庭院里树木的影子映照得格外清晰，被阳光烘烤了一整天的花草蔫蔫地耷拉着，无精打采地蜷缩在脚边——就像是此时此刻本人的真实写照。

我跟着萨拉师傅先到了专供妃子沐浴的浴室。以往听说欧洲的古代王宫里少见沐浴和如厕的地方，即便华丽奢侈如凡尔赛宫，也毫无浴室和厕所的踪影。我想起在自己的那个时代，历史书上也曾记载那些关于凡尔赛宫的王室成员如厕事迹，比如因为宫里没有厕所，王太子不得不在壁炉里解决等等……不过到了托普卡帕宫的第一天，我就知道了这座王宫拥有至少七十间浴室以及更多的厕所。苏丹和太后享用的浴室豪华程度自不必说，到现在我也没机会见识一下，但是平时给我们低等女奴洗澡的浴室也都是由大理石建造而成，相当的宽畅明亮。

如今，当我走进专供妃子沐浴的地方时，更是在心里暗暗惊叹这里的华丽程度。高高挑起的穹顶上有一些被凿空的小孔，看起来就像是天幕上闪烁的星辰，阳光透过这些小孔折射进来，立时让这里变得明亮起来。浴室里充满着热腾腾的蒸汽，在镶嵌着珍珠的浴池一角，有两位异国妃子正边喝着玫瑰水边聊天，曲线姣好的胴体在迷蒙的水雾中若隐若现……恍然间，我觉得自己好像置身于另一个世界，这一切看起来如同是梦中的幻想……

一位腰间裹着缠布的年老女性黑奴快步走到了我们身边，毕恭毕敬向萨拉师傅行了个礼。萨拉点了点头，淡淡地嘱咐了她几句。在离开之前，萨拉又意味深长地对我说了一句："罗莎兰娜，好好把握住这个机会，别让大人失望。"

望着她的背影渐渐消隐在水雾中，我咬了咬嘴唇，身上蓦地涌起了一阵莫名的凉意。虽然已经告诉过自己这不算什么，就当是一夜情……但当这一刻即将真正来临时，我却感到由内心深处涌出的恐惧……我将要面对的不是普通人，而是几百年前古代历史上一位赫赫有名的君王……

"这位姑娘，请脱去衣服，让我来服侍您洗澡吧。"黑奴似乎是察觉到了我的紧张，对我露出了和善的笑容，"不用怕，姑娘。女人嘛，总要过这一关的。况且这种幸运可不是每个女人都能拥有的，您想想这后宫里哪个女人不盼望着能进入这里呢？可最后如愿的也不过那么些而已。"

既然已经走到这一步，也没有任何退路了。我索性心一横，将身上的衣服都脱了下来。黑奴拿起了编织着金丝银线的柔软毛巾，轻轻帮我擦拭起了身体。

"看看，姑娘，您的身材是多么完美，就像是春天最柔软的枝条，比发丝还要纤细，您的头发是多么的漂亮顺滑，比最上等的丝绸还要有光泽，您的皮肤是多么细腻娇嫩富有弹性，您的面颊像玫瑰，牙齿像珍珠，如果走路再能像鹅一样摇摆多姿，那就是不折不扣的土耳其美人了。"虽然我的精神此刻处于高度紧张状态，但听到最后一句话还是觉得有些好笑，每个时代的美人标准还真是各不相同。这位黑奴口中尽是赞美之词，或许对每个即将承宠的女人她都会说同一番话吧。

洗完澡之后，她又用带着蔷薇香味的精油擦遍了我的全身，又为我好好打扮了一番。我就像是个木头人般任由她摆弄，脑中还是乱糟糟的一片，直到听到她的声音再次传入耳中，"您看看，这样子还满意吗?"

我蓦地抬头，只见前方的镜子里映照出一位明艳照人的异国美人。上身是浅紫色的薄纱裙，修长的双腿则裹进了传统的深紫色丝绸灯笼裤内，这衣料是那么轻柔，穿上身上感觉凉凉的，就像没穿着衣服一样。亚麻色的头发被精心梳成了发辫，用一枚质地上等的孔雀石发卡扣住。耳垂上的白色珍珠长耳环微微摇晃着，配着同样镶嵌着珍珠的头纱，更为这位美人增添了几分娇俏。

这个美人居然就是我? 到现在为止，我觉得一切还是那么不真实……

"哦，看看这双眼睛啊，是我见过最美丽的颜色，比陛下最喜欢戴的那枚紫水晶戒指还要迷人。"黑奴的神情显得有些夸张，语气里还有点讨好的意味。

我的目光落在了镜子里的那双眼睛上。略略勾勒了些眼影之后，原本柔润清亮的紫罗兰色竟流转出魔魅般的妩媚。甚至就连我自己多看一会儿，都仿佛要被这充满魔力的紫色吸进去了……或许就是因为这双眼睛，易卜拉欣才留意到我，就是因为这双眼睛，他才这么有信心我会得到苏莱曼的宠爱……

"接下来就请您稍等一会，我先去拿点喝的来，等到了时间就把您送到陛下的寝宫里去。"黑奴说完后就出了浴室。我转头看看四周，原先在这里的两个美人不知何时也已经离开了。

深深地吸了口气，我努力让自己别那么紧张。因为人一旦紧张，思维就会变得混乱，就无法再清晰地思考问题了。

没过多久，一个大约十二三岁的小女奴走进了浴室，她手上托着一个银托盘，盘子里放着一杯色泽透明的饮料。只听她用怯怯的声音开口说道："哈丽吩咐我给您送饮料过来，这是用新鲜椰枣花调出来的蜂蜜甜水。"

哈丽？这一定是那个黑奴的名字。对了，她刚才不是说了拿点喝的来吗？来得倒是挺快。不过她怎么知道这种用椰枣花调出来的蜂蜜甜水是我的最爱？或许只是凑巧吧。于是，我对她笑了笑，"谢谢你，先放下吧。"

小女奴似乎对我说谢谢很是诧异，红着脸将饮料端过来后就匆匆告退了。

正好洗完澡，我也口渴了，拿起那杯蜂蜜水就一饮而尽，顿时觉得干涩的嗓子里舒服多了。可还没等着这股舒服劲过去，我突然觉得从眼睛的部位传来了一阵剧烈的刺痛！就像是有人用无比尖锐的银针使劲戳入我的眼内捣来捣去，那疼痛来得又急又狠，让人根本无法忍受，痛得我整个身体也从椅子上滑了下来，重重摔到了地上……

这是怎么回事？为什么会这样？我的眼睛……

"砰！"有什么东西在地上摔碎的声音忽然传入我的耳中，我的神志也略微清明了几分，透过逐渐模糊的视线，我见到哈丽紧张地冲到我的前面，颤抖着声音问道："怎么了？这到底是怎么了？发生什么事了？您哪里不舒服？"

我用手捂住了自己的眼睛，痛苦地呻吟道："疼……眼睛好疼……"我不知该怎么形容这种疼痛，只恨不能立刻挖掉这双眼睛！

"好好，您忍一下，我马上就让人去叫御医来看看！"哈丽像是被我的样子骇到了，惊慌失措地转身又跑了出去。

她跑出去之后，我更是痛得忍不住在地上打起滚来，可左等右等还不见御医的踪影。眼睛的疼痛在逐步加剧着，终于等痛到极致的那一瞬间，我的眼前一黑，渐渐地就失去了意识……好吧，穿越之后活活痛死的人，我恐怕是第一个了。不过真要是死了的话也就算了，怕就怕又要重复那个西西弗斯的诅咒……那简直就比死亡还要恐怖……

也不知昏迷了多久，再度恢复意识的时候，我惊讶地发现眼部的疼痛已经消失了。房间里的熏香和身下那张床所带来的熟悉感，都告诉我此刻应该是身在自己的宿舍里。可还没等稍稍松一口气，我又担心起是否重新陷入了那个诅咒，身上不禁出了身冷汗。怀着忐忑不安的心情，我试探着睁开了眼睛，同时暗暗祈祷自己千万不要那么倒霉。映入眼帘的影像看起来有点模糊不清，我只好伸手揉了揉眼睛，这才发觉自己的左眼竟好像看不出东西了，只能依靠右眼分辨出站在我床前的身影正是贝希尔。

"贝希尔！我这是怎么了！为什么我一只眼睛看不到了？"我惊得一下子从床上跳了起来，急急忙忙开口问道。

贝希尔弯下腰注视着我的眼睛，语气平静得让人感到心慌，"罗莎兰娜，在我告诉你之前，你最好要有心理准备。你的眼睛看不见，是因为中了一种奇怪的毒。幸好这次下毒的分量还不算太重，所以你幸运地保住了一只眼睛。"

我顿时愣在了那里，难以置信地重复了一遍他的话，"你是说我中了毒？"下毒这种事好像只在小说和电视里见到过，对我来说似乎是太遥远了。如今这一切竟然发生在自己身上，感觉是那么不真实，让我一时实在无法接受。

"我知道这个意外发生得很突然，但你必须接受这个事实。你的左眼基本已经失明了，而且，还不只这样……"贝希尔说着递过来一面镜子，"看看你的眼睛。"

我抬起头望进了镜子里，只见原本动人的紫色眼睛像是被笼了一层浓重的白纱，灰蒙蒙的完全没有半点灵气，看起来倒是更像一双瞎子的眼睛了。一旦失去了这双紫眸所带来的光芒，我的整张脸顿时就失色不少。

或许因为这本来就不是属于自己的美丽，所以我很快就从最初的惊慌中冷静下来，默默注视了一会儿镜子里的自己，这才开口问道："我是喝过饮料后才感到眼睛疼痛的，你看会不会是饮料有什么问题？"

贝希尔似乎有些惊讶于我的平淡反应，顿了顿，才答道："你猜得很对。昨天御医检查了你杯子里残余的饮料，发现里面混入了少量的毒草汁。"

昨天……原来我已经昏迷了这么久？我想了想，又问道："可那饮料不是哈丽让人送来的吗？难道是她下的毒手？"即将侍寝的我引起了别的妃子的忌妒，于是她们中的一人买通哈丽下手，这也是说得过去的理由吧。

"哈丽根本就没让人送饮料给你。况且她也是易卜拉欣大人的人，不可能下手害你。"贝希尔的语气是相当的肯定。

我在脑中飞速过了一遍当时的情形，想起昨天哈丽进来确实是端着饮料的。那么，问题应该是出在那个小女奴身上了？这时，贝希尔也皱了皱眉，问道："对了，你还记得是什么人将饮料送进来的吗？这人恐怕是下毒事件的关键。"

我根据自己的记忆，将那个小女奴的样子描述了一遍。

贝希尔微微叹了口气，"如果她是被人指使的，只怕现在已经凶多吉少了。不过我还是会试着找一找的，相信这件事易卜拉欣大人也不会袖手旁观。毕竟这个幕后指使者敢做第一次，或许就敢做第二次第三次。到底是什么人？居然这么大胆子敢破坏易卜拉欣大人的安排……"

他后面的话我没听清，倒是蓦地又想起了一件事，却又不好意思相问。犹豫了一会儿，我才支支吾吾开口道："对了，那昨天侍寝的事……"

贝希尔倒是答得飞快，"昨天发生了这种意外，所以只能让达玛拉代替你去侍寝了。不过她到现在还没回来，看来是快要搬到宠妃庭院去了。"

"那就再好不过了。如果她能得到陛下的宠爱，易卜拉欣大人也算是没有白费心机。相信将来达玛拉一定会助他一臂之力，那么少我一个也无所谓了。"我轻轻摸了摸自己的左眼，"贝希尔你也看到了，现在的我，根本就不可能侍候陛下了。"

"你也别这么快就放弃，大人一定会想办法治好你的眼睛。"贝希尔充满怜悯的眼神中又带着点不解，"罗莎兰娜，若是别的女人遇到这种事早就哭个半死了，你怎么一点都不难过呢？难道你完全也不担心自己的将来吗？"

听他这么说，我心里并不以为然。想必在易卜拉欣眼里，我已经没有任何利用价值，根本就没必要再将时间浪费在一枚废棋上。想到这里，我牵动了一下嘴角，居然还扯出了一抹略带僵硬的笑容，"美貌只是用来争宠的工具而已。我原本就只想做个普通的女奴，在宫里平平淡淡过日子，所以容貌的失去对我来说也没什么意义。比起怕失去美貌，我更怕疼痛。希望那下手的人以后能换个法子。当然，左眼失明还是很不习惯的，但我也庆幸总算还保住了另外一只眼睛，不是吗？"

贝希尔的眼眸内仿佛有什么微微一闪，他低声道："罗莎兰娜，我之前说过了，在这座后宫里如果没有任何斗志……那将是最致命的。若是连斗志和美貌一起消失，那么你根本就别想在这后宫生存下去了。"

我垂下了眼眸，"贝希尔，谢谢你的关心，不过现在我累了，想早些休息。"

贝希尔也看出我的冷淡，无奈地叹了口气，"好吧，我也不多说了。反正将来……你自己就会明白的。这里比你想象的要残忍多了。对了，你一天没吃饭，肚子也该饿了，我给你带了些御膳房的点心放在桌子上，你记得吃点。"

我点了点头，低低说了声："谢谢。"他看着我，似乎还想说些什么，但最后还是转身走出了房门。

等他离开之后，我重新躺了下来，将自己整个身体用毯子裹了起来。此刻我已经能够很冷静地思索问题了，困扰我的疑惑只有一个，到底是谁下的毒手？

Chapter ⑮ 真正的低等女奴

若是连斗志和美貌一起消失，那么你根本就别想在这后宫生存下去了——我没有想到，贝希尔的话，居然会应验得这么快。

贝希尔离开不久，阿拉尔和卡特雅就回房了。我像往常那样和他们打了个招呼，卡特雅点了点头回了个招呼，而平常总是热情回应的阿拉尔则神色古怪，似乎对我若无其事的表现感到不解。

"罗莎兰娜，听说你中了毒，现在左眼已经看不到东西了。这是真的吗？"阿拉尔用审视的目光留意着我脸上的表情变化，充满怀疑地问道。或许我的表现在她们眼中太过平静，换作其他人，怎么也无法这么快接受吧。

我点了点头，"是真的，看来以后我也无法再侍寝了。"

阿拉尔的脸色变得有些僵硬，只是哦了一声，也没再说多什么。这显然和平时的她大相径庭。卡特雅倒依然是一如既往的冷淡，不过我抬起头时还是正巧从她眼中看到了些许罕见的怜悯。她留意到我的目光，立即就将脸转到了一旁。

"你们要吃些糕点吗？是御膳房刚做出来的，摸上去还有点热呢。"我起身走到桌子旁给自己倒了杯水，又转头问她们。现在我还不大适应左眼的失明，倒水的时候溅出了不少。我正想找块毛巾擦擦，没想到适时将这样东西递过来的人居然是卡特雅。她将毛巾给了我之后，就回到了自己的床上，并没和我有更多的交流。

阿拉尔不客气地过来拿了一块，几口吃下肚之后，说道："罗莎兰娜，我听说达玛尔今天已经被陛下封为伊巴克尔了，而且还住进了宠妃庭院，看来她的运气可比你好多了。"

她的语气听起来似乎有些许嘲讽的意味，我虽然有点诧异，但还是点头承认，"可能我就是没这个运气吧。人各有命，这也是没办法的事。"

"那你的命实在是太糟糕了。"她挑着眉回了一句，又将那盘点心拿了过去，"你现在心情郁闷也吃不了这么多，就别浪费这些好东西了。"

"阿拉尔，你这是怎么了？"或许是因为习惯了她平时的灿烂笑脸，现在她忽然变了脸还冷言相对，我一时有点不能接受。

她哼了一声也不回答我，自顾自地吃起了那盘点心，随即像是想到了什么似的又开口道："对了，罗莎兰娜，明天你早点起来，先把我和卡特雅的衣服都洗了，再好好整理一下房间。另外，这些毛巾床单也都要洗上一遍。"

我还以为自己听错了，不敢相信地问道："你说什么，阿拉尔？你要我洗你们的衣服？"

阿拉尔瞥了我一眼，又清楚地将刚才的话重复了一遍。不等我说话，她又以一种讥讽的口吻说道："罗莎兰娜，难道你还以为自己和原来一样吗？我劝你该认清现实了。以往我那么热情地对你们，也是想搞好关系以便将来能沾点你们的光。但是你们呢？一个确实是成了伊巴克尔，可今天我去求见时她居然把我拒之门外。至于你呢？不但失了明，眼睛还变成这副样子，看来这辈子都不可能再有成为宠妃的机会了。"她顿了顿，"既然如此，我又何必再继续伪装下去，你的将来只会比我们更糟糕。当然，如果你要是乖乖听我的话，帮我做事，我也不会太为难你。"

我不知该如何形容此刻的心情，这么多天和阿拉尔相处下来，我真的挺喜欢这个热情直爽的姑娘。可眼下她居然说翻脸就翻脸，还迫不及待地落井下石，这实在是让我太意外了……我明白后宫里的友情薄弱，但怎么也没想到会薄弱到这个地步……

第二天一大早，萨拉师傅就敲开了我们的房门。她那原本和蔼的面色此刻看起来却是那么难以接近，在门口，她只用异常冷漠的口吻对我宣布了一件事，那就是让我每天打扫清洗王宫里的厕所。

幸好昨晚阿拉尔的转变已经给了我充分的心理准备，所以对于萨拉的冷淡我也不是太意外。只是……她们的变脸速度实在是来得太快了，让我连一个缓冲的时间都没有。也是从昨晚开始，现实才给我兜头泼了一盆凉水，让我见识到了什么是真正的后宫。

本以为清洗厕所是件挺容易的事，没想到真上了手才发现这个活一点也不轻松。我所负责清洗的是专供女奴宦官使用的厕所，苏丹太后专享的豪华厕所自然还轮不到我。因为这些厕所平时使用的人数多又比较杂，差不多每隔一会儿就要进行清洗。当时又没有先进的抽水系统，只能全部依靠人工清洁了。后宫里最讲究干净，萨拉时时会派人来检查厕所的清洁程度，所以我一刻都没法偷懒。

小半天下来，我已经是腰酸背疼，两只手几乎都抬不起来了。其实仔细想来，落入这个时代之后，我先是被易卜拉欣从奴隶市场买下来，在他的府上度过了一段算得上悠闲的生活，随后在进宫的这些日子里，同样也是因为他的关照，既没人为难我干的活也轻松。总的来说，自从我穿越以后好像也没受过什么苦，难怪现在一干重活就吃不消了。和我一起干这苦差使的是个叫做安蒂的小女奴，长得倒是眉清目秀，看上去似乎还有点亚洲血统，让人倍感亲切。我趁休息的空当和她随意聊了几句，这才知道她是因为得罪了玫瑰夫人才被调到这里的，在我来之前已经做了有几个月了。

清洗厕所的时候，不时会有宦官和女奴经过这里。从他们鄙夷的眼神中可以看出，干这个活的我们已然是被划分到了宫中的最底层。我虽然感到有点不快，但为了避免麻烦也只能低下头当做没看到。正在这时，几个以前相熟的女奴从我们身边走过，为首的那个还惊讶地看了我好几眼。

"那不是罗莎兰娜吗？听说她在侍寝前夜被人毒瞎了一只眼睛，可真是太倒霉了。"

"怪不得萨拉师傅把宫里最脏最累的活都给她做了，她现在这个鬼样子可是连最低等的女奴都不如了呢。"

"听说和她一起进宫的那个达玛拉，那晚代替了她侍寝后就被册封为伊巴克尔了，运气真不错。"

"啊，你们说这下毒的事会不会和达玛拉有关呢？"

"嘘！可别胡说！你们不要命了！少说几句！"

……

听着她们的声音逐渐远去，我的心里涌起了一股说不清的滋味。尽管已经有了心理准备，可此时真的当这些话传入耳中时，还是觉得有些残忍。或许从表面上来看，我失去了侍寝的机会，达玛拉是获益最多的那一个。可和她相处了那么久，我也算是对她有几分了解。尽管不幸被卖身为奴，但她与生俱来的清高却从来不曾消减过。而且凭借她的能力和容貌，一定会令苏莱曼刮目相看，何必画蛇添足？就算是要竞争，她也更愿意用光明磊落的公平手段，绝对不屑用这样下作的法子，否则那和侮辱她无异。直觉告诉我，这件事和她是没有关系的。有时候看起来嫌疑最大的，往往却是最不可能的那一个。

那么，到底是谁下的毒手呢？真的仅仅是出于忌妒的目的吗？

好不容易干完一天的活，我已经精疲力竭，肚子更是饿得咕咕直叫。距离早晨那一顿到现在，差不多已经是十多个小时了。奥斯曼后宫这一天两顿的规矩太折磨人了，以前饿了好歹还能吃些点心，所以也没太觉得有什么。现在不但没点心吃，还干了大量的体力活，也难怪我都饿得快晕过去了。

当我和安蒂一起走进用餐的大房间时，发现食物已经所剩无几了。我望了望四周，正好看到阿拉尔像往常那样和别人聊着天往外走去。经过我的身旁时，她连眼角都没扫我一下，就好像完全不认识我这个人。倒是她身边的女奴轻笑道："阿拉尔，你平时不是和罗莎兰娜关系最好吗？怎么刚才也不叫她一起吃饭呢?"

阿拉尔撇了撇嘴,"你就别开玩笑了,她可是刚打扫完厕所,谁有胃口和她一起吃饭啊,和她靠近点都嫌恶心呢。"

女奴咯咯直笑,"那倒是,怪不得她一进来我就闻到一股怪味呢。"

"那还不快点离开这里,多待一会我都怕被熏吐了……"

"呵呵……"

有了昨天的变脸体会,现在阿拉尔说出这么尖酸刻薄的话并不让我感到意外。我苦笑了一下,拉起安蒂走到了角落里,默默地吃起了所剩不多的残羹冷炙。其他几位还来不及吃完饭的女奴看到我们,就像是躲避瘟疫般赶紧离得远远的,有几个夸张的还在鼻子底下扇风……安蒂倒是对那些人的脱线反应视而不见,反而还劝解我道:"别理她们,先填饱肚子要紧,不然明天干活就没力气了。"

我点点头,端起了那一盆茄子和土豆混在一起熬成的糊糊——这也是现场唯一剩下的食物了,那些肉和新鲜果点早就被她们吃得干干净净。刚喝了一口进肚子,我的脑中忽然回想起之前打扫厕所的画面,胃里顿时就好像翻江倒海一般,一股强烈的恶心感直冲我的喉咙,差点将自己吃下去的那口糊糊吐了出来。

安蒂连忙将水杯递给了我,低声道:"先喝点水吧。你才第一天干这种脏活,刚开始不适应也是正常。等过几天就会习惯了。"

"谢谢你,安蒂……"我接过了水杯,心里觉得有点发虚。这第一天已经是这么难熬了,将来可怎么办呢?难道真要一辈子在宫里清洗厕所?原来这低等女奴的生活也不是好混的,我之前是想得太过简单幼稚了。

吃完饭,和安蒂分开之后,我拖着疲乏的脚步回到了寝房。刚到了门口,我就发现门口胡乱堆了一些衣物,显然是被扔出来的。因为左眼看不到,我弯下腰仔细看才发现这些都是自己平时所穿的衣服和日用品。我刚捡起了一件衣服,抬头时,又见一块毛巾不偏不倚飞到了我的面前。

"罗莎兰娜,从今天开始,你就要从这间房子里搬出去。"阿拉尔的身影随即出现在了门口，她站在那个居高临下的位置，一脸不耐地注视着我。

我缓缓站起了身，也没答理她，而是往屋里走去。

"别进来！你也不怕浑身的味道污染了房间！"她连忙拦住我的去路，咄咄逼人道，"这里已经不是你待的地方了。你的东西都在这里，带上这些东西搬到楼下那间杂物房去，那里更加适合你。要是有什么不满就直接对萨拉师傅说去，不过我得告诉你是她同意让你搬走的。"

"阿拉尔……"卡特雅在她身后似乎想说什么，但只是低低叫了一声她的名字就闭上了嘴。

"行了，我明白了。"我没再多说什么，将地上的东西一一捡起，转身就准备走。

"罗莎兰娜，你等等。"卡特雅突然喊着我的名字从房间里走了出来，将两个面包放在了我的手上，低声道，"我知道你没怎么吃晚饭，先拿着吧。"

"卡特雅！"阿拉尔皱了皱眉，似是对她的行为颇为不满。

卡特雅的举动倒是让我感到非常意外，但我还是将那面包还给了她，带着自己的东西转身下了楼。

楼下底层的那个杂物间我曾经去取过东西，所以知道是哪一间。一推开门，一股陈旧潮湿的霉味就扑面而来，积聚在房间里的灰尘到处飞扬，惹得我连打了好几个喷嚏。这里除了堆放的杂物外，角落里倒还有张空的铁架床。我过去稍微清理了一下，也顾不得那么多，爬了上去倒头就睡。

或许是今天实在太累的关系，我来不及多想就很快进入了梦乡……在梦中，自穿越以后遇见的人一个接着一个出现，所有人的面目都那么模糊，无论我怎么努力也看不清任何一个人的脸……

接下来的日子，我从早到晚都是干着这些活，时时听到以阿拉尔为首的其他女奴的挖苦讽刺。开始几天一吃晚饭就吐，后来倒正像安蒂所说的慢慢习惯起来，勉强能吃个半饱。但比吃饭更让我头痛的是睡觉，铁架床上除了我这个不速之客外，还有一些叫做跳蚤的原住民，整宿折腾得我没法入眠。

过了没多久，我再次从镜子里看到自己时只能摇头了——下巴明显变得更尖，面色也差了许多，整个脸好像小了一圈。除此之外，我的双手更是酸痛得抬不起来，只能每天在睡前给自己按摩一阵子才能继续第二天的工作。

这些天来，我倒是听到了不少关于达玛拉的消息。听说她自从上次侍寝后就备受宠爱，尤其是那手出色的细密画更是得到了苏丹的夸赞。宫里争宠的局势变得有些微妙起来，玫瑰夫人一人独宠的局面看起来似乎很快就要被打破。女奴们都对达玛拉羡慕不已，想去献殷勤巴结她的人更不是少数。至于我嘛……她现在哪里还有可能记得我这个人呢？别说是她了，就连易卜拉欣和贝希尔好像都将我遗忘了……或许让没有利用价值的我在宫里自生自灭，才是最合适的结局吧。

夜深人静之时，我偶尔也会想一下如果当时没有中毒的话，现在的我又会是怎样的命运呢？是受宠还是被冷落？不过无论是哪种结局，或许都会比现在的这个结果好些吧。

这天晚上，我和安蒂去得迟了些，阿拉尔又将剩下不多的饭菜"失手"打翻在了地上，所以我和安蒂都没能吃上晚饭。我有点不明白为何阿拉尔翻脸后总是咬着我不放，当初和她相处融洽的时候明明也没有得罪她。她虽然得寸进尺，我却是不屑和她吵上一架，什么也没说就饿着肚子离开了。

回到杂物房时，我一进门就发现了床边隐约有个人影，心里一紧正要后退，却听到一个熟悉的声音传入耳际，"罗莎兰娜，是我。"

听到这个声音，我顿时就放下心来，走到桌子边点燃了蜡烛。淡淡晃动的烛光朦朦胧胧映出了那个人秀美的面庞。

"贝希尔，你来做什么？"我冷淡地问了一句。

他从那角落里走了出来，指了指桌上的一盘东西，"给你送点吃的。我知道最近你过得很不好。"说着，他微皱着眉打量着我，"你瘦了好多，罗莎兰娜。"

"连饭也吃不饱，不瘦才怪。而且我过得好不好也不关你的事。"或许是这些日子的辛苦超乎自己的想象，我只觉得烦躁不安，就连口气也变得有些尖锐。

"我最近一直在暗暗寻找那位小女奴的踪影，但是查遍了整座王宫也不见踪影。最大的可能就是她已经被灭口了。要知道，在宫里让一个人消失是很容易的。"贝希尔在桌子旁坐了下来，他长长的睫毛在烛光下颤动着，看上去就像是染上了星辉的蝴蝶扇动着绝美的翅膀。

我的目光落在了他送来的蜂蜜甜水和牛奶粥上，沉默了几秒后，脑中突然闪过一个念头，忙开口道："对了，我想起了一件事。那天小女奴送来的也是用椰枣花调的蜂蜜甜水，在宫里知道我喜欢这种饮料的人只有你和我们同房的几个人。你自然是不可能，但其他几个人你说可能吗？"说着，我又立刻自我否决地摇了摇头，"达玛拉也是不可能的，和她相处了这么久，我觉得她不是那样的人。"

贝希尔眼前一亮，"你的意思就是说，很有可能是同房的阿拉尔和卡特雅所为？"

我摇了摇头，"卡特雅就更不可能了。她对于争宠什么的完全没兴趣，倒是阿拉尔……如果用排除法的话，最有可能的人就是她。而且自从我瞎了眼之后，她也一改之前的态度，对我百般刁难挖苦。也不知道我是哪里得罪她了。"

"是这样……那我随后会将这件事告诉易卜拉欣大人。如果真是阿拉尔所为，大人一定也不会轻易饶过她的。"贝希尔皱了皱眉。

"好吧，没什么事的话我也想早点休息了。明天一早还要起来干活呢。"我有点不耐地下了逐客令。我的眼睛都已经瞎了，就算再知道谁下了毒又有什么意义？

"罗莎兰娜，大人已经派人四处去寻找能够治好你眼睛的药了。"他站起了身，像是想起了什么又说道，"对了，达玛拉前几天倒是让我传话给大人，说是想将你要到她身边去，免得你在这里太辛苦。只是你现在这个样子做她的随身女奴有点困难，大人已经拒绝了。"

我心里微微一动，原来，达玛拉并没有忘记我吗？

"不过你也不用太灰心，我会再想想其他办法的。你放心，我不会让你在这里清洗一辈子厕所的。"他像是怕我失望，又飞快地安慰道。我下意识地抬头望向他，淡橘色烛光映照着他无比认真的神情，似乎散发出一种令人觉得温暖的光芒，令我的胸口不禁涌起了一股淡淡的暖意。

　　或许，在这座后宫里，并不是每个人都那么可怕吧……

Chapter **16** 卡特雅之死

　　那天和贝希尔见面之后，每天晚上我回到自己的杂物房，总能看到桌子上放着不同的食物。不用说，这一定是他怕我吃不饱才特地送来的。为了自己的身体着想，我也没拒绝他的好意，每次都将这些食物吃个精光。人是铁，饭是钢。这句话还真是一点也没错。自从顿顿吃饱肚子后，我的脸色显然好了许多，就连下巴也比之前圆润了一些。平日里对于阿拉尔见缝插针的挖苦讽刺，我还是照样采取压根不答理的方法，让她自己讨个没趣。可阿拉尔这样直白的性子，又让我不免有些怀疑起自己的猜测——如果真是她给我下的毒，那又有什么好处和理由？难道纯粹只是因为忌妒而看我不顺眼，还是有什么别的原因？

　　这天清晨，天空下了一场淅淅沥沥的小雨。雨停以后的空气显得格外清新，灰色的云层依然笼罩在伊斯坦布尔上空，潮湿的草木味道随着微风四处飘散，积水沿着深深浅浅的地面流向城市的排水设施。
　　我像往常那样先清洗完了厕所，准备趁着空当去吃个早饭，然后再回来接安蒂的班，一直以来我们都是这样轮流腾出时间吃早饭的。刚走出没多少路，忽见有两个女奴神色慌张地迎面而来。就在擦身而过的一瞬间，她们的对话随风飘入了我的耳际，"你听说了没有？有个女奴被人下毒了，好像快要死了呢。听说是叫什……卡特雅。"

我脑中突地一跳，急忙回转身拦住了那两位女奴，不敢相信地问道："你们说什么？是谁被人下毒了？"

说话的那个女奴愣了一下，颤声答道："好像是叫做卡特雅，就是那个金发碧眼的卡特雅。以前好像和你是住在一个房间的……"

我大吃一惊，还没等她说完，就冲着女奴庭院的方向匆匆而去。

此时，那间熟悉的屋子前已经聚集了不少女奴和宦官。众人窃窃私语，猜疑惊悚错综复杂的目光交织着投向屋内，四周涌动着一种不安的骚动。我好不容易从人群里挤了进去，一眼就看到阿拉尔神色惨淡地站在屋子中央，哭得红肿的双目无神地望着某个方向，像是遭受了巨大的打击。

顺着她的目光望去，我也看清了躺在铁架床上的少女果然是卡特雅。只见她的面色苍白如纸，脸颊嘴唇却依旧如樱桃般鲜艳，透出一种极不正常的嫣红，为她平添了几分诡异的美丽。之前从贝希尔口中，我得知奥斯曼宫廷的毒药种类相当之多，看来卡特雅这次所中的也是种比较奇特的毒。到底是有人特意要害她还是只是倒霉的误伤？如果真是前者的话，我实在是想不出害她的人存着什么动机。

"卡特雅，卡特雅……"我走到了她的床前轻唤了她两声，见她毫无反应又充满怀疑地望向了阿拉尔，"你们叫御医来看过了吗？真的没办法了？这到底是怎么回事？"

阿拉尔今天倒是没心情讽刺我，点了点头，又飞快摇了摇头，语带哽咽道："找过御医了，说是……说是中了毒，已经……没有救了。"

我的心里蓦地一沉，望向卡特雅的目光里更多了几分怜悯和同情。

"罗……罗莎兰娜……"躺在床上奄奄一息的卡特雅忽然睁开了眼睛，挣扎着叫了一声我的名字，看她的神情像是有什么话要对我说。

我连忙弯下腰凑到她身边，低声问道："卡特雅，你是不是想说什么？如果有要我帮忙的事，你尽管告诉我。我可以做到的一定帮你做。"

卡特雅微微动了动嘴唇，我却什么也没听见，只好将身子再往前凑，几乎将耳朵贴上了她的嘴唇时，才终于听清了她说的话。

"是……是……我在那杯水下了毒，是……我害得你瞎了眼睛……"

当她断断续续的声音传入我的耳中时，我浑身一震如遭雷击，不敢相信地盯着她，"不可能！这怎么可能！你根本就没有害我的理由！"

卡特雅用一种十分内疚的眼神看着我，嘴唇再次动了动，却只说出了一句话："对……对不起，我……也是有苦衷的……"说完这句话，她的呼吸就变得急促起来，右手朝空中扑腾像是想要抓住什么，直到紧紧握住了左手上佩戴的那枚戒指才露出了一丝笑容，头蓦地一歪，即时就停止了呼吸。

阿拉尔一下子冲过来将我重重推开，跪在卡特雅的床前放声哭了起来。

我愣愣地站在那里，满脑子回响的都是刚才卡特雅所说的话。是她下的毒手？这怎么可能呢？她一心只想着将来出宫，完全没有半点邀宠之心，大多数时候都是尽量置身事外，我也根本没有碍着她，她又有什么动机加害于我？除非她是被人指使的。可这座暗影重重的王宫之内，谁又是隐藏在背后的指使者呢？想到这里，我的头皮不禁一阵发麻，再没有比藏身于暗处的敌人更恐怖的事情了。

"卡特雅，我唯一的朋友，这个宫里只有你最理解我，我难过的时候只有你陪着我……现在你这么一走，让我怎么办？卡特雅……"阿拉尔喃喃地哭诉着，原先围在屋外的那些人或许是有兔死狐悲的同感，很快也就悻悻散开去了。从阿拉尔的表现来看，卡特雅的突然离去确实给了她重重一击。在后宫里，或许这是她唯一一付出了真情的朋友吧。

我拿起了一块干净的毛巾，走到床前伸出手替卡特雅擦去了唇边的血渍，还整了整她凌乱的衣领。尽管平时她和我的关系也只是一般，甚至彼此之间说的话可能都没超过二十句，但我还是清楚记着那天她跑出来塞给我两个面包的情景。不管怎么说，毕竟我们也相处了一段时间，就这样眼睁睁地看着自己认识的人死在面前，实在是一件令人哀伤的事。

更何况，她的死还很有可能和我的事有关。

"卡特雅，她本来应该有很幸福的一生。她有疼爱她的父母，关系亲密的兄弟姐妹，青梅竹马一起长大的未婚夫……"阿拉尔失神地自言自语着，"可就在新婚前几天，她的家乡爆发了战争，父母兄弟皆亡，未婚夫不知所终，她自己也被充做俘虏卖到了伊斯坦布尔的奴隶市场，最终进入了这座王宫。她之所以一心想要出宫，只是想要回到自己的家乡，找到自己的未婚夫。我以为，她一定能达成这个心愿的，谁知道……"她哽咽着没有说下去，望着卡特雅手上的那枚戒指发起了呆。

原来这就是卡特雅想要出宫的原因吗？可是我听她这么一说就更加迷惑了。既然是一心想要出宫，那卡特雅又为何要受人指使来害我呢？我的脑中突然闪过一个念头，难不成这个指使者是以让她提早出宫为诱饵？想到这里，我的心直往下沉，如果真是这样，那么这个指使者背后的势力可不能小觑。

"也不知是什么人对她有深仇大恨，居然下这样的毒手。"我看着阿拉尔，试探地开口问道。她和卡特雅这么亲近，说不定会知道一些别人不知道的东西。

"是瓦西那个浑蛋，是他，一定是他害死卡特雅的……"阿拉尔依然沉浸在伤感的情绪中，"昨晚卡特雅从瓦西那里回来后就说肚子不舒服，然后就变成这个样子了。之前瓦西就刁难过她几次，这次一定是他下的毒手……"

瓦西总管？怎么又牵扯上他了？这件事似乎越来越复杂了。先是我被下了毒，现在知道下毒的人居然是卡特雅，然后她又被莫名其妙地毒死，而送药的那个小女奴则失了踪。且不说她为什么要下毒害我，听阿拉尔刚才的话，她的死还可能和瓦西总管有关，这不是更让人觉得扑朔迷离了吗？整件事从开始到现在似乎都透着一股说不出的诡异。

我觉得有必要去找贝希尔谈谈了。

晚上清洗完厕所之后，我连晚饭都没吃就直接去了宦官庭院找贝希尔。相较于其他进宫不久的宦官，贝希尔的住处倒是算得上相当不错。由此可见，他在瓦西手下混得还不算差。我将卡特雅以及阿拉尔所说的话全都告诉了他，他对于卡特雅承认下毒也颇为讶异，但对于阿拉尔所说的话却不置可否。

"卡特雅被毒死应该和瓦西无关。"他摇了摇头，"昨晚瓦西将卡特雅叫来时，我正好在旁边。当时她没有吃任何东西，应该也没有任何中毒的可能。"

"那你的意思是她从瓦西那里出来后才中的毒，下毒者应该是另有其人？"听他这么一说，我的脑子里就更加混乱了。

"这个可能性应该比较大。"他顿了顿，"不过给你下毒的人居然是卡特雅，这的确让人意想不到。事情有点蹊跷，我的想法和你一样，她的身后一定还有别的指使者。"

"那这个幕后的指使者又是出于什么目的呢？如果是怕我争宠的话，这也太未免冒险了，我也不一定能被苏丹看上。再说如果仅仅是这个目的的话，那达玛拉不也有危险了吗？"我开始慢慢梳理起脑中混乱的思维。

"这些问题，我现在真的没法给你答案。"贝希尔弯了弯唇，"但如果仅仅是针对你一个人的话，那的确有点不合常理。你放心，如果真有幕后指使者，易卜拉欣大人一定会将他找出来的。"

我也不好再问什么，毕竟目前也只是怀疑，这个指使者到底存不存在也是个未知数。

"你先别想这么多，喝点东西缓缓神。"他说着递过来一杯温度适宜的加乌埃。

我确实也感到有点口渴，当下拿起杯子就喝了好几口。说来也是奇怪，这加乌埃的味道我还真是越来越习惯了。入口虽是苦涩强烈，可仔细回味一下，却是自有它与众不同的口感，齿颊间还隐约留有一股余香。

我放下杯子后，幽幽叹了一口气，颇有感慨地开口道："贝希尔，你看看卡特雅，她也算得上是与世无争了。不邀宠不主动不积极，消极低调地生活着，只盼着有一天能出宫开始新的生活。可即使是这样，还是会身不由己卷入宫中的是非之中，被人利用完了还死于非命，一条鲜活的生命这样说没就没了。原来想安安稳稳地以一个低等女奴的身份在这里生存根本就是妄想。所以，以前我的那种想法真是太幼稚了。"

贝希尔先是有些惊讶，随即目光一闪笑了起来，"现在想通了还不算太晚。我之前也和你说过，在这座堪比战场的后宫里，没有斗志绝对是致命的。只有拥有了权力，你才能真正地保护自己，在这里继续生存下去。而能够赋予你这份权力的人，只有苏丹陛下一人。"

我默默喝着杯子里的加乌埃，半晌才抬起头，道："那么你说我现在该怎么做？我现在这个样子，说什么苏丹陛下还是太不现实。但至少，我想改变现状。"

他赞成地点点头，"对，罗莎兰娜，你想要改变这就是一个明智的开端。目前你首先要做的是换掉这份清扫厕所的工作。到达玛拉那里伺候虽然不可能，但是还有一个人或许可以去试试。"

"谁？"

"米娜伊巴克尔。"

"米娜？"我愣了愣，"以前她倒是说过想让我和达玛拉过去，可是后来也不了了之了。现在我成了这个样子，她应该也不会想要收留我。"

"那也未必。"贝希尔抿了抿嘴角，"听说她最近带着小王子在平时苏丹陛下经过的路上等了好几次，可惜每一次都被玫瑰夫人阻挠了。据说前几天，她还和因为这个跟玫瑰夫人争吵了几句。"

我的脑海中浮现出那个女子哭泣的面容，不禁颇为惊讶，"她也会和玫瑰夫人争吵？我记得她的性子可是懦弱得很，怎么会做那么大胆的事？"

贝希尔的睫毛微微上扬，眼中流转着一抹不明意味的笑意，口中只说了一句话："为母则强。"

我一下子就明白过来了。身为母亲的米娜为了儿子将来的命运，正在努力改变着自己。即使明知希望渺茫，但出于对儿子的爱，她也愿意试上一试。

"你曾经是达玛拉的好朋友，而现在达玛拉又是苏丹陛下宠爱的妃子，相信她会有兴趣从你这里了解一些关于达玛拉的事情。"他的神情看起来倒是胸有成竹，"过几天我会亲自去找她的。"

我想了想，如果真能到米娜那里，确实是比清扫厕所要好多了。

"谢谢你，贝希尔。那我就不打扰你了，时间不早我也该回去了。"宫里有贝希尔在，让我觉得安心了许多。可一想到他现在的身份，我又感到有些内疚，总是觉得自己亏欠了他。

"等一下。"他连忙喊住了我，从桌子下拿出了一个盒子，笑道，"这里装着点吃的，我猜你这么匆忙来找我，一定没有吃晚饭。"

我胸口一热，伸手接过了那个盒子，居然一句话也说不出来。

"还愣着干什么？回去吃完后早点休息。过些天你就等着我的好消息吧。"他边说边将我送出了门。在我转过身的时候，忽然听到他低低的声音传来，"罗莎兰娜，你相信吗，我们的命运，还会紧紧联系在一起。"

这句话……我好像以前也听到过。我下意识地回过头望向倚在门边目送我离去的他，月色静静淌过他蜜糖色的肌肤，笑意从他浓长的睫毛下溢出，一直延伸到秀美的嘴角。从不远处飘来的一片花瓣正好落在他的面庞上，很快又似害了羞般随风逃离，仿佛只是轻吻了一下他的面颊。

我忽然想起了第一次在奴隶市场见到他的情形。那时的他，恍若清晨初晓的一股轻雾，黄昏时分的一缕暮烟，对未知的将来充满着恐惧和疑惑。可不知不觉中，他也在改变着，变得更加适应于这个王宫。那么，我是不是也应该改变自己，让自己更适应于这个时代，这个世界呢？

转眼又过去了几天，贝希尔那边虽然还没有消息，但我的心情却安定了不少。不知为什么，我愿意相信他这一次。

今天，伊斯坦布尔的天气还是一如既往的阳光灿烂，花园里的郁金香已经凋零，但满墙的蔷薇却开得正好。空气里飘荡着一股沁人肺腑的甜香，如果在这里多站一会儿，甚至会觉得连天空也染成了蔷薇的颜色。

经过花园的时候，我意外地看到了一个熟悉的美人身影。美人穿着丝绸滚边的埃及细纱做成的浅绿色长裙，脖子上挂着一枚晶莹剔透的橄榄石，除此之外全身再无一样多余的饰物。黑色如丝绸的长发在阳光下闪闪发亮，碧色如水的眼眸比她挂着的橄榄石更要剔透明亮几分，整个人看起来清新又性感，正如她的土耳其名字：达玛拉，清晨的露珠。

如今的她已是宠妃，我正在犹豫到底是上前行礼还是赶紧避开更合适，就听到她惊喜地喊了一声我的名字："罗莎兰娜！"

这下我也没法避开了，只好上前去给她行礼。还没等我弯下腰，她就飞快伸手扶住了我，低声道："现在周围也没什么别人，这个就免了吧。"说着，她仔细端详了我几眼，用只有我能听到的声音说道，"罗莎兰娜，我知道这段时间你吃了不少苦。自从你发生了意外后，我就一直很担心，想把你要过来。可前些天刚向易卜拉欣大人提出这个建议就被他拒绝了，他让我先在宫里站稳脚跟再谈别的事。"

"他说得也没错。虽说你现在是受宠了，但也不能掉以轻心。不知有多少人在一旁虎视眈眈找你的错处。这个时候把我要到你身边，只会给你添加不必要的麻烦。"我低低回道，"况且我这个模样，也的确不适合待在你身边。不管怎么说，你的好意我心领了。"

"罗莎兰娜……"她微微叹了一口气，"你怎么会遇上这么不幸的事。那天如果是我先侍寝的话，或许这个被下毒的人就是我了。我们本来是要一起得到陛下的宠爱，可现在你变成这样，我……"

"这就是一人一命吧。"我打断了她的话，"达玛拉，既然你已经有了个好的开始，那就要继续努力下去。"

"我知道，罗莎兰娜，你也要坚持下去。等我站稳了脚跟，我一定会再向大人提这件事的。"达玛拉忽然握住了我的手腕，"记得我说过的话吗？虽然我们渺小如沙砾，但也要努力地生存下去。"

我的心里涌起了一阵微妙的激荡，是啊，即使是在这个陌生的时代陌生的世界，我也很想努力地生存下去。我真的不想，自己的人生就这样莫名其妙地被终结。我胸口一热，也想对她说些什么，却看到不远处有个女子的人影一闪而过，只隐约看到了一角绯红色的衣裙。

糟了，这附近居然有人在偷看？我连忙将自己的手抽了出来，用眼神示意她周围有异常。达玛拉立刻明白过来，瞬间恢复了高高在上的样子，提高了音量冷声道："行了，没什么事你就先退下吧。"

　　我诺诺应了一声，也不便多做停留，匆匆往回走去。当我经过第三庭院的御医院时，看到一位端着瓷盘的黑肤女奴迎面而来。我侧过身子正想让她先走，可她却好像就是要故意往我身上挤，直愣愣地就撞了上来！

　　"啪！"只听一声清脆的瓷器碎裂声，瓷盘连同上面的瓷碗都在地上摔成了碎片，碗里灼热的黑色液体也溅了我一身。那黑肤女奴神色惊慌地看着我，结结巴巴道："你……是你撞上我的……"

　　我自然不肯背这个黑锅，忍不住反驳道："你胡说什么？明明是你自己撞上来的！"

　　她的话说得不利索，对我却是不依不饶，拉住了我的袖子不让我走。为了赶紧脱身远离事外，我不免和她拉扯了起来。

　　"你们两人卑贱的东西在这里吵什么！没看到是谁过来了吗？"一声呵斥忽然在我们的身后响起。我转过头去，看到一个穿着华丽的高个女奴正扬眉撇嘴地瞪着我们。就在看清楚她身后站着的那个美人是何人时，我不禁倒抽了一口冷气。

　　就像初见时一样，那年轻的美人依然夺人眼球，犹如一朵盛放的玫瑰，令人几乎不敢正视，仿佛多看一会都会被这朵玫瑰的艳光所灼伤。

　　那黑肤女奴扑通一声跪倒在地上，伸手指向了我，一脸委屈道："玫……玫瑰夫人……是她撞到我身上才打翻了您的药！她是故意的！"

　　听到她说这句话，我忽然觉得浑身一阵冰冷，深深地感觉到了一种有人下了套正让我往里踩的不安……

Chapter 17 又见加尼沙

　　黑肤女奴的话音刚落，身边的那高个女奴就重重踢了我的膝窝一脚，呵斥道："卑贱的东西，看到玫瑰夫人还不下跪行礼！"

　　我的膝窝猛然吃痛，双腿一弯条件反射地跪倒在地上，一阵剧痛顿时从膝盖处传了过来。当下，我也顾不得那么多，忙替自己辩解道："玫瑰夫人，事情不是这样的。是那个女奴自己撞到我身上，我……"

　　"玫瑰夫人，您也知道尼丝一向来老实得很，她是绝对不会说谎的。我看就是这个瞎了眼的东西故意撞上尼丝的。"高个女奴飞快打断了我的话，不让我有机会解释。

　　那个叫尼丝的黑肤女奴也是连连点头，泪水满面地哭泣道："玫瑰夫人，我就是有一百个胆子也不敢这么做啊。请您一定要相信我！"

　　玫瑰夫人这才慢悠悠开了口，她的声音还是那么悦耳，就连歌声最动听的夜莺也无法比拟，可每次她说出来的话却总是令人心惊胆战。

　　"就算是无心的，毕竟也做错了事。这次就从轻责罚，将尼丝带下去鞭打二十下吧。"说完，她又将目光落在了我的身上，"至于你嘛……"

　　她都认定主要责任在于我了，从轻责罚还打了那女奴二十鞭，那么不用说，对我的惩罚一定会更加严厉。而且现在这个情形，无论我辩解什么都是没用的，这个故意和不小心性质可是完全不同的，如果认定我是前者的话那么让我丢掉性命也不是不可能。就在我忐忑不安地等着她的"宣判"时，一个女奴匆匆跑了过来，俯首在玫瑰夫人耳边说了几句话。她说话的时候还下意识地瞟了我几眼。我的心一下子就被提到了嗓子眼，不会还有更糟糕的事等着我吧？

那女奴说完之后，玫瑰夫人的目光又在我身上停留了一会，忽然嫣然一笑，"你就是那个侍寝前夜被毒瞎眼睛的女奴吧。我可听说你和达玛拉的关系很是不错呢。"

我的心里一沉，顿时觉得有些不妙。目光低垂之时，蓦地留意到那女奴的裙子是绯红色的！这么说来，刚才在偷窥我和达玛拉的人难道就是她？听说达玛拉受宠之后，玫瑰夫人很是不悦，也找过她几次麻烦，但每次都被她机智化解了。现在玫瑰夫人得知了达玛拉依然在意我，那么不就很有可能把怨气转移到我身上来了？

想到这里，我的额上不禁冒出了丝丝冷汗，直觉告诉我，今天这一关恐怕是难过了。

"玫瑰夫人，这个卑贱的东西故意打翻了您的药，说不定就是达玛拉那贱人唆使的，实在是罪无可恕。我看鞭打她一顿也太便宜她了，不如就用宫里以前用过的那个法子……"高个女奴说到这里，面露诡异之色。而玫瑰夫人的嘴角边也泛起了一丝冷酷的笑容，"也好，索伊，就按你说的做吧。我也有点乏了，先回去休息了。接下来的事情就都交给你了。"

叫做索伊的高个女奴欣然领命，低声吩咐了其他两个女奴几句。不多时，其中一个女奴就拿来了一个能装得下活人的大麻袋，还领来了两个年纪很轻的小宦官，小宦官的手里似乎还抱着个什么动物。

这是要做什么？我背脊上冒起了一股冷气，难道是要把我装进麻袋扔进海里吗？这个法子上次玫瑰夫人不就轻描淡写地用过了吗？明知自己是被陷害的，可偏偏却无能为力。在宫里，一个低等女奴的命根本就不算什么。如果我就这么死了，也只有贝希尔和达玛拉会为我难过一下吧。不，或许谁也不会为我难过，就像一粒小石子落进大海，泛不起一丝涟漪。

"快，把她塞进这个麻袋里去！"索伊指使着其他几人用绳子绑住我的手臂，生拉硬拽地将我拖了过去，快速将整个麻袋罩在了我的身上。还没等我做出反应，忽然只听喵的一声猫叫，一个毛茸茸的东西也被一起扔了进来，正好落入了我的怀里。几乎是同时，麻袋的口子被迅速扎紧，接着就是一棍子狠狠打了下来！

这一下正好打在我的腿上，痛得我一哆嗦。第二下则打在了我的肩上，然后是第三下第四下……除了第一下格外狠，之后每下的力度并不太大，却惊得那只被放进来的野猫在密不透风的麻袋里四处乱窜，它那尖锐的爪子在我身上乱挠，瞬间抓出了无数条伤痕，几乎让我招架不住。腿上，手上，脖子上都是火辣辣的刺痛，我只得竭力用被绑住的双手护住自己的面颊，避免那里被它挠出更多的伤痕。

这是什么变态的惩罚啊！还不如打我一顿来得干脆呢！

"当！"又一棍正好砸在了我的额头上，眼前顿时一阵眩晕，而麻袋里的狭小空间也让我快要透不过气来。一时之间，我的意识似乎变得恍惚起来，眼前模糊地出现了一团奇特的白光，仿佛死亡近在咫尺，甚至已经能感觉到死神冰冷的呼吸。我感到自己的灵魂好像也在一瞬间离开了身体，晃晃悠悠漂浮在了半空之中。

这是怎么回事？难道我这已经是死了吗？在昏昏沌沌之中我隐约听到有个女孩子的声音在呼唤我的名字，听起来像是来自很遥远很遥远的地方，"林珑……林珑……"

在这个时代成为罗莎兰娜这么久，我对林珑这个名字竟然有些陌生了，直到反复被喊了十几遍，我才反应过来那是我真正的名字。这下子我也吃惊不小，惊慌失措地出声问道："你是谁？是谁？你怎么会知道我的名字？"

那个声音沉默了一会儿，又问道："林珑，你想知道自己为什么到这个时代来吗？"

听到这句话，我的心里猛然一个激灵，原本混沌的意识蓦地清醒了不少。我努力地想要透过那团白光看到什么，却怎么也看不清楚其中的乾坤。

可直觉告诉我，这个声音的主人一定和我的这次穿越有关！她一定拥有我想要知道的答案！

"你到底是谁？你怎么知道我不是这个时代的人？你还知道些什么？我穿越到这里和你有关吗？这一切到底是怎么回事？"心情激动之下，我语无伦次地问了一连串问题。

那个声音显然忽视了我的所有问题，而提起了另外一件令我感到相当诡异的事，"你还记得吗？上次在奴隶市场里你已经死过一次，那是你轮回诅咒里的最后一次死亡，这个诅咒到此为止。也就是说，如果你再在这个时代里死一次的话，那就是你真正的肉体和灵魂的双重死亡。一旦发生这样的事情，你就再也不可能回到自己的时代去了。"

"自己的时代？你是说我还有可能回去？那怎样我才能回去?!"虽然前边的那些话听起来有些玄妙，但我此刻最为在意的是最后那句话。如果可以离开这个时代，摆脱这莫名其妙的一切，重新走上寻常人生的正轨，我愿意付出任何代价。

"你只要记住，想要知道谜底，就绝对不可以再死一次。等到了你该知道的时候，一切谜底就会解开了。"那个声音只是说了几句模棱两可的话，反倒让我更加烦躁了。

"可不可以别再故弄玄虚了？你……你到底是什么人？到底是谁？究竟为什么要把我送到这里来！我想要回去！我想要恢复自己以前所有的记忆！我连自己原来到底是什么人都不清楚！"

"我不能再透露更多的事情了。至于你被封印住的记忆，我可以帮你慢慢解开。林珑，命运就像是一面镜子，你哭，它也哭，你笑，它也笑。它就掌握在你自己的手中。好了，现在，你就回去吧……"

我耳边响起的这个声音渐渐模糊，目光所及之处那团白光也随之消失……当自己的灵魂再次回到身体里的那一刻，从全身传来的疼痛告诉了我一个无法忽略的事实——我还和一只疯狂状态的野猫被关在麻袋里，它锋利的爪子正划开我的皮肤，留下了累累伤痕……

我忽然笑了起来，笑得双肩打战，笑得直流下了眼泪。什么在宫里的角落以一个低等女奴的身份生存下去，什么要在这里低调地度过一生……这些自己曾经说过的言论此时想起来是多么的可笑愚蠢！贝希尔说得一点也没错，想要在这个宫廷里生存下去，想要好好地活着，就必须拥有能够保护自己的权力！而这份权力，只有这个帝国的主宰者才能够给予我！

我要活下去，我不能再死一次，我要知道最后的谜底到底是什么！我要回到属于自己的时代！

忽然，那只野猫的爪子又在我的手臂上狠狠挠了一下，几乎是同时，我的唇边划过一个毛茸茸的东西，感觉那好像是野猫的耳朵……我当下也顾不了那么多，对着那耳朵张口就是一咬！随着一声凄厉的猫叫声响起，我的嘴里瞬间也充满了浓浓的血腥味道……野猫吃痛想要跳开，说时迟那时快，我用绑住的双手一下子将它死死压住，让它不能再动弹半分！

这时候，外面的棍子也停了下来。索伊的呵斥声响起，"怎么停下了？"有人惶恐地答道，"那猫刚才叫得古怪，不知是怎么回事。而且这人好像也不动了，是不是被打死了？"

"打死？这怎么可能。夫人吩咐过不要她的命，只需要给她一个小小的惩戒就行。那就先把麻袋解开看看！"

"是。"

我屏住呼吸，默默等着他们解开麻袋。就在口子被解开透出亮光的一瞬，我根据刚才声音位置的判断，用尽全力将那只猫朝着索伊的方向扔了过去！

"啊！"索伊顿时一声惨叫，我急忙抬头望了过去，真是苍天有眼啊，那野猫居然正好落在了她的脸上，还没等她反应过来就四爪乱挠，一时半会搭在她身上死活还就是不下来。

刚才打我的两个小宦官直愣愣盯着我的脸，眼中竟闪过一丝骇色。其中一个还退后了两步，喃喃说道："看……看她嘴上的血，好恐怖……她是疯了吗？"

我立即明白过来，那一定是野猫的血。不用照镜子，我也能猜得出自己现在的模样，披头散发满身伤痕自不必说，嘴边还鲜血淋淋，目露凶光一身戾气，必定是状若修罗，吓人都不用再化妆了。

索伊的脸上被疯狂的野猫连挠了几下，顿时也出现了好几道醒目的血痕。她回过神后，才惊怒交加地甩开了那只野猫，喝道："你们还愣着做什么！还不给我继续打！"

那两个小宦官可能是被我的模样吓住，身子居然一动也没动，谁也不敢上前。

索伊更是气急败坏，"你们都听到了没有！小心玫瑰夫人将你们……"

"好吵。"一个从不远处传来的冷冷声音忽然打断了索伊的叫嚷，就像是一股凛冽的寒气瞬间冻结住了她的嚣张气焰。

索伊显然吃了一惊，我也惊讶地抬头张望着那个方向。只见从花丛后走出一位身材修长的青年，那身肃穆华丽的制服和精美的黑色镂花皮外套都显示出他高贵的身份。他那俊美的脸上什么表情也没有，就像是一面不反光的镜子，照不出任何情绪。抬手拨了拨垂在额前的暗红色长发，他微微眯起了那双罕见的玫瑰色眼眸，瞳孔里倒映着阳光的碎片，却丝毫看不出半分暖意，倒令人联想起了凌厉寒冷的冰锥。

多么美丽又熟悉的玫瑰色！我不敢相信地瞪大了眼睛，是他！居然是他！那个在广场救下我的男人！西帕希欧古兰骑兵队的加尼沙副官！

奇怪，他怎么会出现在这里?！

索伊显然是认识此人，她立刻换上了一副谄媚的神情，眼眸里满是温柔的笑意，"原来是加尼沙副官，您今天又去探望过皇太后了?"

加尼沙也没瞧她一眼，只是面无表情地冷声道："这里离太后休息的地方很近，大呼小叫的也不怕惊扰了太后。"

索伊面色微变，讪讪道："可是我们也是奉了玫瑰夫人的命令……"

"行了，既然知道了太后正在休息，就赶紧离开吧。"他有些不耐地皱了皱眉。

索伊似乎有点为难，她才说了句"可是"，忽然被对方如刀般的眼神一扫，后面的话顿时被吓得全都卡在了嗓子眼里。

"还不走?"他的声音听起来更加充满寒意。

索伊恨恨地瞪了我一眼，只得带着两个小宦官不甘不愿地离开了这里。

直到这个时候，加尼沙的目光才第一次落在了我的身上。不知为什么，两次和他相遇，我好像总是处在狼狈不堪的境地。幸好上次他应该也不记得我了，不然真够丢脸的。我原以为他根本不屑理我这个低等女奴，没想到他反倒弯下腰帮我解开了手上的绳索，还对我开了口，"原来宫里还有这么凶悍的姑娘，我倒是第一次看到受了这种猫刑还能有力气还击的人。"

我微微一愣，原来刚才的那一切他都看在眼里了吗？我挣扎着支起了半边身子，刚想对他道声谢，额上被打伤的地方忽然有温热的液体流了下来，而喉咙里一股铁锈味则不停往上翻涌，令我忍不住干呕了好几下。

接下来的事情完全出乎我的意料，他居然伸手从怀里拿出了一块帕子扔到我的面前，"先用这个擦擦。"

我有点难以将眼前的他和上次利落杀人的那个他联系在一起，尽管这个男人的外表冷酷无情令人生畏，可现在看起来却好像并非如此……或许是心情松懈下来的关系，我这才感到全身的骨头有如断裂般疼痛，有的地方是密密麻麻针扎般刺痛，被风一吹更是痛上加痛，甚至连抬手都有些吃力。

"谢谢你，加尼沙大人。"我费劲地捡起了那块帕子，按住了额上的伤口，"不好意思弄脏了你的帕子，我洗干净以后再还给你。"

"不必了，反正都脏了，用完就丢了吧。我也不便在此久留。"他站起了身，在离开前还丢下了两句话，"你也不必谢我，今天我出手救下你，只是觉得你刚从麻袋里出来的那个模样挺有趣的。"

望着他远去的背影，我的嘴角神经不由得抽动了一下，原来他出手相救就是为了这个莫名其妙的理由？我是应该感到郁闷还是庆幸？

他离开之后，我也忍痛拖着身子赶紧先回到了自己的杂物房。那里毕竟不是久留之地，万一那索伊折返回来，吃亏的可又是我自己了。我打了点水先清洗了一下自己的伤口，那两个宦官倒没使什么力，所以身上被棒打出来的伤痕并不明显，手上腿上胸口几乎都是猫爪抓出的伤痕，看来他们的目的就是整我个半死不活。我用备用的药膏涂抹了一遍这些伤痕，暗暗希望可别被感染什么的。这个时代的医疗条件还不是太先进，身为低等女奴就更难得到救治的机会了。

　　加尼沙给我的那块帕子已变得污秽不堪，上面沾满了暗色的血迹和灰尘。帕子是用上等的丝绸裁制而成，一看就是价值不菲，右下角居然还绘着一只色彩漂亮栩栩如生的紫色蝴蝶。真没想到，这位冷酷的军官用的帕子还挺有情调的……

　　加尼沙……他救下我，真的仅仅是因为觉得有趣吗？

　　是夜，贝希尔就带上了上等伤药来到了杂物房探望我，据说抹了之后皮肤上就不会留下任何疤痕了。虽说他如今在瓦西手下混得风生水起，已然成为了瓦西颇为信任的心腹，但弄到这些珍贵的伤药也不是件容易的事。

　　"听你的意思，可能是有人给你做了个套子？"他听我说完了事情经过，神色微微一敛，"如果那个黑皮肤的女奴是故意撞上你的，随后玫瑰夫人又那么巧合地出现，这倒是有点奇怪。"

　　"而且，那个偷窥我和达玛拉的人就是玫瑰夫人身边的女奴，说不定就是她和玫瑰夫人说了些什么，所以玫瑰夫人设了个套子让我钻，趁机教训我一顿出口闷气，还能给达玛拉一个下马威。"我将这个可能性说了出来。

　　"玫瑰夫人心胸一向狭窄，忌妒心又强，她和达玛拉之间的矛盾也早已日渐积深，所以利用你打击她也不是不可能。"贝希尔叹了口气，又抿了抿唇角，"幸好今天有加尼沙大人出手相救，不然后果真是难以预料。你看你身上的这些伤，幸好没伤到脸上，否则可真是雪上加霜了。"

　　"说真的，我也没想到他会救我……"我疑惑地抬起了头，"对了，这后宫里不是禁止其他男人出入吗？我知道易卜拉欣大人是例外，因为他和陛下的关系一般，所以偶尔得以被召见。可为什么加尼沙也有这个特权呢？他不过是个副官而已。"

　　"因为皇太后。"贝希尔很干脆地说道，"皇太后相当赏识他，所以每个月允许他可以有两次入后宫向太后请安的机会。今天让你碰上他，也算是运气了。"

　　"皇太后为什么那么赏识他？他有什么特别的过人之处吗？"我更是

好奇。

"这就不知道了，据说加尼沙救过太后的命，不过那也是传闻。他的身份一向都很神秘，没人知道他是从哪里来的，得到太后喜爱和信任也是近两年的事。他为人低调，从不和人多来往，听说他唯一喜欢的东西就是各种各样的蝴蝶。"贝希尔顿了顿，"你就别费心思关心这些无聊的事了。先休息几天把伤养好，一个星期后你就能去米娜那里了。"

这可真是个好消息！终于不用再清洗厕所了！我心里大喜，又不敢相信地向他确认了一遍，"真的？米娜同意了？一切都这么顺利？"

贝希尔笑了笑，那笑容是前所未有的自信，仿佛一切都在他的意料之中，"我说过，她一定会同意的。"不知是不是我的错觉，在这一瞬间，我发现他和易卜拉欣竟然越来越相似了。

"贝希尔，这次真是谢谢你了。"我再次表示了感谢，犹豫了一下后又问道，"对了，你说这个世上真的有能治好我眼睛的药吗？"

贝希尔眯起了眼睛，唇角漾起一丝笑容，"罗莎兰娜，你终于开始关心你的容貌了。"

"不是你说的吗？要在这里生存下去，就必须拥有保护自己的权力，而这份权力，只有一个人能给予我。"我直视着他的眼睛，"我不想再重复今天的噩梦，我不能每次都靠着别人搭救，我要活下去，我需要那份能够保护自己的权力。"

"罗莎兰娜……"他那晶莹明亮的眼睛里似乎蕴藏着我看不懂的东西，"你放心，易卜拉欣大人一直在派人寻找这种解药，应该很快会有消息。不过我相信，就算你没有恢复原有的美貌，也一定有别的办法让陛下动心。我对这一点深信不疑。"

说完，他低垂下眼扬了扬唇角，侧过脸去将目光投向了远处。浅银色的月光在他身边映下了一片细碎的光影，静静地点缀着他美好的侧影，看起来就像是一朵沐浴着月色芳华的秋日薄荷，在夜晚静悄悄地舒展绽放。

Chapter 18 与苏莱曼的相遇

　　一个星期之后，我如愿来到了米娜所在的宠妃庭院，成为了她身边随伺的一位女奴。我身上本来都是一些外在的轻伤，并未伤及筋骨，再加上贝希尔送来的药颇有奇效，经过了这些天的细心休养，倒也好得都差不多了。

　　在宫中，一位被封为伊巴克尔的妃子通常可拥有五到六名女奴，育有子女的则可以酌情增添。不过米娜伊巴克尔身边即使加上我，也只有六名女奴，和拥有九名女奴的赫妮伊巴克尔相比还是属于比较低调的。不知是贝希尔的关系，还是以前留下的好印象，米娜对我的态度还算亲和。很快，我就适应了这个新的工作环境，也越来越适应用一只眼睛看世界的生活。虽然在这边做的都是其他女奴不屑做的杂活粗活，但对我来说，能从清洗厕所这个挑战嗅觉的工作里解脱出来，已经是谢天谢地了。

　　这些天，我偶尔去御医院取药时也遇见过阿拉尔，自从卡特雅死后她就好像完全变了一个人，沉默寡言独来独往，见到我时也不再出言挑衅，每次都是匆匆低头避过。想来这卡特雅也是她在宫中唯一的朋友，如此伤心也是情有可原。只是我始终想不通自己到底哪里得罪了她，才令她那时变脸变得那么快。另外万幸的是，玫瑰夫人倒没再找过我的麻烦，听说她现在正忙着讨苏莱曼的欢心，所以应该也没那么多时间花在我这个不值一提的女奴身上。

而达玛拉人气正高，听说苏莱曼每个星期总会有几晚宿在她那里。虽然还无法动摇玫瑰夫人的地位，但就凭现在的恩宠，一旦她身怀有孕，相信被封为夫人也不是不可能的事。

这天晚上，米娜让我去第三庭院的图书馆借两本诗集。这座建于穆罕默德苏丹时期的图书馆经过几代苏丹的完善已初具规模，珍藏着许多来自世界各地的珍贵书籍。苏莱曼继位之后更是对图书馆进行了扩建，并且鼓励自己的臣子和妃子多提高这方面的修养。当然这里的书可不是人人都能借的，后宫中除了苏丹皇太后和王子们外，只有伊巴克尔以上级别的女子才有权从这里借书。

庭院里种植着一些不知名的花树，在白天的阳光下这些枝头小花丝毫不引人注目，可当入夜之后，花树却散发出一丝若有若无的暗香，如同捉迷藏般时不时随风传入鼻端，令人心生舒爽之意。

经过其中一株花树时，我发现有本小册子掉到了地上，于是上前捡起来一看，原来是本手抄的诗集。当看到诗人的名字是穆希比时，我想起来以前达玛拉好像也给我看过，但那时我只是随意翻了几翻，并没有认真看，没想到今天它又再次出现在了我的眼前。带着几分好奇，我干脆站在树下借着月光重新翻看了起来。

说来也是奇怪，这次静下心看了几首他写的波斯诗歌，倒觉得还真是别有意境。尤其是其中几句颇含哲理的诗句，充满智慧且令人深思。不知不觉中，我已在树下站了好一会儿，直到一个低沉的声音从身后传来，"这样看得清楚吗？"

我正看得入神，随口回答道："还行，今晚月色不错，只是我一只眼睛不好用，看起来稍微有些吃力。"说完这句话，我忽然觉得有点不对劲，猛地转过头。当看清那个问话的人是谁时，我手里的诗集已经啪的一声掉在了地上。

苏莱曼苏丹——这位年轻的帝王此时正平静地看着我，琥珀色眼眸里悠远的目光仿佛有穿透万物的魔力，令我感到一阵真实的眩晕。即使是在夜晚，即使只穿着便服，他的美还是那样高高在上，带着一种难以接近和掌握的距离感。

我不由自主地瑟缩了一下肩膀，下意识地倒退了两步，等回过神来又赶紧行了礼。

"陛……陛下……对不起……我……我不知道是您……"我语无伦次地开了口，心里慌作一团。虽说之前见过他一次，但那也是隔得很远很远了，哪有此时这样近距离站在我面前来得震撼！

"这本诗集是我刚才落下的。"他的下一句话更是让我魂飞魄散。糟了，我居然拿着苏丹陛下的书看个不停，而且还"大胆"地将它掉在了地上！想到这里，我赶紧弯腰捡起了那本书，小心翼翼地掸着上面的灰尘，一边暗暗留意着他的神情。看到他好像并未因此不悦，我也稍稍松了一口气。好歹他也是个赫赫有名的明君，应该不会因为一本诗集而为难一个女奴吧！

"陛下，您的诗集。"我用双手毕恭毕敬地将诗集递了过去，就好像是捧着世上最值钱的宝贝。

他并没有接过诗集，意味不明的目光在我的面容上不着痕迹地扫过，淡淡问道："你也喜欢穆希比的诗歌？"

"回陛下，我不是太清楚这位诗人，只是以前听朋友提过，所以刚才忍不住翻看了几首。"我垂首规规矩矩地答道，生怕在言语中不小心触犯到这位君王。

他沉吟了几秒，又问道："那么，你觉得这位诗人写得怎么样？"

听到他问我这句话，我不觉感到有些惊讶。这位高高在上的君王怎么和一个低等女奴探讨起了诗歌？既然是他所喜欢的诗集，那么我只要夸上几句就行了吧。再说，这也不算撒谎，穆希比写得确实很不错。

"他写得很好，嗯，非常好。"我笼统地概括了一句，只盼能早点退下去。和他离得这么近，让我觉得压力好大，之前所说的那些要在宫里好好生存下去的雄心壮志也不知抛到哪里去了。不过这也不能怪我，这次的相见实在太突然了，下次好歹应该让我个心理准备啊。

"很好？那么到底好在哪里？你最喜欢的又是哪一首？"我还以为就这样混过去了，真没想到他居然还要和我继续深入探讨这个话题。陛下，这是您的心血来潮吗？

我愕然抬起头来，只见月色下他的眼神看起来清浅明澈，就像是晴朗天空中的一丝浮云，不含任何杂质，和他俯瞰着脚下万物的渺小时的那种悠远眼神截然不同，让人几乎难以相信这是一双帝王的眼睛。此时此刻，他似乎只是单纯的想要知道我对这些诗歌的看法。

惊讶之余，我明白今天若是想打马虎眼估计没什么用，必须言之有物才有可能顺利过关。我的脑中飞速转动着，忽然想到了刚才看到的一句诗。

"每个人的归宿都一样，但故事的版本却是多种多样。"我轻声吟诵了出来，"我最喜欢穆希比的这句诗，没有华丽的话语，却能引起我的共鸣。即便每个人的结局都是尘归尘，土归土，却是各有各的活法。有的人的一生受人尊敬，有的人一生被人唾弃……生命的意义在于怎样活，而不是如何活得更久。"

他的嘴角微微扬了起来，罕见地露出了一丝笑意。我不知该用什么词语来形容自己此时的感受，只觉得在一刹那周围的月色和星光都迅速褪去，只剩下这个笑容在夜华中静静散发着淡淡光泽。

"生命的意义在于怎样活，而不是如何活得更久。"他低低重复了一遍这句话，"说得很好，那么这位穆希比是不是你最欣赏的诗人？"

我犹豫了一下，还是摇了摇头，"那倒不是。虽然他的诗歌写得不错，可我最欣赏的诗人还是伊朗诗人鲁米。这位穆希比……或许在我心里勉强能排入前五位吧。"

他倒也没说什么，目光落在我的面容上，"你叫什么名字？"

"回陛下，我叫罗莎兰娜。"我不禁稍稍松了一口气，看来今晚这关应该算是过了。

他若有所思地点了点头，转过身就朝着第二庭院走去。我低头看到手里的诗集，脱口喊了一声："陛下，您的诗集……"

他没回头，只是摆了摆手，"这本诗集就送给你吧。"

我望着他的背影，将那本诗集牢牢捏在了手里。好歹这也算是御赐之物了，要是万一遗失的话那我可是吃不了兜着走了。

回到米娜那里时，我的心还在突突直跳。直到此时，我仍无法相信自己居然和历史上赫赫有名的苏莱曼大帝对话了！我忍不住重新回忆了好几遍刚才的情形，在当时没有任何心理准备的情况下，自己的表现应该也不算太糟糕吧。

米娜收起了我替她借的两本诗集，目光又落在了我手上的那本诗集上，不禁惊讶地咦了一声，问道："罗莎兰娜，你怎么也在看这本诗集？难不成你也喜欢他的诗？这是你借来的？"

我有一瞬间的犹豫，最后还是决定不要将刚才的事告诉她，于是就顺着她的话点点头，"这个叫穆希比的诗人写得还挺好的，我也是借来看看打发时间。"

"这本诗集在宫女中是挺流行的，据说这个诗人非常低调。"米娜似乎是思索了一下，嘴角边露出了一个神秘的笑容，"那么你知不知道穆希比是什么人？"

我不解地看着她，"刚才您不是也说了，他就是一位比较低调的诗人。不过从名字来看，他应该是位土耳其本地诗人吧。"

米娜的眼中闪过一丝奇异的笑意，声音也压低了几分，"那么我告诉你吧，这位诗人穆希比很有可能就是我们的苏丹陛下。"

什么？这也太出乎意料了吧！听了这话，我差点跳了起来，瞪大了眼睛难以置信地望着她，"您说什么？穆希比就是苏丹陛下?！这怎么可能?！"

"当然，宫里知道这个秘密的人并没有几个，恐怕就连玫瑰夫人也被蒙在鼓里。我是有一次无意中从太后口中猜到的。"米娜叹了一口气，"说真的，我也曾想利用这个秘密去得到陛下的欢心，只可惜我的诗歌造诣不高，无法和陛下进行更深层次的交流。而仅仅称赞那些诗歌怎么美好是远远不够的，必须要和陛下有创作时的共鸣才可能令他刮目相看。"

我的内心震惊不已，穆希比居然就是苏丹陛下的另外一个马甲！怪不得他刚才会追问个不停呢，看来是大有可能！糟了糟了，我说什么最喜欢的诗人不是他，还什么勉强排在前五位！该不会已经得罪他了？可他后来又把这本诗集送给了我，应该也没生气吧。易卜拉欣曾说过苏莱曼是为优秀的诗人，看来倒不是夸大其词。以武力征服世界的君王，同时却又是一位富有激情的诗人，这样看似矛盾的关系却同时出现在一个人身上，倒还真是有点意思。

"可是，您现在将这秘密告诉了我……"我吞吞吐吐地欲言又止，心中不免涌起了一丝疑惑。如果这个秘密让存心想讨好苏莱曼的人知道，米娜她不就又多了竞争对手了吗？为何她这么轻易地就愿意将这个秘密和我分享？

"罗莎兰娜，我清楚你的为人。更何况你现在是我的人了，就算这个猜测是真的，我相信你也是不会背叛我的吧？"米娜说着抬起眼，微笑着看着我。她的口吻像是在开玩笑，但看着我的眼神却隐隐带着几分审视。

我微微一愣，难道她是想利用这个秘密来检验我的忠诚度？在她看来，我就算知道了这个秘密，以现在的容貌也不可能去讨好苏莱曼。但如果我对她有二心的话，或许会抓住机会将这个秘密告诉给达玛拉。如果我愿意对她效忠的话，那么这个秘密就到此为止。用一个秘密作为赌注来换取一个忠心的奴仆，这笔账算得也相当精明。

"您多虑了，我是绝对不会将这个秘密告诉别人的。怪不得您最近一直都看诗集，想必以后一定能和陛下有更多的交流。"我平静地答道，"既然我到了这里，就是您的人了，自然希望您的日子比谁都好，您的小王子比谁都有福气。只有您好了，我们这些做下人的才会有好日子。"

"我自然知道你是不会的。"米娜弯着嘴角笑了起来，似是不经意地又问道，"对了，我听说达玛拉平时用的那种香料很受陛下青睐，你知道是哪一种吗？"

"那是茉莉花和印度檀香调在一起的香料。将衣服用这个香料熏一晚，第二天穿上就会行走时带上花的清香，既能维持相当长时间，又不至于太过浓烈。"我并没有隐瞒达玛拉的这个爱好。看来贝希尔猜得没错，米娜之所以这么干脆的收下了我，果然是有原因的。

我的心情顿时变得有些复杂，觉得好像越来越不认识米娜了。这还是之前那个为生了儿子而痛哭的懦弱女人吗？一个女人为了自己的孩子，原来连性格都是可以改变的吗？不过再仔细想想也可以理解，为了能在宫里继续生存下去，大家不都在逐渐改变着吗？贝希尔，达玛拉……还有我自己。

第二天傍晚时分，趁着去宦官庭院办事的机会我又去找了贝希尔，想从他那里打探一下这穆希比是否真的就是苏莱曼本人。贝希尔好歹也算易卜拉欣的人，而易卜拉欣可能是知道这个秘密的，或许会对他透出一点口风也说不定。

我先去了贝希尔的房间，发现他并不在那里。接着我又在庭院里转了一圈，还是没看到他的人影。贝希尔的生活一向都很有规律，平时这个时间他应该早就回房了。今天这是怎么了，难不成他遇上什么要紧事了吗？我问了几个正好经过这里的宦官，他们差不多也都是一问三不知。就在我准备悻悻离开的时候，忽然看到一个小宦官鬼鬼祟祟从二楼跑了下来，他的模样看起来有些眼熟……我蓦地想起了他好像是贝希尔的手下。

"喂！你等等！"我立刻喊住了他。他一见是我，脸色刷地就白了，像是做了什么亏心事般就想往庭院外闪。我心里陡然生疑，连忙上前将他拦了下去，没好气道："怎么了？见到我跟见鬼一样，跑什么跑？贝希尔人呢？你瞧见他没有？"

他先是一愣，眼神下意识地瞟向了二楼，立即又收了回来，嘴里却忙不迭地答道："我不知道，我没瞧见！我也不知道他去哪里了。"

他这种欲盖弥彰的态度让我的疑心更大了。直觉告诉我，他一定知道贝希尔在哪里，而且很有可能此时贝希尔就在二楼。于是，我也没有再追问下去，示意他可以离开了。这小宦官听了我的话，立时就像只兔子般撒腿逃跑了。这个表现未免也太奇怪点了吧？平时他见到我可不是这个样子的。我稍稍犹豫了一下，又留意到四周没人，就迈开步子悄悄地朝着二楼走去。

这是我第一次走上这里的二楼，狭窄的长廊连接起来两边的房间，位于走廊尽头的大房间是独属于宦官总管的。和一楼相比，二楼的采光度显然差了许多，幽暗的走廊两侧静悄悄的，弥漫着一种潮湿又陈旧的气息。我才往前走了几步，就觉得这里的气氛古里古怪的，令人感到一种莫名的压抑。我刚停下了脚步，却听到从长廊尽头传来了一声轻笑。

尽管只是那么极轻的一声，听在我的耳中却是熟悉无比，我立刻辨认出那百分百是贝希尔的声音。那个方向不是宦官总管的房间吗？贝希尔他待在这里做什么？其实我本不该多管，可今天也偏偏不知什么原因，我居然鬼使神差地朝着那个房间走了过去。

Chapter ⑲ 贝希尔的秘密

　　刚走到总管房间门口，我听到从那里又传来了一声贝希尔的轻笑，接着就响起了瓦西总管的声音，"贝希尔，真是可惜啊。如果你是女人，一定比这宫里任何一个妃子都要美丽，就连玫瑰夫人也要甘拜下风呢。"瓦西的声音和平时很不一样，听起来倒更像是在低低呢喃，少了几分惯有的趾高气扬，多了几分压抑和迷离，仿佛正处于一种意识不清的情形之下。

　　我犹豫着到底该不该离开，可又按捺不住心里的好奇，一抬头正好瞧见窗户虚掩着没有关严，就忍不住凑过去往里张望了过去。

　　贝希尔正垂首站在墙边，密密长长的睫毛微微颤动着。一缕垂下的发丝晃晃荡荡，在蜜色的面颊旁勾勒出一个漂亮的弧度，红润如樱桃的唇边还残留着刚才的轻笑，轻佻又邪丽，宛如轻轻抖开了一张恶魔诱惑世人的邀请函。

　　我的心脏仿佛被什么猛击了一下，震得嗡嗡作响，这真的是贝希尔吗？认识他这么久，我从未见过这样充满魔魅之美的贝希尔……

　　瓦西和他的距离几乎是近在咫尺，那样亲密又暧昧的姿势让我产生一种很不好的预感和猜想。不……不可能……这不可能……我连忙甩了甩头，想要把那种可怕的猜想甩到脑后去。可就在下一秒，瓦西已伸出手轻抚上他的脸，撩起了他的那缕发丝缠绕在自己的指间。从我的这个角度，可以清楚看到瓦西的喉咙不可遏制地动了几动，显然是咽下了几口口水。

突然，瓦西狠狠拽紧了那缕发丝，居然低头一口咬在了贝希尔的颈窝上！

我大吃一惊，幸好及时捂住了嘴，才没有失声喊出来。

当瓦西的嘴唇满足地离开时，那片蜜色肌肤上已然留下了一个肿胀的红色伤痕。贝希尔缓缓抬起头，含笑注视着面前的那个男人，眼眸里微波荡漾，充满诱惑却又偏偏难以亲近，疏离而情挑，更是让人无法自制。就算知道那天使的微笑后是恶魔的冷笑，却也会身不由己地落进那个看似温柔却危机重重的旋涡。

"贝希尔……我的贝希尔……这个世上再没有人比你更美了……"瓦西笑得有些狰狞有些恍惚，熟练地解开了贝希尔的衣服，伸手从旁边拿过了一支正在燃烧的蜡烛，将滚烫的蜡油缓缓滴落在了他裸露的胸口上……那些裸露着的肌肤上早已是伤痕累累，显而易见大多数是被烫伤和咬伤的，新伤旧伤重叠在一起，看起来是那么的触目惊心！

我简直不敢相信自己所看到的这一幕，视线似乎变得模糊起来，眼前像是隔了一层水雾般摇曳变形，无法言说的震撼和伤感如同一只大力的手拽住了我的心脏，令我不得不张开嘴大口喘气，才不至于因为窒息而休克。

"看啊，我的贝希尔，这些新的伤痕映着你蜜色的肌肤是多么美丽，这是我独有的画作，比最伟大的艺术品还要完美。"滴完蜡油之后，瓦西放下了蜡烛，开始细细抚摸和欣赏这些伤痕，又不忘软语哄他道，"你放心吧，只要一直听我的话，将来副总管的位子就一定是你的。有我保护你，在这宫里谁也不敢欺负你。"

贝希尔侧过了头，紧抿的双唇和微颤的睫毛似乎泄露出他此刻真实的心情。即使伤痕累累，即使处在这样狼狈的境地，他看起来还是那么美丽，就像是传说中的堕落天使，沉沦也罢，邪恶也好，那就是夜空中最优美的坠落。

在这一瞬间，愤怒和伤感交杂的感觉终于沸腾到了顶点，我不知是用了多大的自制力，才强忍住没有冲动地踢门进去打晕这个变态……在门外的每一秒，对我来说都好似煎熬，既想赶紧离开，又担心贝希尔还要承受更多的侮辱……

过了一会儿，我终于听到了瓦西说要先去办事的声音，于是急忙往旁边一躲，目送着瓦西渐渐远去，才从角落里走了出来。犹豫了几秒，我终于还是推开门走了进去，该面对的总要面对，独自承受这一切的他一定也很寂寞很孤单吧。

"罗莎兰娜，你，你怎么会在这里?"贝希尔见到我出现，显然吃了一惊，随即又很快转换成一脸的不以为然，故作不在意地拢了拢被弄乱的发丝。

"贝希尔……刚才的一切我都看到了。这就是你所说的没人为难你吗?"我上前了两步，牢牢盯着他胸口的伤痕，喉咙里一阵哽咽，"你怎么能忍受这样的侮辱……"

他也不做声，只是默默拿起衣服穿上了身，又慢慢地扣好了系带。

"不然我又能怎样?"他抬头面无表情地看了我一眼，瞳孔落满月色却依然暗淡无光，"想要在这个后宫生存下去，就要付出代价，我早已有这个觉悟。你觉得我肮脏龌龊也好，或是以我为耻也罢，那就只管离我远远的好了。"

"贝希尔! 你说的这是什么话! 我怎么可能觉得你肮脏龌龊，又怎么可能以你为耻! 更不可能离你远远的!"我心里一急，忍不住低声喊道，"我是心疼你，为你难过，为你不值! 因为你是我在这宫里最好的朋友! 你被人侮辱我感同身受! 你懂吗? 你能明白我现在的感受和心情吗?"

"罗莎兰娜……"他似乎对我的激烈反应有点意外，又有些感动，神色顿时缓和了许多，"我很抱歉，让你看到了这一切。不过说真的很早我有种预感，总有一天你会知道真相的，我只是尽量多瞒你一天是一天。你不必担心，他只是喜欢从折磨我中得到一些快感而已，也没什么太过分地伤害。这点小伤，我还承受得住。"

"贝希尔，都是我害了你，要是不让易卜拉欣把你买下来就好了……"我觉得好像有什么温热的液体在眼眶里直打转，只要眨一下眼睛就会满溢出来。

"傻姑娘，这有什么好哭的。"他的声音变得温软起来，唇边还扬起了一抹笑容，"别再自责了。之前我不是和你说过吗？就算不被买下来，我的命运也好不到哪里去，甚至还会更惨。现在不是挺好吗？他从我这里得到他想要的，我也能利用他得到我想要的，这笔交易很公平。只要我能忍受这些屈辱，有一天终将会将他取而代之。罗莎兰娜，你需要能够保护自己的权力，同样的，我也需要保护自己的权力和让别人俯首听命的地位。"

"贝希尔……"我的喉咙里好像被什么堵住了，满腹的话一个字也说不出来。他的笑容看起来明亮又舒畅，可我的心里却满满的都是仓皇而过的愧疚。即使眼前的笑容依然和往常一样，却还是阻挡不住笑容背后随时涌来的伤感和无奈。

"罗莎兰娜，我们都要好好活下去，在将来的某一天，一起站在权力的高处，任谁也无法再侮辱我们，欺凌我们。"他的眼神里涌动着我无法看清的东西。但是我知道，他说得一点也没错。

"贝希尔，我也会努力的。即使失去了美貌我也会尽力而为。"我像是许诺般用力地点了点头，"终有一天，我们都会拥有可以保护自己的权力。"

"罗莎兰娜……就是要这么想。你能这么想就对了。"他欣慰地注视着我，似乎又突然想到了什么，"对了，再过不久宫里会有讲故事的比赛，那就是一个吸引陛下目光的好机会。到时你好好准备一下，看看讲个什么故事能够一鸣惊人。以前靠着这个上位的女奴也不是没有。"

讲故事比赛？这对我这个穿越者来说可是有得天独厚的优势呢。我应声答道："好，我会去准备的。不过你身上的这个伤，千万记得擦药，不然被感染就糟糕了。"

"放心吧，我随身就带着这个药。"他不太自然地垂下了眼眸。

我立刻想到了他随身携带的原因，情绪一下子就低落下来。

"那么我先走了，贝希尔。"我闷闷地说了句后转身就走。才走了几步，忽然听到他的声音从身后传来，仿佛穿透了我的背脊直传到了我的心底，"罗莎兰娜，你要记住，这个王宫，你可以谁都不相信，但绝对，绝对不能不相信我。"

我停下脚步沉默了几秒，还是继续往门口走去。就在快走到门槛的时候，我忍不住又回头看了他一眼。被一层暖暖光线所笼罩着的他，明明嘴角还残留着柔软的笑容，可眼中的伤感却让他看起来更像是只受伤的小动物，安静地蜷缩在角落里独自舔着伤口，让人不由得对他心生怜惜。

我的胸口突然狠狠地疼了起来，脚步一顿折转身快步走到他面前，冲动地伸出手将他揽入了怀里，在他耳边一字一句道："那好，贝希尔，我只相信你。我们彼此之间永远也不要有背叛，永远都不要。"

他像个受了委屈的孩子般将头深深埋入了我的肩窝中，只是点着头，什么话也没说。

我抿了抿嘴角，叹了一口气抬头望天，唉，就暂时把他当做是自己的弟弟吧。

回到宠妃庭院之后，我这才想起忘记问他关于穆希比的事了。不过之前那样的气氛，我就算想起来好像也问不出口。

是夜，整个晚上我都在模模糊糊的梦境中辗转反侧，梦里似乎有一双似曾相识的眼睛在注视着我，好像在哪里见过却怎么也想不起是谁。胸口仿佛被什么东西重重压住，闷得我几乎透不过气来……

一夜，无好眠。

不管怎么说，贝希尔的事在我的心里还是留下了阴影。或许是一时的尴尬，或许是出于内疚自责，一连好些天我都没去主动找他。而他似乎也在给彼此一个平复心情的过程，这段时间也有意无意地尽量避免出现在我的面前。

日子就这样平静地过着，米娜天天坚持用我告诉她的那种香料熏衣服，只可惜苏莱曼陛下却是一次也不曾来过这里。除了做些日常杂活外，有时我也会帮忙照看小王子。若是天气晴好阳光明媚的日子，每天下午小王子都要抱来庭院里晒太阳睡午觉。

今天也不例外。

苏莱曼前些日子给小王子取名为穆罕默德，这在伊斯兰世界里也是个常见的名字。和我一起照看穆罕默德小王子的是个和我年纪相仿的女奴，有个非常可爱的土耳其名字叫做塔塔。据说她八岁那年就被卖入了后宫，已经不记得自己的家乡是在哪里了。

不知不觉算起来，我进宫也有些日子了，穆罕默德小王子这都快一岁了，断断续续也能蹦出几个简单的词语。此时，他正躺在睡篮里手舞足蹈，精力充沛得很，怎么也不肯闭眼睡觉。

"罗莎兰娜，这小王子是怎么了？平时这个时候他早就睡觉了啊。"塔塔着急地看着我，她已经尝试了好些哄小王子的方法，可这位小爷今天却好像一概不买账。

我想了想，建议道："不如试试看给小王子讲故事吧？听说用这个方法哄小孩子睡觉还是挺有效果的。"以前在育儿书籍上好像看过类似的文章，索性就用这法子试试吧。

塔塔的脸上露出了一丝怀疑之色，"小王子他这个年纪听得懂吗？"

"反正试试看喽。如果还是睡不着就再想想别的办法。"我笑着抿了抿嘴角。在现代，准妈妈们可是从宝宝在肚子里就开始讲故事做胎教了呢。

"既然是你想出来的，那就由你来讲个故事吧。我这方面可不擅长，听故事倒还是挺喜欢的。"塔塔转了转眼珠，立刻将这任务推给了我。

正好，我也趁这个机会锻炼一下讲故事的本领，就让塔塔做我的第一个听众吧。所以我也没推辞，点点头，道："也好，那我就随便讲个什么吧。在离我们这里很远很远的地方，对，就像天上的星星那么遥远。在某一颗星星上也住着一位小王子。这位小王子有着金色的头发，蓝色的眼睛。不过整颗星上陪伴这位小王子的，只有一朵小小的玫瑰花……"我读过的童话并不算多，此时第一个想起来的就是法国作家所写的小王子。与其说这是儿童故事，倒不如说更像一本给成人看的童话。

说来也是奇怪，小王子这个年纪压根就听不懂什么故事，可听我一讲他还真的渐渐安静下来了，像是认真在倾听着什么，然后就乖乖地闭上了眼睛。看到小王子终于睡着了，我也松了一口气，刚停下来就见塔塔一脸期待地望着我，"然后呢？小王子离开了那颗星星后，又去了哪里呢？好奇怪啊，难道星星上真的住着人吗？那么小的星星上又怎么能住人呢？"

我忍不住笑出了声，"你的问题可真多啊。塔塔，你觉得这个故事有意思吗？"

她毫不犹豫地点头，"你说的什么星星上的小王子，我都从来没听过呢。平时宫里的人讲的都是些爱情故事，每年的故事比赛也是如此。虽然爱情故事是挺浪漫的，不过就是单调了点，多听这类的故事其实也有点乏味了呢。罗莎兰娜，你再讲下去吧。"

我清了清嗓子，就根据脑子里的记忆继续讲了下去……

一连好几天过去，在外星球小王子的故事陪伴下，这位奥斯曼的小王子倒是天天都睡得十分香甜。米娜对此很是满意，索性将带小王子午睡的工作都交托给了我和塔塔。塔塔为了早些听完这个故事，更是卖力地为我斟茶倒水，大献殷勤。

伊斯坦布尔最不缺的似乎就是阳光。金色蜂蜜般的阳光从天际流泻下来，映照在结了无花果的树上，竟似是带着一股香甜的气息。微风拂过的时候，墨绿色的叶片上也闪耀着一层淡淡的金色光芒。

"昨天讲到哪里了？对了，小王子经过了多次的旅行，终于来到了我们人类所住的这个星球，哦，也就是我们现在所住的地方。"我怕用太现代的词汇她不明白，所以稍稍都改动了一下。

"我们所住的地方，就是指伊斯坦布尔吗？"她眨着一双漂亮的大眼睛，递上了一杯加乌埃。

"也不一定是伊斯坦布尔，可能是在其他国家。在小王子看来，我们所住的地方也是一颗星星。"我笑了笑，"无论是在其他的星星，还是我们所住的地方，小王子都觉得大人们十分可笑……"

塔塔正听得入神，忽然面色尴尬地打断了我，"不好意思罗莎兰娜，我今天喝了太多的加乌埃，得去一下厕所了。"

　　我轻笑了一声，"去吧去吧，回来我再接着讲。"

　　看她立刻飞奔而去，我伸手替小王子盖了盖毯子，颇有感慨道："现在的你，什么也不知道，这才是最幸福的时候。一旦将来成为了大人，就会有数不清的烦恼了。成人的世界很可怕，可又不得不去面对。那些自以为聪明的大人们，以为孩子什么都不懂，其实在孩子的眼里他们都是笨蛋，对不对？"

　　我的话音刚落，就听到树后传来了一个低沉而优雅的男子声音，"原来在孩子的眼里我们大人都是笨蛋？你平时就是讲这些故事给我的儿子听？"

　　听出这是谁的声音的一瞬间，我整个人惊得差点跳了起来，急忙转身行了个礼，脱口道："陛下……您怎么来了？"

　　"原来是你……"他居然还认出了我，琥珀色眼眸中闪过了一丝笑意，但仍保持着一种有分寸的锐利，"穆罕默德是我的儿子，作为父亲我来看看他有什么奇怪的吗？"

　　我不知该怎么接下去，只好讪讪道："那我这就去禀告米娜伊巴克尔，她一直等待着您的到来呢。"

　　苏莱曼也没理我，而是径直走到了小王子身边，弯腰端详了一会儿，说道："几个孩子里，这孩子倒是长得最像我。"

　　虽然苏丹的心情看起来不错，但我仍然介意他之前的问话，生怕他以此为理由治我的罪。果然，他瞥了我一眼，又提道："你刚才讲的那是什么故事？小王子虽然年幼，但也不能对他胡说八道。"

　　"陛下，那是因为您只听到了几句，没有听到整个故事，请不要以偏概全好吗？"我不得不为自己辩解，简单地复述了一遍这个故事，又解释道，"所谓说大人都是笨蛋，那是因为他们的价值观和小孩子们是完全不同的。举个书里的例子吧，如果对大人们说，我看到一幢用玫瑰色的砖盖成的漂亮的房子，它的窗户上有天竺葵，屋顶上还有鸽子……他们怎么也想象不出这种房子有多么好。必须对他们说：我看到了一栋价值十万金币的房子，那么他们就会惊叫，多么漂亮的房子！那么对小孩子来说，这种观点不是很可笑吗？"

苏莱曼面无表情地听着，浅橘色的阳光温柔地临摹着他的侧影，将他长长的影子投射在大理石铺就的地面上。他的眼睛就像是一面吸收光影的镜子，没有任何反射。如果说眼睛是心灵的窗户，那么这扇窗户实在是深不可测，令人根本无法看透。

"这些故事是你自己想出来的吗？"他忽然开口问道。

听他这么一问，我稍稍松了口气，忙应道："不是，这都是我以前听来的。"

他若有所思地看着小王子，沉声道："即使成为大人会有很多烦恼，但还是无法拒绝成长。在成人的世界里，光有一颗单纯的心那是无法生存下去的。生在帝王之家，就算是孩子也要面对和负担更多的东西。"

"一颗单纯的心，在后宫里那是让人想要珍惜却又不得不放弃的东西吧。"我低低地回了一句。

他侧过头，用某种不明意味的目光看了看我，又开口道："我去看看米娜，你好好照顾小王子。"说完，他已往前大步走去，只剩下了陷入短暂沉思中的我。直到塔塔从厕所回来，我才回过神来……原来不知不觉中，我又和这位伟大的君王进行了一次对话吗？

晚上临睡前，米娜特地将我叫了过去，还赏赐了我一副绿松石耳环，笑吟吟道："幸好你上次告诉了我达玛拉喜欢用的那种茉莉香料，这么巧今天正好陛下过来，他也说我身上的这个味道很好闻……以后你还要多告诉我点这方面的东西，达玛拉倒是对陛下的喜好了解得很呢。"

我自然是应着点了头，可同时又不免为她感到有些心酸。希望苏莱曼看在小王子的面上能多来几次，也算是宽慰一下这个可怜的后宫女人吧。

Chapter⓪ 伊莎贝拉蝴蝶

自从上次苏莱曼偶然来探了一次小王子后，大家都以为这只是昙花一现，没想到之后陛下居然又来了几次。这下子，宫里的风向就微妙地开始转变了，往日冷冷清清的米娜住处渐渐变得热闹起来，就连皇太后也派人重新给小王子送来了不少赏赐。

借着小王子的光，我也得到了一些首饰和布料之类的赏赐。趁着空闲时间，在塔塔的指导下我学着做了条缠头巾，想亲自送给贝希尔，顺便看看他最近过得怎么样。

午后时分，下了一场不大不小的雨，天空一直阴沉沉的，像是还会有场倾盆大雨随时降临。我借着帮米娜还书的机会拿着缠头巾前往宦官庭院，想先将这份礼物送给贝希尔。谁知像是说好了一般，走到半路上我就正巧遇上了他，原来他是给我送御膳房点心来的。自从当上了米娜的侍女后，我们下人的伙食也有所提高，不过大多数都是能填饱肚子的菜色和羹汤，最好的菜肴就是将肉块以少量水烩煮，再以油脂将肉块煎香，但出现的频率也不是很高。所以，我们肚子里的油水并不多，更别提那些精致美味的甜点了，那可不是我们这些女奴能经常享受到的。平日里要不是贝希尔给我开小灶，我根本就没机会品尝到这么多不同的点心和甜食。

原来我惦记着他的同时，他也一样没有忘记我。在这样的情形下再次相遇，我们彼此都感到了一种久逢的暖意，之前那件事所带来的尴尬似乎也都在这一刻烟消云散了。

我迫不及待地将自己的处女作展示给他看，尽管手工很是生疏，但贝希尔还是惊喜非常，立刻很给面子地换上了这条新做的缠头巾。他长得这么倾国倾城，就算是剃个光头也照样让人惊艳不已，所以戴上我做的歪头巾，看起来还是挺养眼的。

他摸了摸头巾，笑眯眯道："我记得小时候都是母亲和姐姐给我做的缠头巾。自从离开了埃及之后，已经很久没人亲手给我做这个了。罗莎兰娜，谢谢你！我太喜欢了！"

我倒被他夸得有点不好意思，脸上一热，"其实我以前也没做过这个，针脚粗得很。你将就戴一下吧，如果不想戴也没关系的。"

他的脸上还是挂着天使般的笑容，"怎么会不想戴呢？罗莎兰娜，你的手工的确是很一般，可比金子更珍贵的是这份心意。"

我的脑海里忽然掠过那天他笑得宛若恶魔的情景，心里不禁涌起了一股莫名的伤感，某个部位似乎变得更加柔软了。这位少年，或许是我在这宫里唯一能够信任的人了吧。

目送他离开之后，我也匆匆前往第三庭院的图书馆还书。今天我可不空闲，等还完书米娜那里还有一堆杂事儿等着我做呢。下过雨的庭院里，空气格外清新，干净明澈得仿佛被雨水洗涤了一遍。郁郁葱葱的花木装点着四周的围墙，各色蝴蝶在花丛中飞舞，耳畔仿佛只有风吹动树枝的飒飒声，不时有透明清澈的雨滴从叶片上滑落下来，在地面上溅起一点又一点的湿痕。

我忽然留意到不远处的花木丛后站着一个高挑的身影。当看到那头若隐若现的暗红色头发时，我一下子就想到了某位既陌生又熟悉的男子。他好像在聚精会神地观察着什么，冷峻的侧脸上透出了几分罕见的柔和之色。

"加尼沙大人……"我刚轻唤了一声，就见他转过脸来，对我做了个噤声的手势。

我轻手轻脚地走到他身旁，顺着他刚才的目光望去，这才发现粉白色的花瓣上驻留着一只相当漂亮的蓝色蝴蝶。那种蓝色美得令人眩目，微微反射着钻石般的光泽，就像是月色下波光粼粼的爱琴海面。

我忍不住望了加尼沙一眼。他看得是那么专注，玫瑰色的眼眸夹杂着兽类的冷酷和晨光的温暖，这两种截然相反的情感混合在一起，令他看起来和往常很不同。

想不到真如贝希尔所说，这位副官大人对蝴蝶有着特殊的爱好……怪不得连他的手帕上也绘着蝴蝶……这好像和他给人的感觉完全联系不到一起啊。

加尼沙的身上……是不是也有什么特别的秘密呢？

一阵微风吹过，蓝色蝴蝶像是受了惊，扇动着翅膀迅速飞离了这里，很快就没了影子。目标物忽然消失，现场只剩下了我和他两人默默无语，气氛也似乎变得有些尴尬起来。我立刻闪人好像有点不礼貌。只好讪讪笑着，没话找话先开了口，"加尼沙大人，刚才那只蝴蝶……还真美丽……"

他的目光还停留在原处，用没有任何情绪的语调突兀地问了一句："你听说过伊莎贝拉蝴蝶吗？"不等我回答，他又自顾自地说道，"那才是世界上最美丽的蝴蝶。它们有着蓝绿色的翅膀，夜晚飞舞时比星星的光芒更加璀璨。据说凡是见过它们的人，只要向它们许愿，愿望就会成真。"

"那大人你看到过这种蝴蝶吗？"我好奇地问道，心里更是纳闷看似冷酷的副官大人竟然还会相信那样的传说。别说是我自己，就连很多年轻的小女孩恐怕也对这种传说不屑一顾了吧。

"很遗憾，从未见过。不过我的母亲曾见过一次，这些都是她告诉我的。"他的眸子里掠过一丝黯然之色，"听说它们从出生到死亡只有三天三夜的生命，而且大多栖息在欧洲，所以想要在伊斯坦布尔见到这种神奇的蝴蝶，基本上是不可能的。"

原来加尼沙的母亲是来自欧洲……我迅速消化了这个信息，犹豫了一下，问道："加尼沙大人，恕我冒昧，你的母亲是不是很喜欢蝴蝶呢？"

他看了看我，唇角的弧度明显变得柔和起来，"没错，母亲她非常喜欢蝴蝶，最念念不忘的就是伊莎贝拉蝴蝶。所以，我也很想知道让母亲如此钟爱的蝴蝶究竟是长什么样子。"他的语气低沉了几分，透出了几分怅然，"母亲也曾答应带我一起去看这种蝴蝶，只可惜她红颜薄命，没有信守这个承诺就因病早早离开了我们。"

说完，他的神色更是黯淡，像是陷入了某种过往的回忆之中。

如果不是亲耳所闻，我根本就不敢相信加尼沙会对我说这些话。或许是那只蝴蝶触动了他思念母亲的某根心弦，他此刻只是很想倾诉几句，至于倾诉的对象是谁，那都是无所谓的吧。

他眼底流露出的伤感和遗憾令人心软，我像是被什么所驱使着，缓缓开了口，"三天的生命虽然短暂，可是却展示了伊莎贝拉蝴蝶最完美的一生。或许神就是用这种生物来提醒我们，生命的长短有时并不重要。重要的是，如何生，如何死，如何过这一生。您的母亲也像这蝴蝶一样，虽然生命短暂，却定格在最绚丽的那一刻，被她所爱的人所牢牢铭记着，怀念着。这未尝也不是一种幸运。"

加尼沙的睫毛微微颤动了几下，玫瑰色的眼眸深深望向了我，"如何生，如何死，如何过这一生。你说得没错，母亲的生命虽然短暂，却是一直被怀念着。"他顿了顿，"对了，你叫什么名字？"

我笑了笑，"我叫罗莎兰娜。说起来也要多谢你上次救了我一回。"

他的眸光微微一闪，"应该是两次了吧？上次在广场上，我记得你。"

我的笑容顿时僵在了脸上，原来他都记得一清二楚。这么说来，我两次丢人的样子都被他看在眼里了？

"我有种预感，第三次或许很快就会到来。不过你的运气不错，每次都能遇上我。"他面无表情地扔下了这句话，转过身就往前走去。他的背影看上去还是冷冷的，可不知为何却让我感到了一丝温暖。

"罗莎兰娜，原来你在这里！那就再好不过了。"一个略带刺耳的女声忽然在我身后响起。我转过身，不禁暗暗叹了一声倒霉。那女奴个子高挑，一脸倨傲，正是玫瑰夫人的那位得力手下索伊。想起上次她给我行猫刑，我的后背就不禁一阵发凉。过去了这么多天，我还以为她们不会再找我麻烦了呢，没想到……今天还真是冤家路窄。

"不知你有什么事吗？我还要替米娜伊巴克尔还书呢。"我故意将米娜拉出来做挡箭牌，希望她能有所顾忌。

索伊冷笑了一声，用不容拒绝的口吻说道："当然是有事。玫瑰夫人现在要见你，你马上跟我走。"

我心里蓦地一沉，不知那位玫瑰夫人又想出什么新点子来了。要是我乖乖跟她走，恐怕没什么好果子吃吧。皮肉之伤倒是其次，就怕莫名其妙死于非命。

"可是，我现在是米娜伊巴克尔的人，在见玫瑰夫人之前起码也要先禀告我的主人吧。"我开始找借口拖延时间。

"米娜哪能和尊贵的玫瑰夫人相比？你马上跟我走！"她沉下了脸，"罗莎兰娜，你可别敬酒不吃吃罚酒。要是让玫瑰夫人等久了，你的责罚可是逃不了的。"

我见今天躲是躲不过了，无奈之下只好先跟着她往前走去，心里暗暗盘算着脱身的方法。这个时候，我是多希望能遇到塔塔或是贝希尔的人，让她们给我们报个信，我就不信米娜会袖手旁观。若是玫瑰夫人惩罚了我，那也等于驳了她的面子。

我尽量放慢着脚步，只可惜一路过去，就是没见到个相熟的脸。我暗暗叹了一口气，人倒霉起来喝口水都会塞牙缝，看来这次是在劫难逃了。

谁知就在快走到玫瑰夫人住处时，一个熟悉的少女身影迅速飞奔而来，从她口中发出了比天堂之乐更加美妙的声音，"罗莎兰娜！罗莎兰娜！"

总算天无绝人之路，这个及时前来相救的人竟然是塔塔！我顿时大喜，立刻停下了脚步，激动万分地朝她招了招手，"我在这里啊，塔塔！是不是小王子有什么事要我马上回去?"我故意扯出了小王子,希望塔塔聪明的话能明白我的意思。

"是啊,你怎么还在这里磨蹭?小王子刚才醒了,吵着闹着非要听你讲的故事不可呢。你还不快点跟我回去?"塔塔似乎没留意到索伊的存在,只顾和我说着话。

塔塔啊,你真是太可爱了!简直就是我的幸运之星!要不是这个场合,我还真想搂住她给她一个热烈的亲吻!于是,我对索伊无奈地耸耸肩,"你也看到了,我现在得马上过去了,不然让小王子等久了,你的责罚也是逃不了的。"

索伊涨红了脸,显然是恼了,却还是嘴硬道:"难不成你要违抗玫瑰夫人的命令?那好,你见完玫瑰夫人再去给小王子讲故事。"

"罗莎兰娜是米娜伊巴克尔的人,自然是那里的事情更重要。玫瑰夫人也不能不讲道理吧?"塔塔也有点恼了,拉起我的手说道,"我们走,别理这个人。"

索伊见我们真的转身要走,不觉就傻了眼,忙拖住了我的袖子压低声音道:"罗莎兰娜,玫瑰夫人这次并不想为难你,只是想询问你一些事情而已。你最好还是跟我走一趟,花不了多少时间的。"

听她这么一说,我顿时有点明白玫瑰夫人这次找我的原因了,近来米娜和小王子又重获恩宠,这无疑是给玫瑰夫人心里添堵,所以她才想找我问个清楚吧。只不过这样大张旗鼓嚣张跋扈的方式未免也太惹人注目了,而且她那样的性子,我若是答话的时候有什么不慎,很有可能要受一顿皮肉之苦。

"请代我向玫瑰夫人道歉,米娜伊巴克尔是我的主人,所以她的事我必须放在第一位。抱歉了,我得马上去伺候小王子。"我才不想让自己卷入这种莫名其妙的纷争之中。

索伊的脸色一变,满怀怒意地盯着我,"罗莎兰娜,就算躲过了这一次,你能保证次次都能躲得了吗?你别以为有米娜做靠山就没事了,这个宫里最尊贵的女人是玫瑰夫人!要是识相的话,就马上先去见玫瑰夫人,然后再回小王子那里!"

她"充满激情"的发言刚结束，只听一声带着嘲讽的娇笑从不远处传来，"我没听错吧？一个小小女奴竟然连小王子也不放在眼里？君王的子嗣在你这女奴眼里算什么？看来今晚我得向陛下说说这件可笑的事了。"

说着，那个声音的主人就缓缓轻步而出，美人今天穿着埃及细纱和上等银线制成的纯白色长裙，仿佛希腊神话里由美少年纳西塞斯变幻而来的水仙，清丽优雅，令人眼前一亮，再也无法将目光从她身上移开。

索伊的脸色变得煞白，诺诺喊了一声她的尊称，"达玛拉伊巴克尔……"

我也有些吃惊，因为没想到会在这个时候遇到达玛拉，不过她出现在这里，应该不是一件坏事。

"罗莎兰娜现在是照顾小王子的人，你不蠢的话，也该知道目前陛下有多重视小王子。若是罗莎兰娜有什么意外的话，恐怕连陛下都是要过问的。如果让陛下知道有人这么小心眼，手下的奴隶还这么不懂规矩不分尊卑，恐怕是得不偿失呢。"达玛拉冷冷瞥了索伊一眼，"好了，时候不早了，你也该向你的主子去交差了。"

索伊沉默了几秒，略有不甘地瞪了我一眼，只得转身离开了。

达拉玛这才收起冷脸，对我露出了惯有的笑容，"放心吧，那玫瑰夫人也是个聪明人，暂时应该不会再找你麻烦了。"

我松了一口气，"今天真是谢谢你了，不然那玫瑰夫人一定还会继续找我麻烦的。"

达玛拉抿了抿嘴，"幸好你如今在照顾小王子，不然一时倒也难找出个借口。现在有小王子做借口，玫瑰夫人也不敢随意乱来。"说着，她又若有所思地看着我，"罗莎兰娜，你似乎和以前有些不同了。不过这样也好，改变自己才能适应这个宫廷。不过我只希望你要记住，如果有什么困难别忘了找我，能帮的我一定会帮。"

我点点头，不管她说这些话是出于真心还是别的什么，至少在这宫里她也是我为数不多的同性朋友了。

回去的路上，我又再次感谢了塔塔，夸她来得及时又凑巧。要不是她那么一拦，又找出了无法拒绝的借口，估计我也没法那么容易脱身。

"才不是我来得凑巧呢。"塔塔眨了眨眼，"是有人拜托我那么做的。"

"有人拜托你？是什么人？"我顿时一头雾水，这是什么意思？

塔塔先是不说，可过了一会儿，她还是藏不住心里的兴奋劲，向我坦白道："就是那位西帕希欧古兰骑兵队的加尼沙副官，我来了宫里这么久，还是第一次有和他说话的机会呢，真是太幸运了。"

"那么所谓小王子吵闹的借口也是他找的了？"我抑制着在心里翻滚的激动，用尽量平静的声音问道。

塔塔点点头，"对，他让我赶紧追过来这么说。"说着，她用好奇又八卦的眼神看着我，"罗莎兰娜，你认识加尼沙大人吧？不然他怎么会管这个事呢？"

"也算是认识吧，不过来往并不多。对了，我们还是快点回去看看小王子吧。"我不想就这个事情上说太多，赶紧转移了话题。加尼沙多半是刚才在离开前听到了索伊的话，出于同情才又帮了我一次吧。

没想到他的话还真应验了，第三次果然这么快如期而至。到现在为止，我一共才见了他三面，居然次次都要被他搭救，我们之间这到底是怎样纠结的缘分啊……

Chapter 21 皇太后的寝宫

　　不知是不是达玛拉的话起了作用，自从那天过后，玫瑰夫人果然再没找过我的麻烦。为了感谢加尼沙副官的数次搭救，我也特地为他准备了一份小礼物，打算等有机会再当面送给他。

　　随着小王子的这个故事结束，伊斯坦布尔的天气也渐渐转凉了。穆罕默德小王子最近长得飞快，那无可挑剔的面部轮廓和苏莱曼几乎是一个模子里刻出来的，只是多了几分稚气圆润。宫里的人对小王子益发重视，就连皇太后都好几次派人将他接到自己的寝宫里去玩。小王子的受宠程度一时之间居然和玫瑰夫人的儿子穆斯塔法亲王不相上下。

　　这一天，皇太后又派人来传了话，说是想见小王子。前几次都是皇太后的人接走的，这次却是让我带着小王子过去。我赶紧整理了一下衣装，确保没什么失礼之处才抱着小王子匆匆前往。

　　这还是我入宫以来第一次踏进皇太后的寝宫。

　　寝宫给人的第一感觉不是华美，不是奢侈，而是明亮宽敞。和宠妃庭院那些华丽却又令人倍感压抑的房间相比，这里特意挑高的穹顶自然而然就拉开了空间的距离，明媚的光线透过穹顶上的玻璃照射入房间，更是为这里平添了几分柔和之色。寝宫的色彩装饰明显受到欧洲洛可可风格的影响，主要以淡雅的黄色和绿色为主，图案绘画以各式各样的花卉为主题，显得优雅又不失高贵。

我带着小王子进入寝宫时，惊愕地发现在场的人里不仅仅有太后，居然还有苏莱曼陛下！今天这位年轻的君王穿得很随意，头上也没戴缠巾，而是任由一头乌黑顺滑的长发垂落下来，犹如一汪幽幽的冷泉蜿蜒而下，令人不禁联想到了冷冽清透的薄荷酒，带着一种高高在上的距离感和远高于普通人的洁净感。在淡淡的光线下，他的脸上什么表情也看不出来，就像是一幅欧洲油画里的远景人物，带着几分遥远和朦胧，却让人无从捉摸。我忍不住多看了他两眼，却正好撞上他望过来的视线。那双锐利的琥珀色眼眸里微微闪着光，黝黑的瞳孔像是望不到底的深渊。

我迅速低下头避过了他的目光，按捺住心中的紧张，向这两位宫里最有权势的人行了礼，并将小王子抱了过去。

太后疼爱地摸了摸小王子的脸，笑道："陛下，这孩子和你小时候可是长得一模一样，就是眼珠子要比你的黑得多。"

苏莱曼的目光落在了小王子的脸上，嘴角也微微扬起，似是默认了太后的话。

"来人，将御膳房准备好的甜乳酪呈上来。"太后示意我给小王子喂食些刚做好的新鲜甜乳酪，这也是当时奥斯曼宫廷里流行的饮品。

在这两位大人物炯炯的注视下，我的精神状态始终处于高度紧张之中，生怕出什么错。好不容易喂下了小半碗甜乳酪，小王子咿咿呀呀地唱了几句就开始犯困睡觉了。

我心里暗暗一喜，热切地盼着太后发出指令让我们带小王子回去，同时面对两位大 boss 的压力可不是人人都能承受的。但太后却好像并没有要我离开的意思，而是将我晾在了一边，接着又让下人送上了一壶热腾腾的加乌埃。

"母后，我为您加些蜜糖吧，这是您最喜欢的椰枣蜜。"苏莱曼对太后的口味显然是了如指掌，熟练地在玻璃罐子里舀了一大勺蜜糖放入了她的那杯加乌埃中。

太后拿起来喝了一口，满意地抿了抿唇又放下了杯子，似有感叹道："说来也是奇怪，如今一天不喝这加乌埃，我就觉得浑身不对劲，就好像少了些什么似的。喝这个还真能上瘾呢。"

"我听说母后您刚开始可是一点都不能碰这饮料，喝几次就呕几次。没想到现在倒还离不开了。可见这一个人的口味也是能随时间改变的。"苏莱曼微微笑了笑，眼中透出了几分柔和。

"是啊，我记得当时你父王曾说过，这加乌埃黑得像地狱，浓得像死亡，甜得像爱情。这么复杂的味道融合在一起，让人想不上瘾都不行，所以他很肯定我一定会爱上这个味道的。"

这个对咖啡的比喻还真绝妙，我在心里暗暗想着，抬头飞快地看了太后一眼。她若有所思地凝视着杯子里浓黑的液体，目光略有闪动，神情缥缈，仿佛陷入了某种遥远的追忆之中。

地狱，死亡，爱情，还有那数不清的阴谋策略，这或许也正是太后曾经经历过的后宫生活吧。只不过，她将死亡、地狱和爱情统统都踩在了脚下，成为了最终的胜利者。此刻的她，是在追忆着过往的重重困难种种艰辛，还是和前苏丹在一起的日子呢？

"来，让我再和穆罕默德亲近亲近吧。"太后笑着指了指身边的羊毛软垫。我应了一声，小心翼翼地将小王子放到了软垫上。就在我准备退后几步的时候，忽然听到苏莱曼开口问道："罗莎兰娜，那本穆希比的诗集看完了吗？"

我愣了愣，压根没想到他会在这样的情形下问我这个问题，更没想到他还记着我的名字。正在逗弄孙子的太后似乎也有一瞬间的惊诧，但很快就恢复如常。

"回陛下，我已经全部看完了。"我连忙答道，虽然觉得应该再狠命夸上几句，可那些恭维的话在舌尖上转了几转却还是没说出口。

他点了点头，倒没再说什么。

"陛下你看，小穆罕默德的眼珠子是多么漂亮啊，比那最深沉的子夜还要漆黑百倍。"太后凝视着小王子的眼睛，脸上露出了罕见的纯粹笑容，"不过我一直都很好奇，人的一双眼睛黑白分明，可为什么偏偏只有黑的那部分才能看得见呢？"

苏莱曼的脸上闪过一丝笑意，"母后，您总是有很多奇怪的想法。至于这个问题嘛……"他侧过脸扫了我一眼，像是漫不经心地随意问道，"罗莎兰娜，你知道是为什么吗？"

冷不防又被他点名，我自然是吃了一惊，接下来就是相当紧迫的思考时间。想在宫里继续生存下去，不就要引起苏莱曼的注意吗？目前他已经记住了我的名字，这可是一个大好的开端，我不能就那么草率地将机会推到一旁。此刻，任何回答都强于"不知道"这三个字。在这短短的一瞬，我的脑海中蓦地想起了曾经在书上看过的一段话。于是，我清了清嗓子，道："那就请太后和陛下恕我失礼了。黑和白，我们或许也可以把它们看做是黑暗和光明。如果从光明面来看世界的话，人就会太过乐观，轻易就会被蒙蔽了双眼，而从黑暗面来看世界，则会更加透彻和理智。"

苏莱曼还未说话，太后倒是先赞许地开了口，"说得很好。如果从光明面看这个世界的话，人就会过于乐观。而一旦过于乐观，就会看不清这个世界的真实面目。想不到你一个小小女奴也能说出这番话，实在难得。"说完，她抬起头认真打量了我几眼，当目光落在我的双眼上时，不禁面露遗憾之色。

"你的眼睛……怎么回事？"她轻易地就看出了其中的不妥。

"回太后，因为一场意外，我的双眼受损，左眼至今看不见东西。"我坦白地将实情简单告之，为避免麻烦就隐去了中毒之事。

"真是可惜了，不然也算得上是个才貌双全的美人儿。"太后有些失望地摇了摇头，又继续逗弄起放在软垫上的小王子。

虽然我低垂着头，却依然能感觉到苏莱曼的视线正落在自己的身上。我心里没来由地涌起了一阵不安，双手也不知该往哪里摆放，只觉得他的目光让我感受到了一种莫名的压力。是我刚才说的话有什么问题吗？还是……

"咦？"就在这时，太后像是突然发现了什么，指着小王子的脸蛋皱眉道，"陛下你看，小王子这里是怎么了？要不要让御医来看看？"

我探头过去一看，顿时整颗心都扑通一声沉了下去。小王子白嫩的小脸上竟不知何时起了一片玫瑰色的疹子，看起来有点吓人。当下我也顾不得那么多，赶紧伸手探了一下小王子的额头，触手之间的温度居然变得滚烫滚烫。

"糟了陛下，小王子还发了烧，身子烫得很，看来可能是得了什么急病！"我急得连声音也走了调，若是小王子有个什么三长两短，我可是吃不了兜着走啊。

苏莱曼面色一沉，立刻吩咐道："马上传御医！"

不多时，一位年轻的御医就匆匆赶到了。他还来不及行礼，苏莱曼就不悦地开口道："怎么御医院没人了吗？派个这么年轻的？你们的御医总管呢？"

年轻的御医吓得跪倒在地，忙解释了派他前来的缘由。原来今天御医总管正好带着几位德高望重的御医出宫尝试一种新药材，今天在宫里坐班的两位御医，一位倒是老资格的御医，可眼下正在给玫瑰夫人看病，而剩下的就只有这位刚进御医院不久的新手了。

太后也像是想起了什么，帮着解释道："说起来我倒是差点给忘了。陛下，御医总管前几天是来我这里说过今天带人出宫的事。我想宫里反正也没什么大事，所以就应允了。谁也没想到今天会有这种紧急状况，是我太大意了。"

"母后，这怎么能怪您。这种突发情况谁也意料不到的。"苏莱曼的神色明显缓和了几分，还不忘又问了那御医一句，"玫瑰夫人她怎么了？生什么病了？昨天晚上不是还好好的吗？"

"回陛下，玫瑰夫人只说身体不适，所以就请了老师过去。到底是什么病，微臣也确实不知。"御医低声答道。

"那就让你的老师替玫瑰夫人诊断完后尽早到这里来，现在你就先看看小王子怎么回事吧。"太后在一旁和颜悦色地打起了圆场，说着她又对苏莱曼平心静气道，"陛下，哈维他好歹也是通过筛选才被选入御医院的，尽管年轻，但医术应该还是信得过的。"

苏莱曼点点头，"也只能这样了。"

哈维叩谢圣恩之后，就赶紧替小王子诊断起来。他的额上已沁出了一层细密的汗珠，显然压力也是相当不小。

"陛下，宫里好像还从没出现过这种病症……也不知道到底是什么急病。"太后面露忧虑之色，"这孩子刚才还好好的，怎么一下子就变成这样了？"

"母后，您就别太担心了。穆罕默德不会有事的。"苏莱曼劝起了太后，"我这就派人到玫瑰夫人那里把老御医叫来，另外也让人到宫外将御医总管他们全都召回来。"

太后点了点头，似是欲言又止，"宫里这么复杂，我只怕……"她叹了一口气，吩咐身边的侍女，"布蕾，你到玫瑰夫人那里走一趟，先将老御医请来再说。"

虽然太后没有将前面那段话说完，但我还是听明白了她的意思。如今小王子这么受宠爱，必然也会引起别人的忌妒。这要是有人动了歪心思，也不是不可能的事。苏莱曼自然也意识到了这一点，神色肃然地看着小王子，薄薄的双唇抿得更紧了。

"穆罕默德到底怎么样？他得了什么病？"太后等了一会儿没见答案，不由得也焦急起来。

哈维诊断了一会儿，面色显得放松了不少。他擦了擦从额上渗出的汗水，抬头答道："回太后和陛下，从病症上来看，小王子殿下这只是普通的皮肤病。我给她配置几服外用的药按时擦抹应该就会没事的。"

"可是皮肤病怎么会引起发烧呢？"我忍不住插了一句嘴，刚说出口才意识到这里不是我说话的地方。幸好苏莱曼和太后的注意力都集中在小王子身上，所以并没有在意我的逾矩。

哈维颇为惊讶地瞥了我一眼，迟疑了一下还是回答了我的问题，"这是由于湿热而引起的皮肤病，有的也会引起发烧。这样的皮肤病我以前也不是没见过，只是在孩子身上还是第一次见而已。"

他的回答听起来也有道理，可我总觉得还是哪里不对劲。我再低头瞧小王子的脸，觉得这个情景有些眼熟……这种病症我真的好像在哪里见过……对了！在属于我的时代里，我表姐的女儿好像就得过这种病！没错！那小姑娘的脸上也布满了一模一样的玫瑰色红疹，当时我们都还以为她要过敏毁容了。

"等一下！"我先伸手摁了摁那些红疹，只见疹块迅速褪色，又很快恢复原色。我的猜测应该没错，这多半就是玫瑰疹，是婴孩时期的一种急性出疹性传染病！

"哈维大人，我不是怀疑你的医术，只是这看起来好像并不是皮肤病。"为了小王子，我还是将自己的想法说了出来。

被我这么一说，哈维的面子自然有点挂不住。尽管还有苏莱曼和太后在场，他还是忍不住没好气道："你的意思是我的诊断有误？关系到小王子，我又怎么可能马虎行事？你一个小小女奴懂什么？"

苏莱曼若有所思地望着小王子，面色沉静道："罗莎兰娜，你又凭什么说御医的诊断可能有误？要知道延误了小王子的治疗，你也是要受惩罚的。"

到了这个时候，我的胆子也大了起来，索性正视着他，答道："回陛下，事关小王子的安全，就算可能要受惩罚我也要试一试。以前我一岁的表妹曾经得过这样的病，症状和小王子的几乎一模一样。这个病症最初就是发烧然后起玫瑰色红疹。如果因为乱用药延误了小王子的病情，那才是最让人不想见到的。"

"那你的表妹是怎么治好的？"苏莱曼淡淡又问了一句。

"无须用任何药物，只要用冰块和酒精给小王子退烧，然后多喝水和新鲜果汁，让他多多排出体内的毒素，再多喝点粥之类的食物就行了。过个三四天，这些症状应该就会自行消失……"

"你……你胡说！若是因为你的胡说八道而延误了小王子的病情，你担当得起吗？"哈维因为我的质疑而气得脸色发青，也不顾太后和苏莱曼在场，就打断了我的话。

我一脸平静地望向他，"我知道您是位有才华的御医，可是就算是这样，也难保一辈子不出错吧？这个婴儿玫瑰诊很容易被诊断成其他病的，我的表妹当初也差点被诊断成感冒呢。不管怎么说，我觉得还是要谨慎点来得更安全。毕竟，这关系到一条生命。如果因为误诊而延误了小王子的病情，同样也不是你我可以担当得起的。"

哈维还是气得不行，用手指指着我愣没说出一个字，又只好将求助的目光投向了苏莱曼，"陛下，您总不会听这个小女奴的胡言乱语吧？"

苏莱曼并无丝毫犹豫地开口道："那就先帮小王子退烧再说。这擦皮肤的药等会再配也不迟。"

我心里有些诧异，又有些欣喜，这算是他信了我的话吗？选择相信一个女奴而不是一位御医，这并不是常人能做到的。

就在这时，刚才去找玫瑰夫人的侍女布蕾回来了，只见她面色尴尬地回禀道："太后，玫瑰夫人那里不同意让老御医过来，说是正要紧着呢。"

她的话音刚落，太后就皱起了眉，低声道："这个玫瑰夫人，也实在太不懂事了。耍威风也不看看时候，还不如一个小女奴想得清楚。"

苏莱曼显然是听到了母亲的抱怨，脸上也飞快闪过了一丝对玫瑰夫人的不满。

我抬眼的时候，无意中看到太后朝着布蕾微微点了点头，两人迅速交换了一个不易被人察觉的眼神。我心里微微一动，难道这里面还有什么猫腻不成？

由于动用了宫廷里储藏的冰块及时降温，小王子身上的热度倒是退了一些，但脸上的红疹还是没有消减的迹象，甚至连背部颈部都冒出了相同的疹块。就在哈维以此为理由要推翻我的判断时，御医总管总算是赶了回来，一到太后寝宫就立刻亲自诊断小王子的病。

"御医总管，小王子的病……到底怎么样？"太后见他诊断之后沉思了片刻，不禁也有些担心起来。

　　御医总管胸有成竹地笑了笑，"回太后，这个病症的确不多见，但幸好我曾经在民间见过两例。这种病多发于婴孩，症状看起来来势汹汹，通常还伴有高烧红疹，但实则是种普通之极的病。我看刚才的治疗手法就非常不错，先降温降热，再喂以大量的清水，无须用药，等红疹出完几天后应该就会自然痊愈。"他边说边赞赏地看了看哈维，"很好，你从未见过这病症，居然能作出正确判断，果然是有资格进入御医院的。"

　　"这你可就错了。这回判断正确的不是他，而是这位小女奴。"太后笑着指了指我，感叹道，"可真没想到啊！"

　　御医总管也相当诧异地看着我，脸上明显写着"怎么可能"这句话。

　　我忙谦逊地答道："我也只是凑巧遇到过这个病例而已。不然我一个小小女奴，又哪会知道这些，和御医院的医生们更是不敢相提并论。"

　　太后对我的态度表示满意，和颜悦色道："不管怎么说，你也算是立了一功。如果不是及时做出正确判断，小王子的热度也没退得这么快。而且，我相当欣赏你敢于质疑的勇气。说说看，你想要什么作为赏赐？只要不是出格的要求，我和陛下都会答应的。"

　　我本想客气几句，说这是自己的分内事什么的，但转念一想，开口道："多谢太后和陛下，那就请准许我可以自由在图书馆内借书吧。"

　　不等太后回答，一直没有出声的苏莱曼倒是极快地应了一句，"好，我允许你可以自由出入图书馆，阅读里面的任何书籍。"说着，他又起身道，"时间也不早了，罗莎兰娜，你就带着孩子先回去吧。我也该回寝宫了。"他说完这些就向太后告了别，很自然地伸手抱起了小王子往外走去。我愣了愣，也赶紧在告退后匆匆跟了上去。

　　经过一整天的折腾，天色已经暗了下来。庭院里的空气带着一丝游动的凉意，无花果树的枝条随风摇曳起曼柔的轻舞，在清浅的月光下不停变幻着妖娆的影子。我正在琢磨着该如何向米娜禀告今天所发生的一切，没料到走在前面的苏莱曼忽然停了下来。我一时没收住脚步，砰的一声就撞在了他的后背上，鼻尖被撞得一阵发疼。不过，此刻我根本顾不得疼痛，揉着鼻子就慌忙道歉。

"陛下，请恕罪，是我一时没留神……"我赶紧朝他伸出了手，"小王子还是由我来抱吧。"我也真是太大意了，这照看小王子可是我的责任，怎么能甩给他了呢？

苏莱曼转过身，将裹得严严实实的小王子递给了我。不知是不是月光的关系，他脸上的神情显得比平时和缓，"今天，你也算帮了他一次。"

"那也只是我的分内之事。"我可不敢邀功，接过小王子，犹豫了一下，又忍不住问道，"陛下，我有一件事想问，为什么今天你选择相信我而不是相信那个御医呢？"

苏莱曼的视线落在了我的脸上，眼眸中的琥珀色似乎一下子深了下去，"罗莎兰娜，你应该很清楚，如果小王子有个万一，你的性命也保不住。既然你能有胆量说出来，那就说明你对小王子这个病还是很有把握的。至于哈维，我本来就不是太信任他，所以就更愿意选择相信了你。"他顿了顿，接下来的声音放低了几分，但还是传入了我的耳中，"或许，也是出于一种直觉吧。"

在对上他那双幽深的琥珀色眼睛时，那其中所蕴含的神秘魔力让我不敢对视，可又偏偏难以移开目光。整个人就好像跌入了他眼眸深处的旋涡里，无力摆脱这种莫名的吸引……直到他身边宦官的声音响起，才让我蓦地回过神来。

"陛下！恭喜陛下！刚才御医来禀告，玫瑰夫人再次有了身孕，看来是要为穆斯塔法亲王添一个弟弟了！"

苏莱曼将目光收了回去，嘴角微微扬起，"很好，立刻去玫瑰夫人那里。"

他在侍卫们的簇拥下往宠妃庭院走去，没走几步又停下脚步说了一句："和太后一样，罗莎兰娜，我也欣赏你这份敢于质疑的勇气。"

听到玫瑰夫人怀孕的消息，我整个人一下子就清醒过来了，对于刚才自己的失态更是觉得可笑。林珑，可别忘记了，这里是后宫，是最不能随意付出感情的地方。只有抛弃那些东西，才有可能继续在这里生存下去。

Chapter 22 人生如戏

　　宫里讲故事比赛的日子渐渐临近了。为了在这次的比赛中一鸣惊人，我已经将脑袋里库存的各国故事几乎都想了个遍，但始终没挑选出个满意的来。单纯的爱情故事固然惹人喜欢，但因为其他参赛的宫女基本都会选择讲这类的故事，所以很难出彩。古来今往的各类诗集上有太多这样的浪漫故事了。而其他单一题材的我也不敢太过冒险，毕竟众口难调，大众的主流口味一时三刻总是很难改变的。小王子之类的成人童话故事或许能让塔塔这样的女孩喜欢，但却不一定适合那些思想根深蒂固的宫里人。

　　贝希尔有时也跑到我的屋子里，及时将探听到的其他参赛人的消息透露给我，给我出些可能用得到的主意。他对于小王子的这件事抱以乐观态度，觉得能被太后和苏莱曼留意到那就是个很好的开始。如果以这样的形势发展下去，可能会有意想不到的收获。另外，达玛拉对我参加这次比赛也很是支持，还托人带了不少故事书给我，让我好好抓住这次机会。而米娜自上次小王子险些出事之后，就一门心思扑在儿子身上。当时我告诉她那天所发生的一切后，她差点就晕了过去，此后对我自然也是更加信任。为了让我尽心尽力地照顾好小王子，她索性将宫里的杂活粗活都交给了其他人。

现在，我有了大把可以支配的时间，再加上自由出入图书馆的特别优待，日子倒是过得比以前惬意了很多。如果不是左眼有问题，这样的生活状态还真容易让人安于现状。但是，我心里比任何人清楚，这些都只是暂时的，也都是不牢靠的。只要哪一天放松警惕，那么很快就会被打回原形。尽管现在宫里看起来表面依然平静，但玫瑰夫人再次有孕的消息如同一石激水，令整个宫内暗潮涌动。如果玫瑰夫人再生一个儿子的话，她在宫里的地位也就更加稳固，甚至还会超越太后……无论如何，这一定是太后不愿意看到的，更不是其他宠妃愿意看到的。

在比赛的前夕，我像往常一样去图书馆里借书，想从书籍里找些灵感。宫中各处自由生活着不少猫咪，苏莱曼也没让人驱赶它们，所以这些动物倒是成为了庭院里的常客。路过庭院的时候，我看到有几只花斑猫正趴在石阶上懒洋洋地晒着太阳，比起那些在宫中钩心斗角的人来说，这些猫咪的生活可是简单幸福多了。不过我因为上次受过猫刑的关系，对这些猫咪们还是带有后遗症，基本上见到它们都是绕道而行，惹不起我总躲得起吧。

可有时怕什么还偏偏就来什么。经过墙角的灌木丛时，也不知从哪里忽然窜出来一只猫咪，正好落在了我的脚下。我生怕踩到它，只好猛地刹住脚步，谁知身子就一下子失去了平衡，直直地往后仰去……喂！莫非你们这些猫仔真是我的冤家不成？

就在我以为自己这次必然会摔个四脚朝天的时候，一股大力及时从背后托住了我，止住了我继续下跌的趋势。同时，还有个冷冷的声音从身后传来，"这是第四次了。"

我下意识地转过头，加尼沙那双玫瑰色的眼眸顿时映入了我的眼底。他今天显然还是来晋见太后的，一身无可挑剔的制服更显得他身材高挑修长，冷峻的五官虽然美得无可挑剔，却让人有种怀疑他是否确实存在的虚幻感。宫里的人或多或少都在为生存改变着，可他给人的感觉却像是从未因现实的打磨而失去锋芒棱角。

我顿时大窘，急忙站稳了脚向他道了谢。这到底是怎么回事？为什么每次见到他都是我最丢人的时候？一次两次倒也算了，怎么还见几次碰到几次，这算是撞了什么邪吗？他究竟是我的命中贵人还是命中克星呢？

"幸好你今天又遇到了我。"他的脸上看不出是什么表情，淡淡说完这句话就转过身打算离开。

"等等！加尼沙大人！"我突然想起了一件事，赶紧叫住了他，从怀里拿出了一样东西在他眼前一晃，"这是你上次借我的手帕，我已经洗得很干净了。今天正好还给你。"

他并没伸手来接，而是皱了皱眉，道："上次不是让你扔了吗？怎么还留着？"

"这么好的料子，扔了也太可惜了。"我说着抖开了手帕，"你看，真的洗得非常干净，我都洗了好几遍呢。"

他瞥了一眼那块手帕，目光突然定定地停留在了某个地方——只见原来那只蝴蝶旁边又多出了一只用彩色丝线绣出的蝴蝶。蓝绿色的翅膀跃跃欲飞，在金色夕阳的光线透视下，显得格外醒目。

"我也从没见过伊莎贝拉蝴蝶，所以只能凭借你的描述自行想象绣了这只蝴蝶。虽然这和真正的伊莎贝拉蝴蝶相差很远，但我真心希望也能带给你心想事成的好运气。"我很有诚意地笑了笑，将手帕递到了他的面前。别看只是绣个小小蝴蝶，我可是学了些天呢。怎么说他也帮过我好几次，想来想去，也只能以这份礼物来表达我的谢意了。

加尼沙似乎有一瞬间的微怔，那冷冷的眼眸中隐约透出一丝晨光的暖。他伸手飞快将帕子接了过去，脸上却是一脸的不以为然，"这也敢叫伊莎贝拉蝴蝶？和个飞蛾子也没什么差别，真是丑死了。"

咦？原来加尼沙也有毒舌的一面呢。我抿嘴一笑，"不管怎么说，我还是要谢谢你。你就别嫌弃它丑了，礼轻情义重嘛，好歹这也是我亲手绣的呢。我长这么大可从来没学过这个，也从没绣过东西给别人。"

"你这么费尽心思讨好我，难不成是因为……"他的嘴角往上轻扬起一个清浅的弧度，微微带着几分罕见的促狭，"担心很快会有第五次第六次第七次吧。"

我很是郁闷地看着他，"加尼沙大人，你这是在诅咒我吗?"

他将手帕小心翼翼折起来放入了怀中，又轻飘飘地丢下了一句，"我的预感向来非常准确。"说完，他还不等我做出反应就转身快步离开了。

望着他远去的背影，我居然觉得自己的心情变得大好。不知为什么，每次看到他那张冷冰冰的脸，却让我感到异常有安全感。这位加尼沙大人，应该就是我命里的幸运吉祥物吧。当然，也是最酷的吉祥物。

想到这里，我忍不住又弯了弯唇。

笑容刚刚浮上脸颊，却听到忽然有人喊了一声我的名字："罗莎兰娜。"那缓缓的音调如清泉般清冽，对于这个声音我一点也不陌生，在辨认出声音主人的瞬间，我上扬的唇角也蓦地凝固了。

能在这里出现的男子，除了御医和加尼沙，剩下的也就只有易卜拉欣首相了。

转眼之间，他已经走到了我的面前。说来也是奇怪，他并不是出身贵族，今天身上也没穿什么华贵衣饰，却依然带着一种与生俱来的高贵雅蕴。整体给人的感觉明净又锐利，清逸出尘，就像是凝结在冰层下的一株莲花，不染丝毫尘埃也令人不敢接近半分。记得初见他时是一瞬惊艳，惊艳之后却是渐渐变为了细水长流的温润优雅。

"易卜拉欣大人，好久不见了。"碍于自己低微的身份，我还是先规规矩矩地向他行了个礼。自从上次中毒事件之后，我好像就不曾再见过他。

"我听说了，最近你在宫里好像过得还不错。"他用那双悠远无澜的灰蓝色眼睛扫了我一眼，"没想到你和加尼沙也能说上话了。这个男人可不简单，日后必然会成为重要的人物，你和他搞好关系倒也不是件坏事。"

"易卜拉欣大人，我只是感谢加尼沙大人曾经救过我几次。"我忍不住解释道，"要不是他出手相助，我可能还要多受点罪。不过我们的交情也仅此而已，加尼沙大人不过是出于同情才会帮我吧。"

易卜拉欣似笑非笑地撩起了眼睫，"加尼沙这个人我也算有点了解，他绝对不是那种乐于助人的性格，更不可能因为同情而帮人。他能这样做说明他至少并不讨厌你，甚至对你还有点好感。这是一个非常好的迹象，罗莎兰娜，你要好好把握住，将来说不定也能将他拉到我们这边来。"

我垂下了眼眸，轻叹了一口气，无奈道："易卜拉欣大人，说真的我现在都变这个样子了，难不成你对我还抱有希望吗？"

"最近宫里发生的这些事，我可是一清二楚。"他的目光微微闪动，"即使没有了美貌，你不是也成功引起陛下和太后的注意了吗？要知道在宫里美貌的女人很多，但能引起陛下注意的却没几个。"

我抬头看了他一眼，讪讪道："这也只是巧合而已。"

"那么再多来几次巧合，陛下或许就会对你越来越上心了。对了，我还要告诉你一个好消息，能够解你毒的药草已经快配好了。"他伸手轻轻掠过我的双眼，唇边漾起一丝笑意，"相信要不了多久，这双水晶般的紫色眼睛就能再次绽放光彩了。"

我心里不禁有些诧异，原来真的就像贝希尔所说，易卜拉欣竟然一直都没放弃过我这颗棋子。到底是什么原因能让他这样相信自己的眼光呢？

"大人，我看这解毒的药草也不着急。"我冲他笑了笑，"即使恢复了这双投陛下所好的紫色眼睛，或许能吸引他一时，但未必能吸引他太长时间。与其这样，倒不如用我现在对任何人都造不成威胁的模样，在其他方面更多地引起陛下的注意。相较于容貌，陛下似乎也同样注重内心的契合。到时机成熟时再恢复原有的容貌，岂不是锦上添花？"

他用某种意味不明的眼神瞧着我，仿佛想要透过我的眼睛看到更深远的地方，唇边笑容宛如埃及白莲缓缓绽放，"罗莎兰娜，你果然变得成熟了。看来这次的中毒事件对你来说也未尝不是一件坏事。"

我轻轻咬了咬唇，心里涌起了一种说不出的怅然，"我只是想要在这里生存下去而已。易卜拉欣大人，你会继续帮助我的吧？"

"当然。"他不假思索地点了点头，"我说过，将来有一天，或许我也会需要你的帮助。"他顿了顿，又问道，"对了，这次的讲故事比赛你选好故事了吗？"

我摇摇头，将自己的顾虑告诉他。

"你说得也不是没道理。千篇一律的爱情故事确实难以脱颖而出，但这又是人们眼中的主流。如果既保留爱情故事，又增加一些其他的元素，比如灵异，神话之类的，或许就会显得特别一点吧。"易卜拉欣很快给出了建议，"而且这次评定的人除了陛下，还有太后。我倒是听说太后还是比较能接受新元素的，你可以试试看。"

易卜拉欣给出的建议果然有用，听他这么一说，我的脑海里一下子跳出来一部小说的名字，就这么电光石火的一瞬间，我几乎是不假思索地定了下来，这次要讲的故事就是它了！

"我也不能在这里久待，是时候该出宫了。"他望向我，"罗莎兰娜，我是不会看错人的。你会慢慢证明这一点的吧。"他的语气似乎很随意，但又像是要得到我的承诺。

我并没有正面回答他，只是弯了弯唇，说道："易卜拉欣大人，原来人的口味真得会改变，我好像越来越习惯加乌埃的味道了。"

他顿时会心地笑了起来，点了点头，缓步离开了这里。

我的唇边还留着一抹未及时收敛的笑容，不知是讥笑自己的妥协还是嘲笑这匪夷所思的人生。

既然已经不可避免地被卷入这里，那么我就把这本不属于自己的生活看做是一场通关游戏好了。所有的游戏都有自己的规则，我会好好遵守，也会告诉自己不能太过投入。

因为太过投入的游戏，那就已经不是游戏。

Chapter㉓ 宫里的讲故事比赛

　　讲故事比赛的日子终于到来了。这一天，平日里略显冷清的宫里显得格外热闹。庭院里有百年树龄的无花果树枝叶密密交错，微风拂过，叶子轻晃，牵动着一院的点点金色阳光。庭院中央早已搭起了一个高高的台子，以彩色丝锦和鲜花装饰，看起来相当华丽。这就是女奴们展示才能的地方，也是有可能改变她们命运的重要人生舞台。宫里的女人们，无论是参加比赛的，还是不参加比赛的，今天都穿上了自认为最美丽的裙裳，期盼得到君王的一点留意，哪怕仅仅是一个眼神也好。金色泉水般的阳光穿过苍绿色的树枝，在那些后宫女子们轻曼柔丽的衣衫上慢慢流淌着，更显出了这靡靡之地的奢迷浮华。

　　当苏莱曼和太后以及一众妃子到来时，立即引起了女奴们的一阵骚动。虽然相距甚远，我还是一眼就看到了这位年轻的君王。这并不是因为我的眼力好，而是在人群中的他太过显眼，就像是阳光之于黑夜璀璨生辉，又怎能不引人注目呢？

　　在例行的各项礼仪之后，讲故事比赛就正式开始了。贝希尔帮我探听到的消息果然没错，大家选择的基本都是些古代的爱情故事，有波斯的，奥斯曼本土的，希腊的……其中虽不乏精彩之作，但相似的题材听多了好像没什么新意，到后来我自己都听得有些昏昏欲睡了。

不远处，皇太后已然面露疲色，玫瑰夫人正殷勤地给苏莱曼递着新鲜葡萄，达玛拉则坐在苏莱曼身侧含笑聆听，米娜只管紧抱着自己的儿子，仿佛眼前的一切都与她无关。其余几位妃子显然根本没将注意力放在听故事上，而是时不时地偷看着那位君王，浑身散发着想要讨好陛下却又无从下手的郁闷和怨气。尤其是那位赫妮伊巴克尔，那双瞪着玫瑰夫人的眼中似是要喷出火来。

小小的后宫一角，倒能看到世间人生百态的缩影。

我正觉得有趣，忽然听见瓦西喊到了自己的名字，当下心里一紧，急忙站起身来，朝着那个或许也会改变命运的舞台走去。高高搭起的舞台视野很好，也更能看清楚围观者们形形色色的神情。我往太后的那个方向迅速扫了一眼，正巧看到达玛拉给了我一个鼓励的笑容，让我的心里顿时安定了不少。

"罗莎兰娜，你可以开始了。"瓦西用命令的口吻吩咐道。贝希尔就站在他的身边，这也让我感到没那么紧张了。

我顺从地点点头，先向那些宫里的贵人们行了礼，然后才声音清亮地开口道："我今天要讲的这个故事是发生在某个古老的东方国家，也就是那个出产青花瓷器的国家。相信各位对这个国家一定不陌生。"

我的话音刚落，太后似乎就表现出了些许兴趣，随口问道："你是说Kathay？这个国家的瓷器非常精美，关于她的故事嘛，我倒还是从未听过。"

Kathay？我一时也有点莫名，原来奥斯曼帝国当时是这样称呼中国的吗？看来自己以前所学的历史知识还是太少了。

"回太后，正是这个国家。那么我就开始讲了。"我恭恭敬敬地先回太后，又接着说道，"很久很久以前，在一个风高月黑伸手不见五指的夜晚，在Kathay的某个小镇有位叫做宁采臣的年轻男子出外访友却因事耽搁，不得不到附近的一座寺庙去借宿。这座寺庙位处郊区，冷冷清清，看着就透着一股很特别的诡异。但宁采臣胆子也大，当晚还是睡在了这里，不想夜深人静时却发生了匪夷所思的事情……"我留意在讲述的过程中适度地卖关子，控制着故事的高潮起伏，尽量调动起大家的兴趣。

"……在庙里，他结识了一位唤作小倩的美貌少女，可万万没料到这位少女并不是人类，而是一个女鬼……"没错，我这次挑选的故事就是《聊斋志异》里的"倩女幽魂"。这个人、鬼之间的爱情故事，既有大家喜欢的爱情元素，又因为加进了灵异的元素，比起一般爱情故事还更多了几分凄美玄幻，或许会令大家感到耳目一新，从而收到意想不到的效果。为了让这个中国古代故事更加通俗易懂，我还在某些细节处做了一些小改动，并且借助于电影的改编，更加着重于两人之间感人的爱情故事。最后，为了增加故事的煽情程度，我还篡改了结局，让小倩在生完孩子后不得不再次与心上人分离，从此人鬼永殊途。

借着说故事的机会，我小心翼翼地用眼角的余光打量着众人的反应。太后算是听得最为认真，还不时随着情节的高潮迭变转换不同的神色。达玛拉和其他妃子似乎也听得有些入神，就连原本很是不屑的玫瑰夫人也在凝神倾听，甚至有时还忍不住面露感慨之色——看来人鬼情在这个时代还是挺有卖点的。蒲松龄先生的这系列故事能成为经典那可不是乱盖的，就算在不同时代的异国也同样有人气。文学艺术的魅力，不论年代，不论国家，在全世界都是共通的。

当然，这也要多谢易卜拉欣的提点，能投皇太后所好才是最为重要的。看得出来，太后的确很喜欢这一类的故事。

当我讲完最后的结局时，周围却是一片沉寂的安静。我有些不安地抬起头，却恰好撞入了苏莱曼那双琥珀色的眼眸之中。澄静美妙的色泽，就像是种深不可测的诱惑，散发着某种神秘而低调的特殊魅力。

我心里有些慌乱，忙避开了他的目光，低下头去。这时，只听太后温雅的声音轻轻响起，"看来这次的比赛谁能夺得头名，应该已经很清楚了吧？"

"太后，罗莎兰娜的这个故事新颖又感人，真是好一段令人感叹的人鬼情，夺得头名那应该是当之无愧。"善于捕捉风向的赫妮伊巴克尔应答得最为及时，而其他几位妃子也立即纷纷附和。达玛拉和米娜自然也是站在我这一边，表示赞成太后的看法。

"太后，我可不这么认为。"玫瑰夫人轻抚着微隆的腹部嫣然一笑，公开和太后唱起了对台戏，"这个故事我觉得也没什么特别的，只是多了些灵异而已。而且到最后还是个悲剧，我最讨厌的就是悲剧了。故事勉强算得上有新意，但论感人程度还是差了点，夺得头名我看还是不够资格吧。而且罗莎兰娜的声音也不够动听，依我看，倒还是刚才埃丽的故事更加实至名归。"

玫瑰夫人毕竟是苏莱曼最宠爱的妃子，她这么一反对，现场气氛似乎变得微妙起来。埃丽的故事我刚才也听了，确实是说得不错，而且她的声音在所有说故事的人中算是最动听的了。玫瑰夫人找的这个借口也不能说是无理取闹。

太后倒也不恼，只是微微笑了笑，"那就由陛下来定夺吧。"

从故事比赛开始到现在，苏莱曼一直都保持着沉默。直到太后说了那些话，他才缓缓开了口，"罗莎兰娜的这个故事，惊险浪漫又不乏柔情，还带有相当特别的异国风情，比起那些纯粹的爱情故事确实是更胜一筹……"

"啊——"玫瑰夫人的一声低吟忽然打断了苏莱曼的话，只见她捂住自己的肚子娇声呻吟道："陛下，不知怎么回事，我的肚子好像有点不舒服……"她现在可是宫里最娇贵的人儿，一点差池都是耽误不得的。

苏莱曼立刻让人请来了御医总管，总管诊断了几遍却看不出个所以然来，只能讪讪回道："回陛下和太后，玫瑰夫人看起来并无大碍，不过夫人需要保持良好愉快的心情，这对腹中胎儿也有利。"

玫瑰夫人看似娇弱地依偎在苏莱曼的身边，"没什么事的，陛下。您别太担心了，我只是刚才情绪有些不好而已。"

这下子大家清楚不过了，玫瑰夫人来这么一招，只是想借肚子里的孩子和太后分庭抗礼。而被夹在当中的我，自然是成为了她们暗斗的牺牲品。这次谁得第一并不重要，但第一的背后却是后宫内两股最强大实力的较劲，谁能胜出那才是最重要的。

太后的眸光一暗，随即轻笑起来，"看来这问题还是出在今天的比赛上呢。也罢，若是按我的心意，恐怕玫瑰夫人的肚子就要更加不舒服了。陛下，您就别在意我的看法了，那埃丽的确讲得也不错，不如索性就让她拿了第一，也能让玫瑰夫人宽宽心。"

我心里有些想笑，太后的这招以退为进倒也回击得不错，不过这为难的人就是苏莱曼了。一边是自己的母后，一边是怀了孩子的宠妃，驳了任何一位的面子都不适合。

"陛下，在下有个主意不知该不该说？"开口打破这微妙气氛的人竟然是贝希尔。我颇为诧异地望了他一眼，他想用什么方法引起苏莱曼的注意呢？

看到苏莱曼点了点头，贝希尔才说道："太后和玫瑰夫人的眼光都极好。罗莎兰娜和埃丽的故事也各有千秋不分上下。既然这样的话，陛下为何不将这两人都定为并列第一呢？这样的话岂不是皆大欢喜了？"

这听起来倒是个解决的好办法。

"并列第一？可这在以前是从来没有过的。"有人立即提出了异议。

"这第一就是第一，有两个第一算什么呢？"玫瑰夫人皱着眉又捂住了肚子，显然对这个建议不满。

苏莱曼之前或许也想到过这个办法，看起来对贝希尔的建议也有几分赞成，但玫瑰夫人的反对似乎让他意识到这并不可行。他沉默了几秒，忽然望向了还停留在舞台上的我，"罗莎兰娜，你有什么好主意吗？"

在这样的场合下他忽然出口相问，令我有些措手不及。一瞬间，各种各样的目光顿时扫了过来，我不得不飞快地转动着脑筋，想尽量给出一个得体又不得罪人的答复。这苏莱曼也真是的，为什么偏偏要问我呢？这不是明摆着把我推到风口浪尖上了吗？想到这里，我不禁郁闷地瞥了他一眼，却看到他的眼中飞快掠过一丝古怪的笑意。

我只能硬着头皮答道："陛下，其实这本来就是一个重在参与的娱乐比赛。谁得第一那不是重要的，重要的是让后宫各位体会到由故事本身所带来的快乐。太执著于名次，不是反而体会不到这份乐趣了吗？其实除了名次，我倒是建议可以设置些有趣的奖项，比如最佳故事，最佳表达，最佳声音等等，既突出了各位参赛者的长处，又避免了埋没人才，这样岂不是皆大欢喜吗？"我确实是灵机一动借用了奥斯卡奖项那一套，这怎么也比回答一个不知道要好吧。

"真是个好主意。"达玛拉优雅地拍了拍手，"陛下，太后，这下以后如果你们想听故事，也能按照不同的喜好来选。着重声音的就选最佳声音，爱好故事情节的就选最佳故事，清楚明白，好得很呢。"说着，她又对玫瑰夫人笑道，"夫人，刚才您也说了埃丽的声音最为优美，那么最佳声音她可是当之无愧了。至于罗莎兰娜赢得最佳故事，那想来应该也是没有异议吧。"

玫瑰夫人一时语塞，却又忍不住反驳道："可是这好像不符合规则……"

"千篇一律的规则也该改变了。"苏莱曼不动声色地打断了玫瑰夫人的话，"达玛拉说得很有道理，这次就按照新的规则来办。宫里分管这方面的宦官和女官们到时再去商量一下，将这些新规则修改得更加完善些。"说着，他还不忘征询了一下太后的意见，"母后，您觉得如何？"

太后微笑着答道："这个新规则听起来倒是有趣得很，我也赞成。古尔巴哈，这次你也不会反对了吧？虽然分不出高下，但至少还能各得其所。"太后最后这句话颇有深意，似乎在暗示着什么。

玫瑰夫人原本还打算说些什么，但想了想，还是垂下眼眸应了句，"太后说得是。"

见事情得到妥善解决，我也松了一口气。也不知是不是刚才苏莱曼的点名，我觉得别人看我的目光似乎都有点不一样了。倒不是羡慕忌妒，而是对我这样的半瞎子能得到陛下点名感到不可思议。而妃子们的目光更是不屑，那是因为觉得我这样的容貌在她们眼里根本造不成任何威胁吧。像玫瑰夫人更是连正眼都没扫过我一下，之前为难我那恐怕也只是由于达玛拉和我的关系较好而已。

很好。我对众人这样的反应很满意。现在我的这个模样，就像是给自己安上了一把天然的保护伞。在保护伞的掩护下，我可以做很多想做的事情。不过，还是有一些例外，其中就有来自太后的略带审视的深邃目光。虽然这目光只是一闪而逝，却让我心里涌起一阵莫名的不安。

或许是脑子里想得太多的关系，退下舞台时我一个没留神，脚下踩了个空，整个身子就失去了平衡往下跌去。在围观者的惊呼声中，我居然没有感觉到大理石地面带来的撞击疼痛，而是落入了一个温暖结实的怀抱。

明明知道不可能，但在某一瞬间我的脑海里竟出现了加尼沙的名字。当睁开眼，发现映入眼帘的是那双琥珀色的眼睛时，我顿时怔住了，身体也僵硬地无法做出任何回应。

竟然是苏莱曼本尊救下了我……这好像是比加尼沙出现还要更不可能的场景……

阳光下的风吹起他纯黑的发丝，拂过他完美的面颊，浅金色的余晖洒落在他的眼底，折射出温润罕见的光泽，就像是一个温馨又不真实的幻觉。他身上的每一分气息，干净清爽，却又带着某种坚硬而冷漠的味道，就像是长年累月冷酷的王家生活在他身上所留下的味道，不知不觉一点一滴已渗入了他的骨血之中。

在这片仿佛能将人溶化其中的琥珀色中，除了自己的倒影，似乎什么都看不出来。我却恍然记起了一句圣经里的话："巴比伦啊，我为你设下网罗，你不知不觉被缠住。你被寻着，也被捉住……"

"陛下，您怎么还顾得上这个女奴？若是伤了您怎么办？"玫瑰夫人随即响起的声音让我一下子从恍惚中清醒，我急忙从他的怀里挣扎出来，连声道："多谢陛下搭救，多谢陛下！"

童话故事里的玻璃就像是钻石般晶莹剔透，可它毕竟不是坚固的钻石，只需轻轻一碰，脆弱的玻璃就会摔得粉碎。所以，只有抛弃那些无谓的感情，才能真正坚强。

玫瑰夫人用不悦的眼神瞪了我一眼，而太后倒是微微一笑，当什么都没发生过，饶有兴趣地问道："罗莎兰娜，这样的故事你还有很多吗？"

我很快就抚平了自己萌动的情绪，平静地答道："回太后，这些故事都收集在一个系列里，基本上全是些鬼怪灵异之事，也有不少像刚才那样的爱情灵异故事。"如果太后喜欢，那我肚子里的存货是能足够应付一阵了，什么人鬼恋，人妖恋啊，中国古代传说里多的是这种故事。之前我就在"倩女幽魂"和"白蛇传"之间犹豫了好久。

太后满意地抿了抿嘴角，眼中闪过一丝锐利的笑意，转向米娜道："你的这个小女奴倒是挺合我的心意。这样吧，你就将她暂时借给我一段时间，让她每天好好给我讲些故事，让我也能多点乐趣。"

太后这么一说，米娜哪有不答应的道理，立即就这样将我给"转卖"了。

我自然也要多谢太后的器重，忙表现出了这是我的荣幸的样子。从清洗厕所的下等女奴到太后身边的侍女，不知道这会不会是我在宫里生活的一个重要转变呢？

Chapter 24 皇太后的谋划

第二天一早，我就准时来到了太后的寝宫，开始了新的"就职生活"。太后对《聊斋》里的故事颇有兴趣，我也根据自己的记忆轮番给她讲，差不多是每天一个故事。什么狐妾，辛十四娘，封三娘，鬼妻，云萝公主……这让我觉得自己好像化身为一千零一夜里的山德鲁佐，只是对象变成了太后而不是国王。

在当时的奥斯曼帝国，讲故事这项技能还是相当吃得开的，这也多亏我的故事储存量比其他人可是多了好几百年呢。

我没料到太后的口味也挺重，听到后来，她已经不满足于那些爱情故事，其他鬼怪神灵的恐怖故事也一概照收不误。那一天上午，苏莱曼来探望太后的时候，我正眉飞色舞地讲着《聊斋》里那个叫做《画皮》的经典故事，而且还正好讲到最紧要的关头——

"这王生心里觉得奇怪，就轻手轻脚凑到窗前去偷看，谁知这一看可是将他吓得魂飞魄散。你们猜怎么着？"我顿了顿，卖了个小小关子，见她们听得津津有味便又绘声绘色地说了下去，"原来在灯影下的那人根本就不是什么美貌女子，而是一个青面獠牙长相恐怖的鬼怪！此时他正聚精会神在一张平铺的人皮上描绘着什么，画完之后他将人皮往身上一披，居然立刻就变成了原先的那个美貌女子！"

我的话音刚落，有几个胆小的女奴就吓得失声惊叫起来，拥作一团不敢再听下去。太后的胆子素来不小，听了之后反而拍手称好，还颇有感慨道："原来这鬼怪只是借用了美女的一张皮囊就令王生神魂颠倒，由此可见世间男人都是难以抵制皮相诱惑的。"

"母后，您这是把儿子也算进去了？"苏莱曼已经在不远处站了一会儿，等到我将这高潮部分的情节说完才开了口。

太后闻声，顿时笑靥如花，"陛下，你来了怎么也不打个招呼？"

"我瞧你们都听得入神，索性就等了一会儿。"说着，他看了看我，脸上也瞧不出是什么表情，"罗莎兰娜，说这样的故事也不怕吓着我母后吗？"

我不知他是真责怪还是随口一说，正不知怎么回答时，太后已经及时为我解了围，"陛下你就别怪她了，我倒是觉得这样的故事比那些爱情故事更加有趣刺激呢。"

"陛下，我下次会注意的。"我只好恭恭敬敬地回了一句，识趣地退到了一旁。

他也就没再多说什么，径直走到太后的对面盘腿坐在了榻上，和太后随意闲聊了几句家常，问道："母后，过些日子我打算在宫里举办个盛大的宴会，邀请各国使节前来晋见赴宴，您觉得怎么样？"

太后沉吟了几秒，点了点头，"过去每年只要你人在伊斯坦布尔，通常也会举办这样的宴会。今年该办的还是要办，毕竟这也是展示我们盛大国力的一个重要舞台。"

苏莱曼笑了笑，"这次除了那些欧洲国家派驻在伊斯坦布尔的使臣，我也想邀请几个偏远地区的，比如波斯王国的使节。"

太后似乎有些惊讶，"波斯王国和我们奥斯曼的关系一直都不怎么样，听说他们的那位皇帝达赫马斯普一世和你年纪相仿，充满野心，也并非泛泛之辈，你真打算请他们的使节来，就不怕惹出什么乱子？"

"正因为我们两国之间的关系不怎么样，我才更想看清楚他们的态度。"

苏莱曼垂下了眼眸，"母后，我有种预感，波斯王国在未来或许会成为我们最难缠的敌人。"

"那就按照你的意思去办吧。"太后赞许地看着自己的儿子，"在你之前的九位苏丹，从第一世到你的父王，每一位都称得上是明君，所以才能将我们奥斯曼帝国发展得如此强大。我也有种预感，在将来你的成就必定能够超越你的祖先。"

"母后……"苏莱曼似是有些感动，像是在承诺着什么，"我定然不会让您失望的。"

母子两人接着又聊了别的事情之后，苏莱曼也准备起身告辞了。在临走之前，苏莱曼又像是想到了什么，说道："母后，上次比赛的那件事，古尔巴哈确实不懂事。她的性子是娇惯任性了些，如今有了身孕就更是变本加厉，您别和她一般计较。"

听了这话，我心里暗暗思量，看来玫瑰夫人在苏莱曼心里的地位确实是不一般呢。这么想着，心底竟然泛起一阵说不清的细微惆怅。

太后温柔地笑了笑，"傻孩子，我怎么会和你最喜欢的女人计较呢。看得出来，她相当的在乎你。若是到其他妃子那里留宿，你也要注意好好安抚她的情绪。"

苏莱曼皱了皱眉，"我虽然宠爱她，但她也要认清楚自己的身份。"

"希望如此了。"太后弯了弯唇，似是漫不经心道，"罗莎兰娜，你送陛下出去。"苏莱曼看了看我，倒也没拒绝，转身就朝着寝宫外走去。

我应了一声，加快脚步赶紧跟了过去。刚走出寝宫没多远，苏莱曼就在一棵无花果树前停了下来，有些突兀地开口问道："罗莎兰娜，你是不是也觉得世间所有的男子都容易被皮相所吸引呢？"

"陛下，您这是在征询我的看法吗？"我一脸诧异地抬起了头。在这个时代里，他是高高在上的帝王，我只是地位卑微的女奴。身为现代人的我当然是不在意这样对等的交流，但是对接受男权思想成长的他来说未免就太奇怪了点吧，而且这好像已经不是第一次了。在他们眼里，女性无非只是供男子享乐的玩偶，这不是古代统治者尤其是当时奥斯曼人对待女性的一贯看法吗？或许精通艺术和诗歌的苏莱曼陛下心思更为细腻，所以才不同于以往的统治者！

他坦然地点点头，"是，我想知道你的看法。"

我犹豫了一下，还是说出了自己心里的看法，"我觉得一开始被皮相吸引也是无可厚非，毕竟爱美之心人皆有之，男女都一样。可是有句话叫做情人眼中出美人。也就是说，如果真的喜欢了，即使对方没有拥有美丽的皮相，却依然觉得她是世界上最美丽的人。很多时候喜欢就是喜欢了，当真正被一个人的内在所吸引时，那些美人的标准或许就不存在了。因为是她，所以喜欢她。"我顿了顿，"所以啊，虽然很多人一开始会被皮相所吸引，但不是所有的人都会为了皮相留下来。到了最后，真正能维系彼此的还是内在的沟通和了解吧。"为了那句谚语更通俗易懂，我就把"西施"换成了"美人"。

说完这些话后，我又觉得有点不妥。对方毕竟是个几百年前的古代人，思想上和我必然有代沟，若是他不能完全理解我的意思，那岂不是很不妙？

"陛下，我也只是随口胡说而已，要是有什么不对的地方，请……"

"情人眼里出美人。"他打断了我的话，唇角微扬，"其实我们奥斯曼土耳其也有句谚语——心里喜欢谁的话，美人就是她。"

原来土耳其也有这样的谚语啊！我不禁笑了起来，"真有意思，看来这句话倒是全世界共通的呢。"

他并没有就这个话题继续说下去，而是用某种意味不明的目光注视着我，一双瞳人仿佛染上了晨曦的暖色，似是探询似是好奇，"罗莎兰娜，你怎么总有那么多和其他女子完全不同的想法呢？"

"这些……都是我胡思乱想而已。请陛下恕罪……"我一时难以分辨他究竟是褒还是贬，只能赶紧敛了笑容，模棱两可地回了一句。

"恕罪？"他低下头笑了笑，忽然伸手捏住了我的下巴，往上轻轻一抬，让彼此之间的距离亲近得近乎暧昧，言语中更是带了几分促狭的口吻，"难不成你还以为我要惩罚你？说实话，这宫里的女子们都差不多，就像是比赛中那些千篇一律的爱情故事，偶尔出现个像你这样的恐怖灵异故事，不是也挺有意思吗?"

我瞪大了眼睛盯着他,一时也忘记了彼此暧昧的距离。原来总是以肃然威严示人的苏莱曼竟然也有这样的一面……直到感觉他炽热的呼吸落在自己脸颊上,我才脸上一热,尴尬地垂下眼眸避过了他的目光,故作郁闷地叹了口气,"陛下,您这是拐着弯在取笑我吗?"

他笑得更是愉快,慢慢松开了我的下巴,指尖有意无意地拂过了我的面颊,"行了,先退下吧。太后还在寝宫里等着你把故事讲完呢。"

望着他远去的身影,我揉了揉自己的下巴,脸上更觉烫得厉害。当下也不敢多想,匆匆赶回了太后的寝宫。

还未踏进房间,我就听见太后的贴身侍女布蕾说道:"太后,这古尔巴哈最近是越来越嚣张了,她根本就分不清谁才是这后宫的主人。可偏偏陛下还那么宠着她……"

太后的声音还是平静依旧,淡淡道:"她所倚仗的也只有陛下的宠爱而已。这些傻女人总是分不清宠爱和爱的区别。男人所谓的宠爱,来得快,去得更快。你说,若是陛下渐渐开始对她反感了呢?"

"太后,难道您已经有什么好办法对付她了?"

"今晚你让达玛拉来见我,我有件事要和她商量一下。"太后顿了顿,"要不是那个女人越来越出格,又这么快怀了第二胎,我也不会出此下下之策。"

"这些傻女人总是分不清宠爱和爱的区别",这句话在我脑海里回响了很久。到底是经历了那么多的太后,才能说出这样一针见血的经典话语。只不过细细体会起来,却又能感觉到一丝伤感和无奈。无论是哪个国家那个朝代,君王或许可以宠爱很多妃子,可历史上真正付出爱的掌权者又有几人?

是夜,达玛拉果然奉命来到了太后的寝宫。我自然不知道她们之间说了什么,只留意到达玛拉离开时脸上似乎带了一抹极其微妙的神色。

她们今晚的谈话,多半是和对付玫瑰夫人有关的吧。只是达玛拉,在皇太后的这场计谋中又扮演了怎样的角色呢?

过了几天，我再次见到贝希尔时，将这些日子的情况都和他交流了一下，自然也包括了太后这里所发生的一切。当贝希尔听到苏莱曼和我的那段对话时，不禁喜上眉梢，"罗莎兰娜，陛下果然对你是越来越在意了。其实自从上次他在比赛中救下你后，我就觉得他对你的态度有些不同了。若是寻常的女奴面临你那样的情况，甚至是他的妃子，陛下都不会出手相救，可偏偏对你却……"他想了想，又道，"对了，还有个好消息要告诉你。那些解毒的药已经基本配好，或许是该用这些解药恢复你本来容貌的时候了。"

听到他最后那句话，我微微眯起了眼，望着闪烁的烛光映照在波斯地毯的华美花纹上，只见点点光斑向外延伸摇晃，近处的色彩绚丽，远处的却渐渐模糊。

"现在我还不想操之过急，一切还是循序渐进的比较妥当。"我摇了摇头，拒绝了他的提议。目前事情的进展比我想象的要更好。苏莱曼和后宫里的这些女人，本来只是男人与女人之间征服和被征服的简单关系。可是他现在居然有了想要了解我想法的念头，甚至是思想上的平等交流和彼此沟通的愿望……这实在是太难得了，如果我现在恢复了容貌，反而会转移他的注意力。

贝希尔似乎有些不解，但还是赞成地点了点头，"罗莎兰娜，易卜拉欣大人说得没错，你总有一些和别人不同的想法。或许也因为是这样，比起目前已得宠的达玛拉，大人倒反而更加看重你呢。"

"这是易卜拉欣大人高看我了。"我沉吟了一下，又说道，"对了，太后召达玛拉见面，多半应该是为了对付玫瑰夫人。不过听起来也可能会和陛下有关。你要是方便的话，也帮忙去打探一下吧。我总觉得没那么简单。"

"放心吧，罗莎兰娜。打探消息这种事就包在我身上好了。"贝希尔眨了眨眼，"接下来宫里要有得忙了，以后有什么事的话你也可以让萨拉师傅直接传话给我。我会尽量在第一时间出现在你的面前。"

萨拉师傅吗？虽然她是易卜拉欣的人，但她的变脸也同样让我记忆犹新。我并没有应他的话，目光转动时正好落在了的肩胛上，只见衣领那里若隐若现地露出了一点红肿的伤痕，旁边还有几个小水泡，看起来情况并不太好。

"贝希尔，那个浑蛋又伤害你了？"我只觉一股热血直冲头顶，心里涌起些许恼怒和心痛。

他脸色微变，赶紧拉了拉衣服，不以为然道："没关系没关系，我都已经习惯了。擦点药就没事的，你别太担心了。"

"若是有一天我得到保护自己和他人的权力，我一定不会放过这个浑蛋。"我咬了咬嘴唇，道，"到时也让他尝尝这种滋味。"

"罗莎兰娜……"他的眼中泛起一层柔光，安慰般地抚平了我被吹乱的头发，"目前这个浑蛋已经将宫里不少事务交给了我，相信抓住他把柄的日子应该不会太遥远。现在我所要做的，就是继续忍耐。而你所要做的，就是让陛下发现你更多与众不同的地方。"

我抬起头望向了窗外，一字一句道："我想保护自己，也想保护自己在意的人。"我更想知道最终的答案，为什么我会来到这个时代？

夜晚的宫廷安静而空旷，窗外吹起了一阵凉飕飕的冷风，再次吹乱了我额前的发丝，让我感觉到了一丝沁入心扉的寒意。

Chapter 25 帝国晚宴

　　奥斯曼帝国招待各国使节的盛大晚宴举办在即，提前的准备工作自然也是庞大的，其中最忙碌的当属准备膳食的宫廷御膳房。总管大人和御膳房众人光是准备食材就花费了好些时日，据说晚宴当天要用到两千只鸭，四千只母鸡，一千只鸽子，光是供夜间照明所用的油罐就有上万只之多。宴会上所使用的餐具更是极尽奢侈，不但有昂贵的金银器皿，欧洲瓷器和中国青花瓷，每个桌子上还有配套的香炉，玫瑰水瓶，水注，银盆，银柄壶和各式杯子。这些餐具都被放置于精心打造的托子上，托子多以纯黄金片打磨而成，有郁金香形，玫瑰形，石榴花形等各种花形，再以各色宝石镶嵌其中，最常见的就是红绿宝石，水晶，玛瑙，珍珠和珊瑚。

　　在如此华丽的托子衬托下，本来就价格不菲的餐具更是显得身价百倍。就算不上那些食物，光是这些餐具就已经令人咋舌惊叹了。

　　当晚到来的宾客相当之多，除了苏莱曼的一干臣子之外，更有来自切尔卡西亚、法兰克、威尼斯、热那亚、拉古萨、英国、西班牙等各个国家和地区的使节们。他们先在金碧辉煌的觐见大殿见过苏莱曼，呈上各自的礼物后陆续来到宴会的场所。今天举办晚宴的场所安排在了第四庭院，正好面临着博斯普鲁斯海峡，风景迷人。玫瑰色的晚霞如鲜花盛开般弥漫在蔚蓝的海平面上，仿佛交织成了美不胜收的细密画。

庭院里已挂起了上万只油罐照明，再加上无数的蜡烛，一时将这里映照得恍若白昼。而最为引人注目的是主桌旁两盏大型的黄金烛台，听宫里人说，这两个纯金烛台共有两百来斤重，每一盏上都镶有六千六百六十六颗钻石，璀璨耀眼，流光溢彩。

由于皇太后也出席了这次宴会，所以作为随侍女奴的我也有机会亲身体验什么才是真正的奢华晚宴。除了太后以外，后宫里的其他妃子们，包括最受宠的玫瑰夫人也不允许出席宴会见客。

在这样隆重的场合，苏莱曼穿上了奥斯曼帝国苏丹的龙袍Caftan，紫底金花的袍子上镶嵌了许多珍贵的宝石，更显出了他高高在上的王者气度。神像是将所有的宠爱都给予了这位年轻的君王，王座上的他周身仿佛闪耀着太阳的光芒，与生俱来的威严令在场的人都不敢抬头直视，好像一不小心抬头就会被这光芒灼伤眼睛。想到之前和他单独相处时的场景，我居然有种极其不真实的虚幻感了。

按捺下心头无端的怅然，我将头转到了另一个方向。在稍靠前的某一桌旁，我忽然看到了两个相当熟悉的身影：首相易卜拉欣和加尼沙副官。不知为何他们两人坐在同一桌，而且还是相邻的位置，可能因为同是臣子的关系吧。看得出易卜拉欣在宫里是混得风生水起，不停有人向这位苏丹面前的红人大献殷勤。而加尼沙则好像和这些人这个地方完全格格不入，静静地坐在那里就像是一尊大理石雕像。就算有人尝试着想和他搭讪，也被他周身散发出来的那种生人勿近的寒气挡得远远的。

或许是感觉到了我的目光，加尼沙忽然抬头朝这个方向望了一眼，正好对上了我的视线。我立即对他露出了一个无比友好的笑容。他似乎微微一愣，又面无表情地侧过头去，脸上的冷酷之色倒像是褪去了几分。虽然他多半是以那副冷冷的样子出现，可不知为什么，每次见到他却让我觉得挺安心的。

奥斯曼宫廷晚宴上进餐的礼仪极为讲究。用餐前先由仆从送上精致的擦手巾，奉上金水盆让宾客们洗手，再送上一杯热气腾腾的加乌埃饮料，趁着客人喝完加乌埃后要及时送上用青花瓷盛放的冷杂饮和玫瑰水。正式用餐前上齐这三样东西，在土耳其人看来就是待客的最高礼遇。

紧接着，各色美食接踵而至，为宾客助兴的节目自然也是不少。来自亚美尼亚的艺人们所表演的皮影戏令众人眼前一亮，更有乐人在一旁伴奏，将这里的气氛渲染得愈发热烈。而之后上演的肚皮舞更是将整个晚宴推向了高潮。和现代不同，在奥斯曼帝国，表演肚皮舞的基本上都是些青涩美貌的少年。团主们首先在奴隶市场挑选购买长相漂亮的小男孩，将他们残忍阉割后，逼迫他们练习舞艺，从而到不同的达官贵人处去表演赚钱。能进入宫廷的肚皮舞者已算是幸运，若是那些在民间表演的舞者，多半也会沦落为有钱人的玩物。当初贝希尔为了让我不要过于自责，也总以这些男孩子的残酷命运作为反例。

齐特琴演奏出古典动人的阿拉伯传统音乐，几位姿容无可挑剔的美少年旋转扭动着自己的腰肢，舞姿轻盈如星辰摇转，尤其是最中间的那个少年，肤色细白如玉，面容秀美如蔷薇，再加上他的舞艺最为精湛，自然是吸引了大多数人的眼球，就连我自己也看得目不转睛。

就在舞乐稍停的空隙，不远处的一桌里忽然有个体态肥胖的男人摇摇晃晃站了起来，笑着大声道："早就听说奥斯曼苏丹陛下的后宫里美女如云，什么国家什么肤色的都有，真是让我们羡慕啊！今天趁这么好的机会，不如也让我们这些远道而来的人见识见识吧……"这满嘴胡言乱语的使节面色绯红，一手拿着酒杯，一手还拿着糕点在咬，看样子好像是醉得不轻。

苏莱曼自然是听到了他说的胡话，面色微微一沉，但碍于这么多外国使节在场，并没有表露出更多的情绪。

"这不是西班牙公国的使节费德烈伯爵吗？听说他是西班牙国王的内弟。奇怪，他这人虽然贪吃又好色，总是被大家引为笑谈，可也不是这么不知轻重不分场合的人。今天这是怎么了？"贝希尔在我身边颇为疑惑地说道。这场晚宴的筹备工作有不少是由他负责的，在宫里这也算得上是个美差。由于花费数额巨大，以前也不是没有人趁机中饱私囊。不用说，这自然也是瓦西给予他的所谓好处。

身为宫廷宦官总管，瓦西的反应也是极快，他见情形不对，立即笑眯眯地走了过去，"费德烈伯爵，您是不是喝多了？不如我让人扶您……"

"费德烈伯爵，您喝醉了，请别再胡说了。虽说苏丹陛下素来对各国使节都以礼相待，但如果真惹怒了他，那后果也是不堪设想的。"坐在费德烈伯爵一桌的某位年轻男子幽幽开口打断了瓦西的话。他的声音低沉而富有质感，仿佛一缕缭绕在暗夜里的冷雾。

这个人说话有点意思。从字面上看，他是在好心劝说，但仔细琢磨一下他的话，就会觉得另有深意。先是给苏莱曼扣了顶以礼相待的大帽子，又点明了这位使节只是喝醉了，那么在这样的场合下，苏莱曼自然也不便和个喝醉酒的使节一般见识了。

我有些好奇地抬起头，只见这开口说话的男子穿着剪裁合体的深黑色长袍，同色的缠头巾下半掩着一双烟灰色的眼睛。那种罕见的灰色就像是隆冬季节布满乌云的阴沉天空，而从他眼底闪过的光芒仿佛一道刺破云层的闪电，锐利又冷酷入骨。

我的心里顿时咯噔一下，这双充满危险的眼睛——好像在哪里曾经见过？

"这人好像是来自波斯的使节……波斯王国和我们奥斯曼的关系向来不怎么样，没想到这次还真接受陛下的邀请派了使节前来。我看这事情没这么简单，费德烈伯爵忽然变得这么奇怪说不定和这人也有关系。"贝希尔在一旁用怀疑的口吻低声说道。

"既然是喝醉了，那么就请人扶费德烈伯爵先下去休息吧。"一直默不作声的太后微笑着开口打了个圆场。

可这位费德烈伯爵却将头摇得像个拨浪鼓，脸上还露出了色迷迷的表情，"尊敬的太后，您可别用这个借口撵我下去。我也不过只是好奇而已，如果陛下不愿意让我们见识那就算啦。"说话间，他又吞下了好几块糕点，轻佻地指了指那个最漂亮的舞者，说道，"我听说陛下最为宠爱的玫瑰夫人美丽非凡，艳冠后宫，不知是不是比这跳肚皮舞的还要漂亮百倍呢？"

他的话音刚落，参加宴会的宾客们无不倒吸了口冷气。这位西班牙使节多半是疯了吧，居然将苏莱曼的宠妃和一个卑贱的肚皮舞者相提并论，这无疑是有损奥斯曼苏丹的颜面，而且还是在这种众多使节参加的场合下。如果是普通人倒也罢了，偏偏这人是西班牙国王的内弟。此刻若苏莱曼被激怒而治他的罪，必然会引起西班牙和奥斯曼两国之间的不和，更何况他只是"醉酒"而已，并不是有意为之。但如果任由他继续胡言乱语，更是令苏莱曼的面子挂不住。客气地请他离开他偏赖着不走，可也不能使用强硬手段赶他走，看来要在短短时间内想出个解决问题的两全之策，也不是那么容易的。

可不知为何，刚才还沉了脸的苏莱曼却已神色如常，那双琥珀色的眼眸里似有几分不易为人察觉的讥笑。

"这样的人还真是麻烦，等一会儿说不定还要说出更过分的话。陛下也不能对他硬来，毕竟他是西班牙的使节，身份又尊贵，一不小心就会被其他心怀叵测的人抓住把柄。"贝希尔顿了顿，轻哼一声道，"真希望能送他一杯下了药的酒水，让他乖乖闭嘴。可当着这么多使节的面又不能做得那么明显。而且，你看那波斯使节也一直护着他呢。"

"让他乖乖闭嘴？我看这倒是个好办法。"我脑中蓦地灵机一动，对他眨了眨眼，"我们就直接送过去，让他开不了口。对了，你手头有让人吃了就昏迷的药吗？"

"当然有啊。罗莎兰娜，难道你有什么好办法？"贝希尔有些担心地看着我，"如果没有绝对把握，我们可不能冒险，要知道当众拆穿的话，你必然是要受责罚的。"

"放心吧，我这个办法一定万无一失。"我笑着在他耳边低低说了几句。贝希尔虽是半信半疑，但最终还是点了点头，"好吧，不管怎么说这是你的主意，我这就按你说的去准备。"

没过多久，贝希尔就派人端上了一盆香气扑鼻的芝麻蜜糖糕。我见费德烈伯爵已坐回了自己的位置，只是嘴上还不依不饶占着便宜，声音不算太刻意但却是足够响亮。周围的各国使节们多半是一副等着看好戏的表情，而那位波斯使节脸上一闪而过的怪异笑意，让我觉得这件事更是蹊跷。

我拿起了盛放蜜糖糕的盘子，只见糕点已经按照等分大小摆放好了，于是吸了口气，大步朝那个桌子走了过去。

"这是最新出炉的芝麻蜜糖糕，请各位大人慢慢享用。"我算好顺序，将芝麻蜜糖糕一一分给了桌前的其他人，最后到了费德烈伯爵和波斯使节这里，正好就剩下了两块糕点。我先递到了费德烈伯爵的面前。他迫不及待地探过头来，看了一眼后几乎是没有犹豫地拿走了里面那块糕点，大口地吞入了肚子。

那波斯使节瞧了我一眼，眸中微微一闪，顺手拿起了剩下的最后一块糕点。

费德烈伯爵吃完了那块糕点后就开始喊头晕，很快就一头栽倒在了桌子前。贝希尔相当配合地带了几位小宦官过来，笑道："看来费德烈伯爵是真是醉得不轻，来人，将伯爵带下去好好休息。"

"等一下。"波斯使节阴沉着脸，将手上刚咬了几口的糕点晃了晃，"刚才伯爵不是还好好的吗？怎么吃了块糕点就晕过去了？难不成那里面被下了药？"说着他目光咄咄地盯着我，声音里带着几分威吓，"你这女奴好大的胆子，还不快说实话！"

他的话音刚落，众位使节们的面色也变得古怪起来。苏莱曼倒还是一脸平静，仿佛置身事外般颇有耐心地等待着事情的后续发展。

若是其他女奴说不定会被他的气势吓一跳，但我可不怕这一套，反而坦然地迎上了他的目光，"这位使节大人，虽然我只是个小小女奴，但也不是随便能被您所冤枉的。您说我下药，那么证据呢？我们奥斯曼人光明磊落，根本就不屑动这种手脚。侮辱我当然没关系，但涉及我们奥斯曼帝国的尊严，就算我的身份卑微，也不得不要和您争上一争。"

他冷哼一声，"好个伶牙俐齿的女奴。我是没有证据，但在场的所有人都看到他吃完这块糕点就倒下去了，难道这只是个巧合吗？"

"您说得没错。这就是一个巧合。"我不慌不忙地说道，"之前费德烈伯爵已经醉得不轻，吃完了糕点后恰好醉倒，这也不是不可能的事。如果真的在这块糕点上下了药，那么大家刚才也都看到了，我端过来后盘中剩下了两块糕点，根本就不知道伯爵会选哪一块。要是伯爵选的不是这块，而是不慎让您吃了，那岂不是大大不妙？如果两块都下了药，那么大人您现在不也该躺倒了吗？"

他皱了皱眉，对我所说的自然是不信，但一时却也好像没想到反驳的话。而同一桌的其他使节们此时倒纷纷开了口。

"我看这小女奴的话有道理。她哪会知道伯爵会挑中哪块糕点？"

"对啊，这两块糕点切得都一般大小，他随手拿哪块都不奇怪。我看就是巧合而已。"

"好了好了，伯爵刚才醉得不轻，倒下了也正常，还是快点扶他下去吧。"

"多谢各位使节大人明察秋毫……"我猛掐了一下自己的腿，眼圈登时就红了，又可怜兮兮地望向那位波斯使节，"大人，您难道还怀疑这其中有问题吗？"

"看来确实是我多虑了。"波斯使节微眯了眯眼睛，竟然伸手来扶我。就在靠近我的一瞬间，他用只有我能听到的声音飞快说道："小女奴诡计还真不少。我知道，你一定在那块糕点上做了手脚。这次算你运气。"

我的身体微微一震，抬起头看到那双烟灰色的眼眸深处仿佛有什么闪动着，就像是隐藏在海上的暗礁一样，模模糊糊透出几分危险。

这双眼睛……我真的好像在哪里见到过……

他很快又恢复了平常的声音，"我差点冤枉了你，作为补偿，这个就送给你吧。"说着，他摘下了自己佩戴的戒指，放入了我的手中。那枚戒指由黄金打造而成，戒托上镶嵌着一颗硕大的克什米尔星光蓝宝，那无与伦比的颜色比孔雀颈项的羽毛更加美艳。

我像是被毒针蜇了一下收回手，那戒指就叮的一声掉落在了地上。我相信此时自己的脸色一定相当难看，心脏的部位似乎被尖锐的东西戳了一下，隐隐有些疼痛。随之而来的，就是一种无可言状的恐惧和惊骇。

是他！真的是他！怪不得总觉得在哪里见过这人，原来他就是那个曾经在奴隶市场上杀死过我的波斯男人！他怎么会出现在这里，而且还摇身一变成为了波斯的使者？！

他将我的异常反应收入眼底，嘴角露出了一丝古怪的笑容，只说了一句话："果然是你。"

听到这句话，我反倒强迫自己冷静下来。尽管那种由死亡带来的阴影和恐惧一时难以消除，但经历了那么多的我也不是初来乍到的小女孩。就算他认出了我又能怎么样？这里是奥斯曼的王宫，晚宴过后他就永远不会在这里出现。

"你们还愣着做什么？还不快扶伯爵大人下去休息？"贝希尔眼明手快地扶起了费德烈，将一堆烂泥状的伯爵交给了其他几位小宦官，一行人很快就退了下去。

直到此时，苏莱曼才慢悠悠地开了口，"好了，既然已经没什么事了，那么大家就继续欢饮吧。"

众人似乎也没把这当回事，继续谈笑风生观赏肚皮舞，很快就将刚才不和谐的小插曲抛在了脑后。

晚宴结束的时候，夜已经很深了。太后在晚宴进行到一半时就提早离开了，却将我和其他几位侍女留在了这里继续帮忙。这伺候人的活儿可不轻松，整晚下来累得我浑身的骨头都好像是散了架，上下眼皮更是直打架，只想早点回去好好睡上一觉。可就在我准备离开的时候，苏莱曼身边的宦官却喊住了我，说是陛下有些事情要问我。

我一听，就有了几分心理准备，不用说，一定是为了刚才的那件事吧。

当那宦官带我走进偏厅时，只见苏莱曼正取下了缀着蓝宝石的缠头巾。那头乌黑如丝帛的长发慵懒地披散下来，薄雾般的烛光为他的发丝染上了一层美丽的光泽，看起来就像是在月色下缓缓流动的溪流。

"罗莎兰娜，那块糕点确实是下了药的吧？"他问得相当直接。

在他面前，我也无须隐瞒，索性点头承认，"回陛下，确实是下了药。"

"罗莎兰娜，今天你解决了这个麻烦，本来是该好好赏赐你的。但是，"他的话锋一转，"赏赐的同时，责罚也不能免。你的所作所为太过鲁莽，若不是运气好赌赢了，给个使节下药，这传出去实在有损颜面。"

"陛下，赏赐不敢当，但是我可以不接受惩罚吗？"我忍不住为自己辩解道，"这并不是运气好赌赢了，我也没那么大胆子去赌成功率只有一半的事情。之所以这么做，是因为我肯定他一定会拿那块下了药的糕点。"

他放缠头巾的动作微微一顿，"哦？"

"我这么说您可能不明白，不过能否给我一点准备时间，让我用实物来解释清楚呢？"我可不想莫名其妙的被罚，极力要求自证。

他点了点头，"好，如果你只是狡辩的话，我同样也会责罚你。"

不多时，下人按照我的吩咐送上了和刚才一样大小相同的两块糕点。我略略改变了一下它们的位置，端到了苏莱曼面前，"陛下，您看，这两块糕点有什么不同吗？"

苏莱曼淡淡扫了一眼，"明显是里面这块比较大。"

我笑了笑，将两块糕点叠在了一起，居然大小完全相同。苏莱曼似乎有些惊讶，"原来是一样大小吗？但为什么刚才看起来却是里面那块大？"

"陛下，在比较东西大小时，我们总会不自觉地用相邻两边来做比较，将长边和短边做比较。所以我故意让人将糕点切成扇形，外面这一块糕点的短边和里面糕点的长边相邻，就会让费德烈形成一种错觉，里面这块比较大。听说他这人贪吃又好色，那么必然会选块比较大的。所以我才临时想了个这样的法子，如果陛下您非要责罚我，我自然是不敢违抗，但心里实在是不服气的。"

月色融进了房间，映照了一地银光，微凉的夜风吹来，卷动着窗口的埃及棉布帘子轻轻舞动，空气里飘进一阵植物独有的清香，若有若无的气息引发人的无限遐想。

苏莱曼忽然就笑出了声。他一眨不眨地凝视着我的面庞，眼底轻晃的笑意让我感到一阵轻微的晕眩，"有意思。罗莎兰娜，也只有你能想得到这种办法……不知你到底哪里来的这些奇怪想法……"

我抿了抿嘴唇，故意忽略了这个问题。陛下，我会告诉您这是诞生于二十世纪的加斯特罗错觉吗？我更不会告诉您这个知识是我在一个常追的动画片里看到的……

"那么，我该赏赐你些什么才好呢？"那双琥珀色眼眸依然注视着我，模糊又深邃的感觉让我有一瞬间的失神。我忽然想到他之前那副泰然自若的样子，脑中蓦地闪过了一个念头，脱口道："陛下，刚才如果我没有自作主张出手的话，您是不是也早有了解决麻烦的办法？"

他缓缓放下了我的发丝，倒也没否认，"没错。其实你也看出来了，费德烈只是借醉装疯而已。这人不但贪色贪吃，也非常贪财。听说他前不久在伊斯坦布尔偷偷购下了一座豪华住宅，并且在其中搜罗了无数美女。你说如果刚才有人告诉他这座住宅忽然着火了，他在这里还继续待得住吗？"

说这话的时候，他自己也忍不住又笑了起来，脸上竟飞快掠过了一丝孩子般的愉悦。

我一时没有绷住，扑哧一声笑了出来，"真没想到陛下对他的弱点也是了如指掌，还能想出这么一招。只可惜您还没来得及用出这招，倒是我多此一举了。"

"你做得也很好，罗莎兰娜。告诉我，你想要什么赏赐？"他伸出了手，撩起了我面颊边垂落的一缕发丝，用修长的手指缓缓轻绕摩挲着……某种似有似无的暧昧气氛在周围流动着，一时强烈一时幽微，仿佛无处不在。

我的身体因紧张而有些轻微的僵硬，心里却是惶惶不安。不知为何，总觉得冥冥之中有一根奇特的线在将我和他越扯越近，可偏偏却又好像脱离了人为的控制，牵引着我和他朝着另一个未知的方向而去……

Chapter 26 宫廷杀人事件

那天晚上，我什么赏赐都没要就灰溜溜地回来了。我当然不是什么清高的人，只是人家早就有解决的办法了，我还多此一举，再要求赏赐的话似乎脸皮也有点太厚了。对于我拒绝了所有赏赐，苏莱曼似乎有点失望，却也不是太意外。倒是太后得知这件事后，特意又赏了我一些漂亮的衣物和首饰。再次推辞就显得有些矫情，我索性谢过太后，将那些赏赐都收了下来。

盛大的晚宴结束之后，各国使节们也纷纷回了国，我也不曾再见过那位来自波斯的使节，但那个时候他给我带来的那种恐惧感还是挥之不去。毕竟，对于一个曾经"杀死过"自己的人，任谁都不会轻易忘记吧？

这些天以来，苏莱曼前来探望太后的次数似乎越来越多了。每次太后都会让下人准备好热腾腾的加乌埃和糕点，并且让我在一旁伺候。不知是不是我太过敏感，这几回看到苏莱曼时，我总觉得他的脸色似乎比以前差了一些。今天当他像往常那样走进太后寝宫的时候，就连太后也察觉到了他的些许异样。

"陛下，您的脸色看起来好像不大好，是不是哪里不舒服？要不要请御医来看看？"

苏莱曼摇了摇头，"没什么，母后，只是这些天一直睡得不太好罢了。"

太后略有些担忧地看着他，"陛下，你身为一国之君责任重大，可要好好注意休息。对了，听说这阵子你经常待在玫瑰夫人那里，陪伴她的时候也别忽略了其他的妃子们。赫妮和米娜都无法再侍奉你，也是时候再多册封几位新的伊巴克尔了。还有，我看达玛拉也是个不错的孩子，若是她有了身孕的话，陛下有没有考虑将她册封为夫人呢？"

她的话音刚落，苏莱曼突然看了我一眼，说道："母后说得极是，只是这段时间我也忙得很，等过一阵子再说吧。"

太后也有意无意地扫了我一眼，"对了，听说玫瑰夫人调配的玫瑰露很是不错？"

苏莱曼笑道："也不知古尔巴哈从哪里学来的这些手艺，她调配的玫瑰露确实非常不错，我也是每次去都必喝。下次也请母亲试试她的手艺吧。"

"好啊，等下次有机会吧。"太后优雅地笑了笑，接着又和儿子拉起了其他家常。和煦的暖阳下，母子两人喝着加乌埃聊着天，偶尔还发出几声愉快的笑声。在帝王之家，看到这般和谐的画面是很不容易的，由此也可见太后在苏莱曼心中的地位无可动摇。玫瑰夫人想要和太后争夺后宫的权力，恐怕并不是那么容易的。除非，有一天她也成了太后。到那个时候，如今这位太后或许连立足之地也都没有了。

太后会允许这种情况发生吗？我拭目以待。

几天后，当苏莱曼再次来到太后寝宫探望时，太后的脸色就变得不怎么好看了。她一脸铁青地示意苏莱曼坐下，劈头就是一句，"陛下，您是不是有什么事隐瞒着我？"

苏莱曼微微一愣，"母后，我哪里会隐瞒您什么？您是不是误会了？"

太后急促地吸了几口气，似是平复了自己的心情，望着我，吩咐道："罗莎兰娜，你和其他人都先下去，我有些事要问问陛下。"

我应了一声，立刻和其他人退了下去。可因为心里怀着一份好奇，又悄悄折返，想听他们母子究竟说些什么。

"母亲，您这是怎么了？"苏莱曼还是一贯平静的语气。

"这是宦官总管送过来的日常起居记录，这么久以来你一直都没有临幸新人也就罢了，除了玫瑰夫人，就连其他几位妃子那里也只去过两次，而且每次去都不曾过夜。这到底是怎么回事？"太后对自己儿子似乎很少用这种责问的口吻。

"母后，我不是说过了吗？这些天我忙得很，所以也没时间去看她们。"

"陛下，我是你的母亲，就算是难以启齿你也该告诉我。这已经不仅仅是你个人的事情，这关系到我奥斯曼帝国后代的繁衍！"

"母后……"苏莱曼似乎也有些恼了，"您在说什么？这是谁在和你胡言乱语？若是哪个下人这么碎嘴，我必定要好好惩罚他。"

"你别管是谁，"太后似乎是犹豫了一下，但最终还是忍不住问了出来，"陛下，你就老老实实回答我，你现在是不是……是不是出了什么男人方面的问题？"

听到这里，我自然是吃了一惊，脸上腾地一下烧了起来。这样的话题我好像不应该再继续听下去，可好奇心又令我一时迈不开脚步。比起羞涩局促，我更多的是纳闷和不解，堂堂奥斯曼苏丹竟然那方面出问题了……这怎么可能呢？而且太后居然连这种事也一清二楚，这简直太可怕了。

"母后，原来您在怀疑这个？您实在是想得太多了，我说了不过是最近太累而已，您也别太担心了。"苏莱曼的声音听起来有些无奈。

"好，既然没出什么问题，那么就叫御医总管来给你好好诊治一番，看看到底是怎么回事。"

"不必了，母后！"他断然一口拒绝。

"陛下……我们是亲生母子，你有什么事我又怎么会感应不出来。好了，既然你不想多说，我也就此打住。只不过你之前还好好的，怎么偏偏最近就……"太后叹了口气，语气变得严厉起来，"若是有什么人敢在暗地里对你使坏，我是绝对不会轻饶的。"

"母后，这宫里又有什么人敢对我使坏。您就别多虑了。"苏莱曼似乎也察觉到刚才的失态，语气又缓和了几分。

"这后宫里什么事都可能发生。尤其当一个女人对一个男人过于执著的时候，通常会犯下愚蠢的错误。"太后有意无意地摩挲着手中的杯子，"古尔巴哈怀孕也有一阵子了吧，她调配的玫瑰露下次我真该尝一尝。"

我心里更是吃惊，太后这是在暗指可能是玫瑰夫人动的手脚吗？

苏莱曼也听出了弦外之音，沉默了几秒，"古尔巴哈她应该没这么大的胆子。"

太后只是笑了笑，"我只是要提醒陛下，这玫瑰露多喝了也会腻的，以后不如换个口味尝尝。喝来喝去，我始终还是觉得加乌埃最为耐喝。"

"母后，儿臣明白您的意思。其实让自己清静一段日子也不是坏事。儿子我也不是那种每晚都离不开女人的男人。"

苏莱曼离开的时候，我看到他的神色有些疲倦，那不是身体的疲倦，而更像是一种精神上的疲倦。如果这真是他最宠爱的妃子所为，必然也会令他伤神吧。可玫瑰夫人真有那样的胆子吗？

接下来的半个月，伊斯坦布尔一直被绵绵细雨所笼罩。好不容易今天才放了晴，尽管还没有阳光，但能看到微蓝色的天空已经令人心情愉快多了。经过庭院的时候，我惊喜地见到了一个熟悉的少女身影，连忙喊住了她："塔塔？好久不见！"

她见是我，也立刻露出了灿烂的笑容，"好久不见啊，罗莎兰娜！我听说你在太后这里颇为受宠，最近还得到了不少赏赐，都以为你早就把我给忘记了呢。"

"怎么会啊，我们还一起照顾过小王子呢。"我笑着走了过去，想和她聊上几句。这宫里的消息传得可真快，太后给了我赏赐，连塔塔都知道了。

"对了，小王子最近怎么样？还是由你在照顾吗？"想到那模样可爱的小男孩，我的心里也泛起了一丝温柔。

"小王子刚才在这里玩了一会儿球，现在去休息了。可这球后来不知被踢到哪里去了，我正在找这个球呢。"塔塔边说边朝着四周张望。

"反正我也没事，就帮你一起找吧。"我拉起了裙子，往更加纵深的草丛里走了过去。塔塔应了一声，神情欢快地跟了上来。

我仔细地扫视了四周一圈，隐约在不远处的草丛里看到了一团蓝色的东西。因为目前只有左眼有视力，所以一时也辨不清那到底是什么，只好指了指那个方向，问道："塔塔，你看，那是不是你要找的球？"

塔塔朝那个方向一望，立刻就飞快地跑了过去。

"是不是你要找的球啊，塔塔……"我连问了几遍，却没听到任何回音。抬头望过去，只见塔塔仿佛被牢牢定在了那里，唯有双肩在不停颤抖着……虽然是背对着我，可依然能让我感觉到从她身上散发出来的无穷恐惧——就好像是突然见到了什么异常可怕的东西。

"塔塔，你这是怎么了？"我边问边走了过去。当那蓝色的东西映入我的眼帘，我顿时就明白为什么塔塔被吓成那个样子了。尽管我已经提前有了心理准备，但见到那东西时也是双腿一软，心脏险些就停止了跳动。那不是什么东西，而是一具穿着蓝衣的女尸！那明显是宫里女奴的打扮，背部插着一把利刃，刀刃深深没入皮肉，只留出一截染血的刀柄。伤口的血已经干涸，看来是死了一段时间了。

我大着胆子蹲下身子，小心翼翼将那女奴的尸体翻转过来。当我的目光落在那女奴的脸上时，不由得倒抽了一口冷气，再也无法保持冷静，一下子被眼前的情景骇得倒退两步，跌倒在了地上！那女奴的面容一片血肉模糊，竟是整张脸皮已被生生剥去！

"啊！"塔塔这时才发出了一声凄厉的惨叫，面色苍白如死人，身子像是筛子般抖个不停。我虽然自己也是惊惧不已，但还是支撑着起了身，用手捂住她的双眼，颤声道："别看，塔塔，别看！"

这起杀人事件很快就传遍了后宫。尽管那女奴的面容已无法分辨，但之后还是有人认出来她是新进宫不久的一位低等女奴。据说她性子温和，也不曾得罪过任何人，所以不知为何遭了这样的毒手。

宫里死人并不少见，但死得这么惨烈恐怖还是第一次。这凶手杀人之后还要剥去死者的面皮，未免也太狠毒了。而最为可怕的是，这个变态的凶手目前说不定还在王宫之内。一时间，整座后宫里人心惶惶，往日里平静的宫廷似乎被一种异常诡异的气氛所笼罩，女奴们晚上纷纷结伴而行，谁也不敢单独走夜路。苏莱曼对这起杀人事件颇为重视，他特别允许加尼沙带人进入后宫协助调查，务必要尽快找到凶手。

就这样过去了二十多天，第二位受害者倒是一直没有出现。宫中诸人紧绷的神经也渐渐松弛下来，大家纷纷猜想可能那凶手早已逃出宫去了。只是塔塔这次受惊过度，精神方面似乎出了些小小的问题，暂时无法继续照顾小王子的工作了。

贝希尔也相当在意我的安全，再三叮嘱我晚上不要单独行动。从他的口中，我也打听到最近这段时间苏莱曼不曾宠幸过任何人，每晚都是单独在自己的寝宫里度过的。贝希尔对此也有些疑惑，但我并没将上次太后和苏莱曼的对话告诉他。这毕竟关系到苏莱曼的个人隐私，而且还不是什么光彩的隐私。

这一天傍晚时分，苏莱曼像往常那样来探望太后。母子俩聊了一会儿天后，自然是提到了那起杀人事件。

"陛下，你就别太操心了。这凶手说不定已经离宫了。就算还在宫里，有加尼沙在，一定是会捉到那人的。"太后对加尼沙似乎是充满了信心。

"希望如此了。"苏莱曼皱了皱眉，"我就是不明白凶手为何要剥去那女奴的面皮。是怕那女奴被认出来？但是我派人追查过了，这女奴的背景毫无可疑之处，被寻仇的机会也基本是零。本来宫里死人也不是什么大事，但这样的死法弄得宫里人心不稳，这凶手是一定要捉到的。"

"恐怕只有等捉到凶手才知道了。"太后用精致的茶勺轻轻拨弄着杯中的黑色液体，"对了，陛下最近身体怎么样？有没有感觉好一些？玫瑰露还在继续喝吗？"

苏莱曼微微一顿，"儿臣听了母后的话，已经改喝其他饮料了。母后请放心吧。"

太后看了看他的面色，欣慰地点了点头，"看起来气色确实是要好一些了。不过，你眼中有这么多血丝，如果我没猜错，这几天你一定都是通宵在批阅政务吧。"

苏莱曼扬了扬嘴角，"果然什么也瞒不住母后。"

"你这孩子啊，勤于政务是好事，但也要注意劳逸结合。"太后叹了口气，眼中流露出了一丝心疼。

或许是因为连着几晚没睡的关系，苏莱曼的脸上渐渐有了乏意。他起身想告退，却被太后拦了下来，"陛下，我太了解你了，回去你也一定不会休息。今天听母后的话，就先在这里好好睡一觉再走。"

苏莱曼似乎有些愕然，"母后，我……"

"罗莎兰娜，你带陛下去最里面那个房间休息。"太后用不容拒绝的口吻打断了苏莱曼的话，"陛下，你要是不想让母后太操心，这回就听我一次。"

苏莱曼无奈地笑了笑，"既然如此，那么儿臣恭敬不如从命吧。"

太后已经点了名，我当然只能接受这份"美差"，走在前面为苏莱曼引路。

穿过了一条狭长的走廊，就到了最里面的房间。描着金花的绿底木门上镶嵌着来自大马士革的贝母，在烛光下闪烁着千变万化的光芒。推门进去，只见房间里收拾得整洁干净，烛台上的蜡烛欢喜地跳跃着，靠窗的台子上点着熏香，散发出美人般甜美的气息。这香味浓郁却不带丝毫俗气，隐隐还透着几分高贵雅致。这房间无可挑剔，却又透着一种说不出的古怪。

一切就好像早已准备就绪了。

"陛下，您就在这里休息吧。我先出去了，有什么事儿请随时吩咐。"我行了行礼，就打算退了出去。

苏莱曼揉了揉眉，"我现在一时也睡不着。罗莎兰娜，你就先陪我说说话吧。"

他都开口了，我自然是不可能拒绝的，只好在旁边的榻前坐了下来，"不知陛下想说些什么呢？"

"随便什么吧。对了，那女奴尸体是你发现的，当时一定吓坏了吧？"

他用这样说家常的语气和我说话，倒让我有点不大适应。

"一开始确实是吓坏了，不过后来我倒是更担心塔塔，她这次受的惊吓可不小。"我顿了顿，"陛下，您看起来好像有点累，还是听太后的话好好休息一下吧。"

他微微叹了口气，"最近的确是很累，但不仅仅是身体方面的累，而是心累。我甚至觉得待在宫里要远远比在外征战累得多。罗莎兰娜，你能明白这种疲累吗？"他抬起眼睛凝视着我，那俊美的面容在月色下如此迷人，每一丝神色波动都是这么清晰，这么真实，这么接近。

我的心里微微一动，难道苏莱曼已经察觉到了是谁动的手脚吗？贝希尔不是说他最近也很少去玫瑰夫人那里吗？难道太后所猜不假，这件事真和玫瑰夫人有关？

"陛下……身体累了需要吃药休息，同样，心累了也需要时间调养，慢慢复原。因为心比任何东西都重要，您要靠它来辨别最珍贵的东西。正如某本书上所写的，只有用心灵才能看得清事情的本质，真正重要的东西是肉眼无法看见的。所以，现在您就什么也别想，让自己放轻松一些。"我不禁对他产生了一丝同情。别看他是高高在上的帝王，可同样也是寂寞的，权力换来的敬畏反而令他有时看不清眼前的事情。生为君王的他拥有一切，却偏偏无法像普通人那样通过交流情感而沟通。

"是啊，我不能让它继续累下去了。我要靠它辨别最珍贵的东西。"他笑了笑，望向了窗外。此时的年轻君王，像是卸下了一切面具，将自己最为脆弱的一面毫不设防地展示在了我的面前。房间里静默无声，我心里掠过一丝说不清的怅然，犹如柔丝无声坠入黑暗之中，恍然竟有种想要安慰他的冲动念头。但这念头也只是一闪而过，我能做的就是什么也不说，静静地陪着他。

窗外月影晃动，一股比之前更浓郁的香味在空气里渐渐蔓延开来，从毛孔渗入体内各处，所到之处都漾起一片酥软又麻痹的感觉……我只觉得口干舌燥全身发热，头部也是晕晕乎乎的，想要起身去开窗，谁知刚站起来就只觉眼前一阵晕眩……当发现自己以一个很不体面的姿势摔倒在榻上时，我的脸更是滚烫滚烫的，急忙撑起身子起来，却不想又被一股大力按倒在了床上。下一秒，那张俊美的面容倏然出现在我的面前，我刚抬起眼，就撞入了一片令人目眩神迷的琥珀色之中。

"罗莎兰娜，你还好吧？"他伸手拨弄着我凌乱的发丝，眼中流露出罕见的温柔之色。这可能是我第一次和他如此接近，我甚至能感觉到他炙热的呼吸吹在我的脸上。

今天的苏莱曼有些反常——这是我脑中闪过的第一个念头。就算是他平时对我有些留心，也不可能会这么明显地流露出来吧。看他面色微红，呼吸略快，眼中迷蒙，倒像是被什么蛊惑了一般。

我的心念一转，难道是刚才的那股香味？好端端的这里为什么会有这种香味？难道……当我想继续深入思索时，脑袋却越发疼痛起来。看来如今之计，只能尽力想办法先离开这里再说。我正想要推开身边的这个"定时炸弹"，却不防一片柔软的冰凉蓦地碰上了我的嘴唇。

清水般的触感，似远似近，云淡风轻，就像是夏天夜晚吹过的一股凉风，令人顿生舒爽。

我瞠目结舌地看着他，一时竟不知做出任何反应。

随着这片冰凉在唇上辗转，他的眸色也越来越深，那张俊美的脸上飞快闪过了一丝释然和愉悦，突然又放开了我，语调里竟隐隐带着丝惊喜，"罗莎兰娜，原来我……"

就在这个时候，门外突然响起了侍女惊慌的声音，"陛……陛下！太后让我请您立刻过去，第三庭院又发现了两具被剥去面皮的女尸！"

Chapter 27 接下来的受害者

　　受害者又出现了，这其实也在我的意料之中，只是万万没想到这次其中一位受害者却是我认识的人。如果不是有人凭着尸体上的项链认出了她，我几乎已经忘记了这个女孩——曾经和我同住在一个屋檐下的阿拉尔。尽管她后来对我并不友善，甚至还处处为难，但毕竟我们也曾经共同度过了一段不算寂寞的时光。如今见她以这样惨烈的方式死于非命，我的情绪也不免低落了好几天。

　　宫里人刚刚放松些的心又一下子被吊了起来，而且比之前更加惶恐不安。在这样的情绪影响下，宫中自然而然就产生了各种版本的猜测和传说。有人说凶手可能是个憎恨女子的变态宦官，有人说可能是本领高强能随时潜入王宫的冷血杀手，也有人将这归于了鬼怪一说。或许是凶手的杀人手法太过残忍血腥，不同版本的传言传来，最后更倾向于怨灵取命的说法了。

　　我虽然不相信是鬼怪作为，但对隐藏在宫里的这名变态凶手也是心有余悸。究竟为什么凶手非要割去死者的面皮不可呢？如果是隐瞒死者身份扔到海里不是更方便，何必多此一举？这里面到底有什么特别的涵义？

　　王宫内院永远是消息传得最快的地方。除了这件耸人听闻的连环凶杀案以外，宫里私下议论较多的就是玫瑰夫人疑似失宠的八卦。

自从玫瑰夫人怀孕以来，苏莱曼就常常去陪伴她和穆斯塔法亲王，恩宠独冠后宫。可不知从什么时候开始，陛下就开始有意无意地冷落了玫瑰夫人，去探望的次数也逐渐减少。尤其在两具女尸被发现后，陛下更是一次都没有再踏足玫瑰夫人的住处。

玫瑰夫人自然也意识到了这个可怕的变化，多次找借口派人请苏莱曼去看她，但都被苏莱曼以事务繁忙挡了回去。大家对此都表示不解，因为也没见着他特别宠幸其他妃子。不过，我猜那多半是和玫瑰露有关系吧。无论是不是和玫瑰夫人有关，太后的话还是对苏莱曼有了一些影响。

苏莱曼还是像往常那样来探望太后，但我见到他就忍不住想起那晚令人脸红心跳的情形。怎么说那也是我的初吻……居然就这么不明不白地没有了。如果不是杀人事件重现，还真不知道后来会变成什么样子。他见到我时倒还是一如既往的态度，像是什么事也没发生过，只是眼中似乎多了点我看不清的东西。

也是，不过是对一个小女奴做了些暧昧的事情，对一位君王来说又算得了什么呢？

其实，苏莱曼会做出那样的举动，我也觉得相当意外。根据我对他的有限了解，他并不是个性子那么冲动难以自控的人，而且我也没自信到会能有让他失控的魅力。回想起自己当时的感受，他的状态，以及房间里那股浓郁的香味……我只能得出一个最有可能的结论，那就是当时必然有外物的影响。

当我意识到这点后，曾经又偷偷进入那个房间搜索了一番，最后在窗台那里找到了一些残余的蜡烛油，当时那股浓郁的香味应该就是来自这些蜡烛。为了证实自己的猜测，我特地将那些蜡油带给了贝希尔，让他辨别一下里面是不是真被动了手脚。

贝希尔在宫里工作了这么长时间，对于这些已经颇有研究。果然，他只是粗粗一闻就皱起了眉，"罗莎兰娜，你是从哪里弄来了？这里面混了不少依兰和鼠尾草。"

"依兰和鼠尾草？"我对此可是一窍不通。

他看了看我，"依兰是种很稀有的花卉，在古印度通常被用作催情之物，而且催情效果偏重于男性。那鼠尾草的功效也差不多，两者合在一起，催情效果就更好了。"

听到这个答案，我心里暗暗吃惊。如果说这只是个巧合实在让人难以相信。难道真的有人在蜡烛里做了手脚？可是能够在太后眼皮子底下这么做的，似乎也只有太后本人。我的脑中飞快闪过这个念头，又立刻被自己推翻了。这怎么可能呢？太后这么做的理由又是什么？怎么看我也没什么特别大的利用价值啊！

"罗莎兰娜，这些你究竟是哪里弄来的？"贝希尔又焦急地问了一遍。

我想了想，还是将整件事详详细细告诉了他，只是略去了那晚的暧昧举动。当局者迷，旁观者清。或许他会给处于混乱思维中的我一些有用的建议。

贝希尔听完之后，沉吟了几秒，道："玫瑰夫人的忌妒心虽然很强，可如果伤害到陛下的身体，恐怕还是会有所顾忌的。这下药的事实在不像是玫瑰夫人所为。"他顿了顿，又道，"太后和玫瑰夫人不和人尽皆知，所以太后一直在寻找能和玫瑰夫人分宠的人。以前有米娜，后来是达玛拉，现在轮到了你。或许你的容貌还有所遗憾，但太后一定是发现了陛下留意到了你，所以这次想利用你也不是不可能。又或者这只是一次试探？试探陛下到底对你是什么感觉？看看你到底值不值得让她利用？"

"可要用到催情物才能让陛下对我有感觉，这不分明是虚假的吗？"我心里一阵烦躁。

"可是如果陛下对你完全没感觉，这种催情物却是无效的。"他笑了笑，"这也是依兰花的奇妙之处。"

我愣了愣，感到面颊有些发烫，忙找了个借口转移了话题，"那行，今天就差不多问你这些吧。等以后有什么新的发现我再来找你。"

他若有所思地望向我，"罗莎兰娜，最近你也要小心，千万别一个人走夜路。晚上出去尽量找人陪着。"

"贝希尔，你相信凶手是鬼怪吗？"在临走前，我忍不住又问了一句。

"不信。在我的眼里，人比鬼怪更可怕和残忍。"

回到太后寝宫时，我正好看到太后身边的侍女布蕾走进太后寝房，神情看起来颇为愉悦，像是有什么好消息要向太后报告。我心下一动，同时脚下已改变了方向，悄悄地跟了过去—— 反正在窗外偷听别人说话也不是第一次了。

"太后，我已经去探听查实了。陛下他这些日子确实没去过玫瑰夫人那里，而且之前陛下听了太后的话之后也不再喝玫瑰露，改喝加乌埃了。看来您的那番话还是让陛下起了疑心。现在玫瑰夫人果然失了宠，"布蕾讨好的声音停了一下，"太后，这一切可都是在您的计划之中，您怎么好像不高兴呢？"

太后的声音里却听不出半分高兴，"我身为母亲亲手伤害了自己的儿子，这又何尝不是一种悲哀？有什么可值得高兴的呢？"

"可是太后，如果您不这么做，这后宫里就让玫瑰夫人翻了天去了。到时若是穆斯塔法王子登基，她成为了太后，就她那样的性子，只怕会令后宫，甚至整个帝国大乱。虽说这药是您让人下的，但停了之后陛下不是恢复得很快吗？您是陛下的亲生母亲，又怎么会真的想要伤害他？"侍女宽慰她道。

我听得大吃一惊，差点撞到了顶上的窗档子。这下子我总算是弄明白了。原来这药是太后让人下的，却又嫁祸给了玫瑰夫人，令苏莱曼心中起疑。苏莱曼再是聪明，也绝对想不到这会是自己的母亲所为。当苏莱曼冷落玫瑰夫人后，这里的药也相应停用，苏莱曼的身体自然就慢慢恢复了，这就让他更加怀疑可能就是玫瑰夫人动了手脚。

"希望陛下永远都不知道这件事吧。"太后的声音听起来颇有几分内疚。

布蕾又安慰了几句，"太后，只是还有一件事我不明白，那天您为何选中了罗莎兰娜呢？"

听到自己的名字，我心里更是一震。

"既然陛下已经起疑，那么只要再重重推一把就行了。"太后缓缓道，"他本来就有些喜欢罗莎兰娜，所以在依兰香味的刺激下多半会根据男人的本能行事。当他发现自己已经完全恢复的时候，自然会更加肯定是玫瑰夫人动了手脚。"

听到这里，我突然想起了那晚苏莱曼惊喜的表情和那句没说完的话，"罗莎兰娜，原来我……"难道就是那个时候，他意识到了自己已经开始恢复了？再往深入想一想，我的脸腾地一下就烧了起来。

原来在太后的设计下，我不知不觉充当了一个催化剂的作用。

"怪不得那次之后陛下就再没去见过玫瑰夫人。"布蕾似是恍然大悟，又忍不住问道，"可是太后，陛下既然怀疑，您就不担心他让人检验那些玫瑰露？"

太后的眼中眸光一暗，"他是我的儿子，我再了解他不过。他对古尔巴哈确实有点感情，也是真宠爱穆斯塔法。如果真验出来有什么的话，古尔巴哈难逃责罚，穆斯塔法的日子也更难过了。我就是猜到他不会验，要的也就是这个效果。但从此以后，陛下的心里就扎进了一根玫瑰刺。尖锐、细长，总是在不经意间刺得他心疼心烦。"

"太后，您的这个方法真是绝妙。"布蕾由衷地赞叹着。

太后没有说话，却只是深深地叹了口气。

想起苏莱曼那天疲惫的模样，我的心里不禁泛起一阵酸楚。身为帝王又如何呢？竟然连自己的母亲都在算计他。这要是让他知道了，该有多么伤心难过啊！

"太后，那么你打算以后怎么安排罗莎兰娜呢？如果她没有那些容貌上的缺憾，倒真可以为您所用。只可惜，在容貌上她实在无法和玫瑰夫人相媲美。"布蕾的口中有几分惋惜之意。

"有时候打动一个男人的心，也未必只能倚靠容貌。"太后静静地说道，"当我第一次见到罗莎兰娜时，也和你有相同的想法。但是，经过这些日子的相处，我发现她的确在某些方面吸引了陛下。那晚依兰香也证实了我一直以来的猜测，若是陛下对她没有丝毫感觉，那么也不会有所动情。"

"太后，那么您打算怎么做？将罗莎兰娜送给陛下吗？"

"不行，这么快送上去反倒会令男人很快失去兴趣。先顺其自然吧。现在玫瑰夫人看起来是失了宠，但以后的事谁又能猜到？她是我们对付玫瑰夫人的一枚好棋，要等到该用的时候再用。"

她们后来又说了什么，我没再继续听下去，而是慢慢地回到了自己的房间。喝了一大杯冷水后，我的心里才渐渐平静下来。尽管太后的这个方法很是奏效，但玫瑰夫人是绝对不会这样坐以待毙的。如果她只是个笨女人，恐怕苏莱曼也不会专宠她这么久。只要有一个合适的机会，难保她不会东山再起。电视里的后宫片子不也经常这样上演吗？

Chapter 28 玫瑰夫人的反击

生活，有时比电影电视还要更加精彩和富有戏剧化。

尽管苏莱曼现在很少踏足玫瑰夫人的住处，但还是派了御医按时为她诊断安胎。玫瑰夫人也好像变得低调了许多，大多数时间都待在自己的住处，极少出来走动。相较于玫瑰夫人的失宠，达玛拉无疑是幸运的，听说苏莱曼在她那里已经留宿了好几晚。一时之间，溜须拍马之人纷纷闻风而动，达玛拉俨然大有取代玫瑰夫人之势。不过达玛拉为人处世素来颇有分寸，对待任何人都不卑不亢，所以也颇得宫中上下的好感。太后对她更是青睐有加，还特地给她送去了许多补身的珍贵药材，这其中的涵义也是不言而喻，希望她能为奥斯曼帝国早日诞下子嗣。

只是不久之后第四位遇害人的出现，让宫里的人再次被笼罩在了连环杀人案的阴影之下。让我万万没有料到的是，这次的遇害者竟然是塔塔！

又一个我认识的姑娘失去了宝贵的生命。而且这个姑娘和我的关系还一直都不错，前些日子我们才刚聊过天，没想到……这么快厄运就降临到了她的身上。到底是什么人杀了她？又为什么下这样的毒手？这样的悲剧还要发生多少起才够？这么久了还是没有凶手的蛛丝马迹，难不成真是鬼灵作怪?!

这件事令我心神不定了好几天，很想为塔塔做些什么，可是却又无能为力，眼下能让塔塔安息的也只有抓到真凶了。过了几天经过庭院时，我看到又有新的宫女在带着穆罕默德王子玩耍，满面稚气的小王子笑得纯真无瑕，全然不知以前陪伴他的那个姑娘已经永远消失了。回想起那个大眼睛的少女认真倾听小王子的童话时的模样，我的心里不禁涌起了一股难言的酸涩，眼圈微微一热，竟好像有温热的液体沿着眼角滑落了下来。这眼泪，不知是为她凄凉的结局而流，还是为自己未知的命运而流……

　　"罗莎兰娜……"一个熟悉的声音忽然从身后传入了我的耳中。我从这声音立刻辨认出了来人的身份，慌忙转过头去，脱口喊了一声："陛下……"

　　"怎么了，罗莎兰娜？是谁欺负你了吗？"他看到我的样子时，眼中掠过一丝诧异。

　　"不，不是……只是之前被害的那个宫女我也认识，曾经和我一起照顾过小王子。那么年轻的生命，说没有就没有了，我……"我控制着自己的情绪，顿了顿，又说道，"那该死的凶手，不知什么时候才能捉到他。"

　　"原来是这样。好像……还是第一次见到你这个样子。"他的脸沉浸在柔缓的光照中，那双琥珀色的双眼中折射出一点幽暗的色调，带着一种非常奇妙的色泽转换。说着，他伸出手轻轻替我擦去了眼角的泪痕，犹如微风拂过琴弦……忽然，他用了一下力，将我拉入了他的怀里。

　　"罗莎兰娜……"他的声音在我耳边低低响起，"我向安拉保证，不会再有第五位遇害者出现。"

　　罗莎兰娜。这个本不属于我的名字在他的舌尖上辗转着，带着种令人眩晕的温柔。不知何时天空又下起了小雨，雨水仿佛情人间温柔的亲吻和誓言，沿着我的耳边滑落到了脖颈，又往胸口更纵深的地方流去……我一动不动地任由他拥着，心想着这样的姿势很不妥当，可偏偏就像是受了什么蛊惑，脚下怎么也迈不动步子……他身上散发着一阵若有若无的薄荷清香，竟好似有魔力般让我的心情也渐渐平静下来……

　　当他离开之后，我又在原地静静站了一会儿。我转过身准备回去时，却在不远处看到了一个让人有些意外的身影——玫瑰夫人正在花丛后面无表情地注视着我，而她身边的那个女奴索伊则是横眉冷对，就好像我做了什么大逆不道的事情。

我愣了愣，刚才的一幕难道这么巧被她们看到了？

还没等我行礼，索伊已经大踏步走到我面前，不由分说就扬起手给了我两记清脆而狠厉的耳光。我眼前顿时金星直冒，耳边发出了尖锐的轰鸣声，咸腥的液体从嘴角流了下来，脸上更是火辣辣地疼痛。

"你凭什么打人？怎么说我也是太后的人！"这一下来得又快又猛，我一时也有点发蒙，下意识地捂住脸问了这么一句。

"因为你顶撞了我。"玫瑰夫人先冷冷开了口，缓步向我走来，"这么说的话，恐怕是太后也无法偏袒你吧。你只是个身份低下的女奴，我却是陛下唯一册封的夫人。你说大家会相信谁？"

我深吸了一口气，有点缓过劲来，"玫瑰夫人，就像你说的，我只是个身份低下的女奴，你，那么你又为什么要这么做？我实在不记得我哪里得罪过你。如果是因为达玛拉的话，我劝您还是别找错了对象，就算再怎么对付我，对她也没有丝毫的损伤。"

她冷哼了一声，倒也不否认，"一开始或许只是因为达玛拉的关系，但是慢慢我发现自从你入宫以来，我好像都一直不顺利，你就像是我天生的煞星，处处碍我的眼。现在成了个瞎子居然还想勾引陛下，也不看看你自己的长相！一点自知之明都没有！"

听到最后一句，我忽然就明白了。她这么做，多半也是因为刚才那一幕。而之前有几次小小的暧昧，想必也被她看在眼里，今天索性就新账旧账一起算了。

"玫瑰夫人，我想你是误会了。"我平心静气地看着她。

"罗莎兰娜，你别以为这样就能乘虚而入。"她的嘴角浮起了一丝复杂难辨的奇诡笑容，"陛下的心，很快就会回到我身上。到时，赏你的可就不只这两记耳光了。"说完，她狠狠剜了我一眼，转身就走。索伊也朝我呸了一声，赶紧跟了上去。

我伸手摸了摸红肿的脸，心中一股郁结之气难以舒解。这算不算是无妄之灾？也该我倒霉，正好当了玫瑰夫人的出气筒。不过听起来她似乎对自己还是充满信心，能在宫里独宠这么多年，怎么也不会就这么甘心认输。只是，不知她会用什么办法来挽回苏莱曼的心。

　　莫名地被这两个耳光摧残后，我更加坚定了要继续站在清醒的位置来进行这场通关游戏。因为一旦太过投入，倒霉的只有我自己。

　　在贝希尔面前，我有几次忍不住想将太后下药的真相告诉他，但考虑这可能会传到易卜拉欣耳中，到时又不知会惹出什么事，还是忍住了没有说出口。

　　宫里依然是一片人心惶惶，苏莱曼对这起连环凶杀案也是极为头疼。虽然加尼沙副官已经尽力在追查，可是凶手的作案手法实在太过诡异，用来无影去无踪形容也决不夸张。宫里的人几乎问了个遍，却还是令人无从下手。苏莱曼以前长期征战在外，饮食没什么规律而伤到了胃，虽说后来经过调养已经好了不少，但这些天来为了凶案熬夜伤神，胃部的老毛病却是又犯了。

　　太后得知消息后，就让我一起陪同前往苏莱曼的寝宫探望他的病情。这还是我第一次有机会得以见到他的寝宫真面貌。年轻君王的寝宫只能用"金碧辉煌"这个词来形容，富丽堂皇的天花板上悬下了晶莹璀璨的欧洲水晶吊灯，墙上的花砖都是土耳其专门烧制而成，画着孔雀玫瑰等象征着吉祥的图案。窗口雕着金色的葡萄藤，华丽之中又不失高贵。

　　从苏莱曼灰白的脸色来看，他这次的胃病确实是来势汹汹，一点也不轻。怪不得御医总管连用了好几服珍贵的药材，还是没能迅速见效。

　　太后关切地表示了慰问，也不便再多打扰他休息，临走前将我留了下来，说是让我在这里帮着照顾陛下，有什么情况就及时向她通报。因为之前偷听到了太后的话，所以我对她这样"有意为之"也不感到奇怪，倒是苏莱曼用意味不明的眼神看了太后一眼。

　　太后离开之后，苏莱曼也没让我出去，只是示意我可以在旁边坐下来。接着，他就拿了一本诗集自顾自地看了起来。阳光撒下了点点浅金色的光斑，流萤一般散落在他的身上，轻风拂过，闪闪烁烁。从我的这个角度望过去，可以清晰看见他密密长长的睫毛，完美的脸型，认真的表情……此时此刻，这种静谧温柔的感觉，就像是晴空里飘来的一丝浮云，令人心情舒畅。

他忽然皱了皱眉，用右手按住了自己的胃部，显然是犯病了。

"陛下，要不要去叫御医？"我连忙问道。

他摇了摇头，"不必了，这些疼我还忍得住。你去给我倒杯热水来。"

我手脚麻利地倒了热水端了过去，见他脸色愈加灰白就知道疼得不轻。不知为什么，我的脑海里飞快掠过了一个似曾相识的画面，好像在自己的时代里，我也曾经经历过类似的场面。只不过，那个犯胃病的对象似乎换成了别人……

"陛下，如果你信得过我，就让我试试帮你缓解一下胃疼吧。"我鬼使神差似的脱口说道。

他似乎有些惊讶，眼底闪过一丝淡淡笑意，"难不成你又有什么乱七八糟的点子了？"

"是不是乱七八糟的点子，陛下你试过不就知道了吗？不过在这之前，我要先请陛下宽恕我的不敬之举。"见他点了点头，我才凑到了他的身旁，摁住了他的手腕正中，用拇指适当揉按，两手交替换着摁压。大约按了快一百多次，我又蹲下身子，在他膝盖下的某个位置用同样手法点按起来，用力比刚才更加重一些。

"陛下，你有没有感觉好些？"我忍不住问了一句。

他神情肃穆地看着我，沉默了几秒后，却微微笑了起来，"没想到你还真有两手，确实是好些了。不过我不是太明白，为什么摁这几个地方就会缓解胃疼？"

我笑了笑，手上依然用着劲，"陛下，这几个地方可不是我随便乱摁的。人的身上有很多不同的穴位，手腕上的那个叫内关穴，膝盖下那个叫足三里穴，这两个都是人体非常重要的穴位。只要用这种方法按摩穴位，就会缓解胃部疼痛的。"

"人体穴位？"他用一种看外星人的眼神望着我。我也蓦地反应过来，面前的男人可是古代奥斯曼帝国的帝王，当时的土耳其对中国的穴位按摩可是完全没概念的，要让他明白这种类似中医的疗法确实是难了一点。其实我自己也不明白，为什么会懂得这些？难不成在现代时也帮人这么做过？想到这里，我的头开始有点痛，无法再继续想下去。但潜意识告诉我，那个我帮着做的病人必定和我是血缘之亲。

"罗莎兰娜，你是从哪里知道这些点子的？"他的声音不知不觉温和起来，还带着几分亲密，"到底你的脑袋里还藏了多少小秘密？"

我忙找了个借口搪塞过去，"陛下，这是因为我以前帮我的家里人揉过，所以还记得一些。至于那些细节，我也基本上都忘记了。"

"是吗？"他将信将疑地瞥了我一眼，将喝完的杯子递到我的面前，吩咐道，"再去给我倒杯水。"

我停下了手里的动作，拿了杯子转过身，走到桌子边去倒水。刚拿起那个银壶试了试水温，却察觉到后面好像有人影一晃……下一秒，一双温暖有力的手就从身后环住了我的腰。

"罗莎兰娜……"苏莱曼的声音低柔地在我耳边响起，听起来像是无声的叹息。

我的身子先是一僵，下意识地想要推开他，可不知怎么想起了太后下药的事，心里软了一下，只是静静站在那里没有作出任何回应。

"这宫里的女人们，还有谁是我能够信任的呢？"他说完这句话之后，竟然将下巴轻轻搁在了我的脖颈处，用力地呼吸着，仿佛在吸取着那里有限的温暖。我忍住那里传来的酸麻轻痒，一时间竟觉得有点说不出伤感和怜悯。

是为了他而伤感，还是怜悯他身为帝王也有无数烦恼呢？

就在这时，门外忽然传来了玫瑰夫人身边女奴索伊的声音，听起来像是相当着急，"陛下！陛下！不好了！玫瑰夫人她出事了！陛下！请您现在过去看看夫人吧！"她的话音刚落，就听宦官惊慌的声音响起，"你不能随便进来！还不快点出去候着！"

"我要再见不着陛下，玫瑰夫人就活不成了！"索伊尖锐的声音让我感到有些耳鸣。

听到这句话，苏莱曼才缓缓抬起了头，冲着门外开口问道："发生什么事了？好好说清楚。"

"陛下，玫瑰夫人她刚才小产了！御医已经过去了，流了好多的血。真是好可怜，已经是个成形的女婴了……"索伊语无伦次地说到这里，声音就哽咽起来，"求求陛下您快过去看看吧！夫人现在最需要的就是您。没有您她恐怕支撑不下去了！"

这个消息太让人吃惊了！我回头望向苏莱曼，只见他虽然脸上神色平静，但眼底还是如同被碎石击破的冬日湖冰，泛起了一丝波动。

"到底是怎么回事？好端端的怎么会小产？"他似是压抑着心里的不悦。

"是这样的，陛下。玫瑰夫人得知您的胃病复发后，终日忧心忡忡无法入睡，于是就在祈祷室整整跪了一天一夜，向神祷告希望您的病情快些恢复，并且能早日抓到凶手为您解忧。谁知道竟然……"

"难道就没人好好照顾她吗？这个时候她怎么能跪一天一夜！简直就是胡闹！"苏莱曼微微一愣后，重重拍了一下案几，看起来是真的生气了。

"玫瑰夫人说心诚则灵，非要跪着做祷告祈求神灵。结果，结果今天回去时就发现孩子没了。夫人当时就哭成了泪人，还让我们别和您说，怕是影响您的病……我……我实在是心疼夫人，所以才特地来向您禀告……"索伊泣声道，"陛下您就责罚我吧，只请您去见见玫瑰夫人！"

"真是个蠢女人！"苏莱曼口中虽是骂着，但语气里明显还是带着纵容和关切。

我试探着问道："陛下，您是不是过去看看比较好？玫瑰夫人失去了孩子，现在是最需要您的安慰的时候。"

他点了点头，"我这就过去一趟。罗莎兰娜，你就先回太后那里吧。就和太后说我已经好多了。"

我应了一声，识趣地退了出来。

玫瑰夫人为什么偏偏在这个时候落胎了？是她运气不好，还是其中另有蹊跷？不过无论是什么原因导致了这个结果，相信玫瑰夫人一定不会放过这个可能扭转乾坤的难得机会。

这个复杂纷乱的后宫，让我越来越看不明白了。

Chapter 29 无法逃避的命运

　　事情的发展果然和我猜测的一样狗血。据说玫瑰夫人看到苏莱曼就哭成了泪人，称自己完全是太在乎他才会发生这种意外，还激动地追忆起过去两人相处的点滴温馨时光。这无疑令年轻的君王心生怜惜，温言好语安慰了她一番。体谅她刚刚失去了孩子，情绪十分不稳定又称自己夜晚噩梦连连，苏莱曼所幸一连十几天都宿在了玫瑰夫人的房里，彻夜陪伴安抚她的情绪。

　　自此之后，玫瑰夫人不但夺回了宫里第一宠妃的地位，甚至比以前更加受宠。

　　宫里的风向历来转得飞快，那些原来在达玛拉处献殷勤的又纷纷转向了玫瑰夫人。一时之间，玫瑰夫人再次风光无限。虽说失去了一个孩子，但总算是又重新站在了这个无人企及的位置上。宫里人还觉得玫瑰夫人的运气不错，幸好这次没有的是个女孩，若是个男孩，恐怕悲伤的情绪更加难以平复，也无法这么轻易得到陛下的体谅。

　　我也曾暗暗留意太后的举动。对于玫瑰夫人的再次翻身，太后似乎也不是没有心理准备，只是神情间表现得略有点失落。

　　看来这场婆媳间的明争暗斗，还会以持久战的形式继续下去。

过了几日，某个傍晚贝希尔特地来找我，说是有件事想告诉我。他平时也经常出入于太后寝宫，所以来这里找我并不让人觉得奇怪。

"罗莎兰娜，玫瑰夫人那件事想必你也知道，你就不觉得其中有什么古怪的吗？"他将我拉到了一个隐蔽处，开门见山地问道。

我没想到他说的是这件事，也就坦白地答道："其实这种感觉我早就想对你说了。我的确是觉得有点不对，可又不明白到底是哪里不对。玫瑰夫人自怀孕后就一直很紧张肚子里的孩子，怎么会如此草率地去祷告而导致落胎？保护自己的孩子应该是母亲的天性使然吧，这就让我百思不得其解。好吧，这回没有的是个女孩，或许在她看来并没那么重要，可如果是男孩，这不就增加她成为太后的砝码了吗？而且陛下同样也可能因为第二个王子而重新宠爱她的。所以，我真是不明白，冒着失去孩子的危险这么做，真的值得吗？这个赌注下得也未免太大了吧！"

贝希尔敛了敛眉角，颇有深意地看着我，"你所说的有道理。不过如果她早知道自己这一胎是女孩呢？你说她会不会冒这个险？"

我心里一惊，瞪大了眼睛，"你这是什么意思？"

"前几天给玫瑰夫人看病的御医偷偷喝了不少酒，和自己的好友说了些醉话。"贝希尔扫了一眼四周，压低了声音，"他说大约一个月前夫人就以重金作为赏赐，问他这胎到底是男是女，他没受住诱惑就告诉夫人这一定是个女胎，绝对不会错。你说，如果玫瑰夫人知道自己的孩子是个女胎，失去了最后翻身的机会，她会怎么做呢？"

我忽然感觉到一股森森凉意漫上心头，机械地答道："不如放弃这个女孩的生命，利用她的死来重获陛下的怜惜。"

"没错，她做到了。这一步棋虽然下得险，付出的代价也不小，但一下子就扭转了她所处的形势。只要陛下继续宠爱她，自然就会有第二个孩子，第三个孩子。"贝希尔的唇角挽起了一丝凉薄的笑意，"身在这座后宫，不狠心是没法生存下去的。"

为了争宠后宫，放弃孩子生命的故事我不是没有听过。武则天亲手杀女嫁祸皇后的故事不是早就被改成各种影视剧了吗？可那毕竟都是故事，和我现在亲身感受是完全不同的。那个还没来得及看到阳光的小公主何其无辜？本该得到父母的宠爱和臣民的爱戴，却为了母亲的一己私利而失去了来到人世的机会。

"罗莎兰娜，你怎么了？脸色变得这么难看！"他留意到了我的反常。

"没什么，只是觉得有点感慨。"我摇了摇头，"贝希尔，我想生存下去，可是我真的不想变成那样。"

他注视着我，眼波变得异常温柔，"罗莎兰娜，即使你变成那样，我也依然会站在你的身边。"

我的心中一软，低低说了句："谢谢。"

"和我还说什么谢谢……"他不禁笑出声来，"我不是说过了吗？我和你的命运，是紧紧相连在一起的。"

听他这么一说，我的心情也好了些，随即就想到了另外一个问题，"对了，那御医对好友说的话，你又是怎么知道的？"

他神秘地笑了笑，"我自然有办法知道。"

我正想再问下去，却听到不远处传来了女奴的声音，"罗莎兰娜，你在这里吗？"

"我在这里！"我应了声后，就见她端着一碗东西走了过来，"罗莎兰娜，太后吩咐了，让你将这碗甜汤送到陛下那里去。这是太后命令御膳房特别熬制的，用料相当珍贵，你可要小心点，千万别洒了。对了，陛下现在正在图书馆里，你直接送到那里就行了。"

"好，我知道了。"我接过那个银托盘，心里暗想不知太后又在打什么主意？自从玫瑰夫人重新得宠之后，苏莱曼到太后这里的次数的确也少了些，所以这次是想利用我再去试探苏莱曼的心思吗？

贝希尔抬头看了看天色，皱了皱眉，"天都已经黑了，我送你过去。"

"也好。"在他面前，我也不用装客气。虽然图书馆离这里不远，但我还是心有余悸，他肯陪我去那是再好不过了。

夜晚的后宫里一片寂静。这不是令人感到祥和的万籁无声的安静，而是一种隐藏着不安的死寂。虽然自从连环杀人案件后宫里加强了夜间的巡逻，但只要凶手一天没被抓住，那种森冷的恐怖感却是始终挥之不去。尽管有贝希尔陪在身边，我的身体里还是紧紧绷着一根弦，拉扯着所有的神经变得十分敏感。甚至觉得这夜晚的风，也比之前更加阴冷，而周围的黑暗更是令人压抑。

可往往就是越怕什么还就越来什么。

就在这个时候，从旁边的树后突然跳出了两个黑影，不由分说就袭击了走在我前面的贝希尔！这一下来得又迅速又狠辣，贝希尔都来不及低呼一声就倒了下去。

我惊骇不已，想转身逃跑，可双腿却好像已经不是属于自己的，怎么也挪动不了。说时迟，那时快，其中一个黑影已经一把抓住了我的肩膀，还没等我发出声音，就有一双大手飞快捂住了我的嘴！在极度恐惧中，我感觉到有冰凉的刀刃贴着自己的脸颊而过，一丝痛感瞬间就清晰传达到了我的脑中，直接得出了一个令我最为恐惧的结论：这下完蛋了，还是碰到那个变态凶手了！

是坐以待毙，还是奋起反抗？

我用还没失去自由的左手奋力摸索着，不甘心就这样成为下一个受害者。就在第二刀划到我的脖颈上时，我终于摸到了一颗比较尖锐的石子，用尽力气对准那个黑影的面部砸了过去！那黑影低呼了一声，手上一松，我连忙挣脱他，想要起身逃走，却被他重重拽了回来，还正好跌在了他的身上！在若明若暗的月色下，我依稀看到了那原来是个极为年轻的男子。他看着我的眼神里有几分惊讶，也有一丝闪烁不定。

我心里不禁起了疑，奇怪，这并不像是一个变态凶手该有的眼神。

此刻，我也来不及想这么多，趁着他愣神的一瞬，撞掉了他手上的匕首，随即就一口死死咬住了他的鼻子！

他一声呼痛，显然没料到我会采取这样极端的攻击方式，一时也没回过神来，只是揪住我的头发想把我拽开。我也发了狠劲，任他拽得再痛也依然死咬住他的鼻子不放。一股铁锈般的血腥味直冲我的喉咙，险些令我呕了出来。但在这样生死攸关的情形下，我只知道一旦先失去了这股煞气，一定没什么好结果。也就是在这个时候，我忽然听到了一个熟悉的声音传入耳中，"罗莎兰娜，松口！"

我以为自己产生了幻听，直到那个声音再次响起时，我才下意识地松开了口。几乎是同时，一股不知从哪里来的大力稳稳托住了我的腰腹，将我带到了一边。整个身体差不多是被抛在了地上，我眼前还晕乎乎的。我吐了一口嘴里的血沫子，有点茫然地看着眼前的身影。

面前的年轻男子正以一个优雅的姿态站在我面前，他的身材修长而轻灵，带着一种冷月般残酷的美感，暗红色长发因为身体的动作而轻轻飞扬起来，如同层层薄纱般浮沉在他周围。

是他！是我命中注定的保护神！我顿时就激动起来，口齿不清地喊出了他的名字："加尼沙！是你！"

他挑了挑眉，似是有些无奈地看着我，玫瑰色的眼眸中掠过一片淡淡浮光，"上次咬猫，这次倒好，干脆咬人了。怎么每次见到你都让人有意外'惊喜'？"他还特意在惊喜这个字眼上加重了语气。

我对他的讥讽无言以对。刚才还全凭一股狠劲忍着，此刻心情略略放松，那股翻滚的恶心感再也控制不住，哇的一声全呕了出来。

加尼沙的手下将那满脸是血的男子带了过来。有人擦去了他脸上的血迹，惊讶地说道："这不是前不久才进宫的宦官伊奇吗？我认识他！怎么他就是那个凶手？"

男子睁开眼见到我，脸上却是闪过了一丝惊恐，双眼一翻竟晕了过去。

我的嘴角抽动了一下，喂，这算什么？是被我吓晕的吗？有没有搞错，明明之前是他想杀了我好吧。虽然我刚才那招确实也有点变态，可那也是正当的自我防卫啊。

"他是不是那个连环凶手还不一定。"加尼沙的目光一敛，吩咐道，"先将这人押下去，再去禀告陛下，等一会儿我会和陛下一起去审他。"

手下应了一声，很快就带着那晕过去的男人离开了。

月色下，加尼沙的暗红色头发折射出一层奇异的银色光泽，微侧的身影仿佛被全部笼罩在月华之中，如同艺术家手中精致的剪纸，完美得有些不真实。他弯下了身子看了看我的脸，从怀里拿出了帕子递到我的面前，"先好好擦擦吧，要不然别人还以为你才是凶手。"

我也知道自己现在满嘴是血的样子一定很吓人，于是乖乖地接受了他的建议。接过帕子的时候，我发现那块帕子并不是我上次还给他的那块。

"加尼沙，你说那个人是凶手吗？"我边擦着唇边的血迹，边问道。

他瞥了我一眼，"他并不像是凶手，凶手不会弄出这么大的动静，下手也更加利落残忍，根本就不会让你有自救的机会。我看倒更像是有人想借凶手的名义杀了你。"

听他这么一说，我的心头咯噔一下，背后蓦地就冒起了一层鸡皮疙瘩。回想起刚才那男子的眼神，我倒觉得加尼沙的猜测也未必不靠谱——那并不属于一个能动手剥去人脸的凶手的眼睛。

"不管怎么说，还好你来得及时，不然的话……"我还是感到万分庆幸，就算那男子不是真正的凶手，但当时的情形如果继续僵持下去，恐怕我也会因为体力不支而丧命在那人的刀下。

"不然的话，那凶手恐怕就要被你活活咬死了。"加尼沙的眸中泛起了罕见的笑意，似乎连他自己也有不明的困惑，"罗莎兰娜，这是第几次救你了？难道我命中注定了就是来保护你的？"

我赶紧扯出了一个略带讨好的笑容，"加尼沙，你就是我命中的吉星。"

就在这时，只听一片脚步声传来，为首的那人正是苏莱曼。他随意地披着一件埃及棉长袍，也没戴缠头巾，一头黑色发丝散落在肩头，有几缕沿着面颊垂落下来，倒是比平时多了几分性感的魅力。他的身后紧跟着玫瑰夫人，同样也是装扮仓促。看样子，两人显然是接到消息匆匆赶过来的。

加尼沙起身来，将刚才发生的事简单说了几句。苏莱曼的目光始终落在我的身上，琥珀色的眼眸里似乎交织着许多情绪，有关切，有怜惜，有庆幸，还有很多我看不懂的东西。

因为刚才咬得太死，我现在才发现牙齿都有点松动。喉头一痒，又吐出了一口色泽鲜艳的血沫子。这下，苏莱曼也不管这么多人在场，上前几步竟将我抱了起来，"罗莎兰娜，你怎么样？我这就传御医。"

"陛下……我……我没什么，只是受了点小伤而已。好歹我还活着呢，这已经是万幸了。虽然我这张脸也不怎么美，可我自己还是很爱的。"为了让气氛别这么僵，我故作轻松地说道。

他的眼波忽然变得温暖而清澈，就像是晨光洒落在荡漾的碧色水波上，"没错。罗莎兰娜，你能继续活着，真的很好。"

我像是逃避似的躲开了他的目光，"陛下，还是快把我放下吧。这样子，别人……别人会误会我的。"

"你虽然运气好没死，可怎么说也是受了伤。必须要看医生。"苏莱曼用不容拒绝的口吻否决了我的小小提议，接着又吩咐道，"马上去请御医总管，让他立刻到我的寝宫去。"

"陛下，她只是个卑贱的女奴！"玫瑰夫人好像这时才从现场的气氛中回过神来，"怎么能让御医总管亲自给她看病！宫里可是有规矩的，陛下！"

我自然明白她的意思，宫里的女性请御医总管亲自探病，身份必须是伊巴克尔以上。

"谁说她只是个卑贱的女奴？"苏莱曼用所有人都能听到的声音朗声道，"从今天起，罗莎兰娜赐名许蕾姆，册封为伊巴克尔，一个月后准备侍寝。"说完，他头也不回地抱起我往前走。四周先是一片沉寂，接着就响了玫瑰夫人难以置信的声音，"陛下！陛下！以前从未有过这样的先例！她还没有侍寝怎么能先册封为伊巴克尔……"

玫瑰夫人的声音渐渐听不清了。因为匆匆而行的关系，夜风吹开了苏莱曼黑色的长发，他的面庞在月色下散发着淡淡光泽，那双琥珀色的眼眸似乎晃乱了我的视线，令我不能直视，不知所措。

从不远处恍惚传来了做祷告时的经文声，那经文内容虽然不清楚，却如诗歌般让我感觉到一种久违的纯粹，仿佛连自己的灵魂也随之飘摇起来。某种无法形容的情绪仿佛指间流沙般，倏忽而来，又倏忽而去。我下意识地揽紧苏莱曼的脖子，心跳比任何时候都要快，脑海却只浮现出一句书上曾见过的话："永远不要认为我们可以逃避，我们的每一步都决定着最后的结局，我们的脚正在走向我们自己选定的终点。"

终于，还是走到这一步了吗？

（上部 完）